KB111937

송두리째

흔들다

송두리째
흔들다

초판 1쇄 인쇄일 2014년 7월 22일
초판 1쇄 발행일 2014년 7월 25일

지은이 ㅣ 고지영
펴낸이 ㅣ 김기선
펴낸곳 ㅣ 와이엠북스(YMBOOKS)

출판등록 ㅣ 2012년 7월 17일 (제2014-17호)
주소 ㅣ 서울시 도봉구 노해로 379, 1005호(창동, 대성빌딩)
전화 ㅣ 02)906-7768 / **팩스** ㅣ 02)906-7769
E-mail ㅣ ymbooks@nate.com

ISBN 979-11-5619-255-8 03810

값 9,000원

송두리째 흔들다

YMBOOKS ROMANCE STORY

고지영 지음

YM
BOOKS

목차

프롤로그 ···07

송두리째 흔들다 01 ···10

송두리째 흔들다 02 ···21

송두리째 흔들다 03 ···38

송두리째 흔들다 04 ···54

송두리째 흔들다 05 ···69

송두리째 흔들다 06 ···85

송두리째 흔들다 07 ···101

송두리째 흔들다 08 ···116

송두리째 흔들다 09 ···132

송두리째 흔들다 10 ···149

송두리째 흔들다 11 ···164

송두리째 흔들다 12 ···182

송두리째 흔들다 13 ···194

송두리째 흔들다 14 ···216

송두리째 흔들다 15 ···235

송두리째 흔들다 16 ···254

송두리째 흔들다 17 ···280

송두리째 흔들다 18 ···308

송두리째 흔들다 19 ···326

에필로그 2분의 1 ···347

에필로그 2분의 2 ···363

외전 : 반대가 끌리는 이유 ···375

작가 후기 ···382

프롤로그

　"안녕하세요. 앞으로 잘 부탁드립니다."

　디자이너로서 첫 출근을 해서 직원들에게 씩씩하게 인사를 하는 그녀를, 나는 그냥 조용히 뒤에서 지켜보았다.

　오랜만이네.

　저 새까만 긴 생머리도.

　그녀에게서 시선을 거두고 나는 내 자리로 돌아와 비서에게 지시했다. 그녀를 데려오라고.

　"부르셨습니까, 사장님."

　사장실 문을 열고 내게 꾸벅 인사를 건넨 그녀가 상체를 들었다. 그와 동시에 의자에 삐딱하게 앉아 있던 나와 눈이 마주쳤다.

　"반가워요."

　내 얼굴을 확인한 그녀의 동그란 눈동자가 갈 곳을 잃고 흔들렸다. 나는 그것을 보는 게 조금 재밌었다.

"우리 동창이었는데 기억나요?"

나는 이미 그녀의 사진과 이름, 출신 학교가 적힌 이력서를 보고 우리가 같은 반도 한 적이 있는 동창이라는 것을 단번에 기억해냈다. 별로 기억하고 싶지 않았던 그 순간까지, 싹 다 말이다.

"아……."

멍하니 그녀의 입이 벌어졌다. 중심을 잃고 흔들리는 그녀의 눈동자를 보면서 중얼거리듯 말했다.

"우리 같은 반 한 적도 있는데."

"제가요, 고3 때 공부를 너무 열심히 했는지 어쨌는지 그때 기억만 흐릿해요. 그래서 기억이 잘……."

"같은 반이라고만 했지, 고3이라고는 안 했는데?"

내 날카로운 지적에 거짓말을 하던 그녀가 입을 멈췄다. 저 눈빛은 분명 나를 기억하고 있었다. 물론 잊고 싶은 기분이야 모르는 바 아니지만.

"아니, 그러니까, 고등학교 때 기억이 전체적으로 흐릿해서……."

"그럼 나랑 사귄 것도 기억 못하나?"

계속되는 그녀의 거짓 같은 말을 자르며 물었다. 내 질문에 그녀의 눈이 동그랗게 커졌다.

"무슨 소리야? 네가 사귀자고 한 걸 내가 찼잖……."

"지나치게 정확하게 기억하고 있네?"

역시 저럴 줄 알았다. 내가 그렇게 쉽게 잊혀질 인물은 아니지.

그녀가 어색하게 미소를 지었다.

"회사 사람들한테 말 안 해. 걱정 마."

안심하라는 그녀의 어투에 피식 헛웃음이 터졌다. 의자에 등을 대고 앞뒤로 가볍게 흔들흔들 움직이면서 한쪽 다리를 다른 다리 위에 올려 꼬며 그녀를 향해 말했다.

"회사 안에서는 제 직급과 지위에 맞게 존댓말을 사용해주세요."

그러자 그녀는 조금 억울하다는 듯한 표정을 지었다.

"그건 네가 먼저 반말을 해서 내가 한 건데…… 요."

두 팔을 교차시켜 팔짱까지 끼며 그녀를 응시하자 그녀의 눈썹이 꿈틀 움직였다.

"그럼 사장님도 직급과 지위에 맞는 어투와 행동 부탁드립니다."

이제 막 입사한 신입 디자이너 주제에 사장님을 향한 눈빛이 너무 건방지다.

'아…….'

너무 똑같아서 소름이 돋으려고 하네.

그녀는 11년 전 나한테 대들 때도 딱 저랬다.

송두리째 흔들다 이

직장인들에게만 월요병이 있는 것은 아니다. 학생들에게도 월요병은 존재한다.

월요일 아침 학생들의 얼굴을 본 적이 있는가? 아마 헬게이트로 입장하는 자의 표정을 본 적이 있다면 그것과 같을 것이다.

그러나 요즘 나는 월요일이 싫지만은 않다.

"야, 맹사준!"

운동장을 쩌렁쩌렁하게 울리는 엄청난 성량의 목소리에 저절로 미간이 좁혀졌다. 걸음을 멈추고 내 이름을 부른 자를 향해 돌아섰다. 이내 내 시야로 들어오는 건 요즘 내가 학교에 오는 유일한 이유인, 우리 반 반장의 작은 몸체였다.

나를 쫓아 달려온 그녀의 헝클어진 긴 생머리가 바람에 휘날렸다. 숨이 찬 듯 발그레 붉어진 볼과 그보다 더 붉은 입술이 자연스럽게 내 시선을 옭아맸다. 거친 숨을 몰아쉬는 그녀의 입에서 말이 나오기 전에 내가 먼저 말했다.

"풀네임 부르지 마."

그녀의 눈이 방금 전보다 커졌다. 그래서 친절하게 덧붙여주었다.

"사준이라고 불러. 성이 '샤'인 것처럼."

"성이 '샤'인 사람이 어디 있어?"

질문을 던지는 그녀에게 나는 제일 적절한 예를 들었다.

"사미자 있잖아, 사미자."

"아, 맞다. 그리고 사자후도 있어."

"그건 사람 이름 아니야."

너무도 당당한 그녀의 태도에 어이없어하며 잽싸게 일러주었다. 그러자 그녀가 고개를 갸웃했다.

"아니야?"

"어. 바보냐?"

'바보'란 말에 금방 입을 삐죽이 내미는 그녀에게 전부터 묻고 싶던 질문을 던졌다.

"도대체 넌 어떻게 반장이 됐냐?"

공부는 잘했지만 그게 티 나게 똘똘하게 구는 편도 아니었고 그렇다고 선생들한테 예쁨 받는 타입도 아닌데, 그녀는 작년에도 반장이었다며 고3인 올해도 반장이 되고 싶어 했고, 결국 됐다.

내 말에 곰곰이 생각에 잠긴 듯 눈알을 굴리던 그녀가 곧 입을 열었다.

"인기로……?"

"풋."

지 입으로 인기래. 대단한 낯 두꺼움이다.

헛웃음을 짓고 있는데, 나를 쫓아온 이유가 생각났는지 그녀가 갑자기 눈을 부라렸다.

"아! 너 청소는?"

"했어."

"그게 무슨 청소야? 발로 슥슥 밀고 갔잖아, 너!"

조그만 게 눈앞에서 바락바락대는 게 귀여워서 입가가 실룩댄다.

"웃음이 나오냐, 넌?"

내 웃는 얼굴을 향해 핀잔을 준 그녀가 내 팔을 덥석 잡았다.

"따라와."

그녀가 있는 힘껏 나를 잡아끄는데도 나는 꿈쩍도 않고 선 채 물었다.

"근데 넌 나 안 무섭냐?"

"뭐? 왜?"

"나 어제도 4 대 1로 싸웠는데. 못 들었어?"

피식, 귀여운 얼굴과 안 어울리게 한쪽 입술 끝만 올려 서늘하게 웃고는 그녀가 말했다.

"난 매일매일 40 대 1로 싸운다. 넌 그 40명 중 1명이고! 그러니까 당장 따라와!"

그 작은 손으로 내 팔목을 잡고 끌고 가려는 안쓰러운 모습에 어쩔 수 없이 끌려가 주었다. 걸으면서 시선을 내려 그녀의 손을 물끄러미 바라보았다.

하얗고 작아. 여자애 것 같아. 아, 여자애지, 참. 귀엽네. 근데 성격은 하나도 안 귀여워.

피식 웃으며 돌린 내 시선의 끝에 학교 소각장으로 살집이 있는 여학생을 한 명 끌고 가는 대여섯 명의 남학생들이 보였다.

순간적으로 좋지 않은 예감이 스쳤다. 여학생의 곤혹스러워 보이는 통통한 얼굴에서 시선을 떼고 내 팔을 붙잡고 있는 반장의 손을 보았다.

'내가 뭐, 그렇게 정의로운 애도 아니고⋯⋯.'

결국 나는 입을 다물고 묵묵히 걷는 쪽을 택했다.

"어?"

그때 갑자기 걸음을 멈춘 반장이 내 손을 놓고는 앞으로 달려 나갔다. 한 2미터 정도 달려가서 멈춘 그녀는 소각장 쪽을 한참 주시하더니 몸을 돌려 내게 말했다.

"너 먼저 교실에 가 있어. 난 할 일이 있어서!"

"어? 야⋯⋯!"

내 대답은 듣지도 않고 달려가버린 반장이 향한 곳은 뻔했다. 결국 나 역시 소각장 쪽으로 달리기 시작했다.

"야, 송두리!"

멍청한 계집애. 누가 저거 반장 시켰어! 다 손목을 부러뜨려 버릴라.

"같이 가!"

나 있잖아! 만날 싸움박질만 하고 다니는 나 놔두고 왜 지가 가냐고!

속으로 욕을 한 바가지 퍼부으면서 전속력으로 달려 송두리를 따라갔다.

"그만해, 이 멍청이들아!"

소각장으로 달려간 송두리가 냅다 소리치는 게 들렸다. 나도 막 그 뒤에 도착해서 숨을 고르고 있는데, 그녀의 앞을 한 녀석이 막아서는 게 보였다.

"너한테 볼일 없거든, 꼬마반장? 그만 가봐라, 으잉?"

"이 불한당 같은 놈들아! 어디 괴롭힐 사람이 없어서 연약한 여자를 괴롭히냐?"

송두리의 말에 그곳에 있던 6명의 남학생들이 일제히 웃음을 터뜨렸다. 6중 1명이 자신의 앞에 서 있는 여학생의 두툼한 허리 둘레를 엄지와 검지로 꼬집듯 잡으며 말했다.

"넌 이게 연약해 보이냐? 이게 연약한 허리냐고!"

"멍청이들!"

여리여리한 얼굴과는 안 어울리게 저런 말들을 참 잘하는 송두리는 지금도 저 녀석들을 가소롭다는 듯이 보고 있었다.

"여자애들이 얼마나 여리고 약한지 모르고 함부로 대하는 것들은 평생을 아주 혼자 살아봐야 돼. 하긴, 너네들은 지금도 여자친구 하나 없지?"

"이게 진짜 죽으려고……!"

주먹을 휘두를 기세로 달려드는 남학생을 보면서도 눈 하나 깜짝 않고 선 송두리는 오히려 자신의 얼굴을 더욱 앞으로 내밀었다.

"때려봐! 확 물어뜯어버릴 테니까."

순간 남학생이 움찔하며 뒤로 물러섰다. 실제로 송두리의 물어 뜯기는 그 고통이 대단하다고 소문이 자자했으니 말이다. 게다가 지금 그녀의 뒤에는 3일에 한 번씩은 패싸움을 해줘야 몸이 가뿐하다는 맹사준 이 몸이 서 있지 않은가.

"흠흠."

목구멍이 갑갑해서 헛기침을 몇 번 했더니 남학생들의 시선이 확 느껴졌다. 오른손을 들어 꺼지라고 휙휙 흔드니 녀석들이 뒷걸음질을 칠 준비를 했다.

"너 진짜 운 좋은 줄 알아!"

으름장을 놓고 가버리는 6명을 뚫어지게 바라보던 송두리는 이내 콧방귀를 뀌어버렸다. 그러고는 몸을 돌려 살집이 있는 여학생에게 다가갔다.

"괜찮니?"

그 여학생은 부끄러운 듯 통통한 얼굴을 아래로 숙였다.

"고마워."

"에이, 이런 거 가지고 뭘. 어디 다친 덴 없어?"

"응, 괜찮아."

청춘드라마에서나 나올 법한 그들의 눈꼴신 행각을 도저히 볼 수 없어서 등을 돌렸다. 그런데 뭐가 그렇게 재미있는지 자꾸 피식피식 웃음이 났다.

아침부터 내 팔에 찰싹 달라붙은 채 지난밤에 자른 듯한 단발 머리를 흔들면서 이름은 모르고 얼굴만 아는 여자애가 물었다.

"나 긴 머리가 나아, 짧은 머리가 나아?"

"다 안 나아."

"에이, 그러지 말고 대답해봐. 어떤 머리?"

"민머리."

내 시큰둥한 대답에 여자애의 얼굴이 굳어졌다. 그리고 눈엔 눈물이 고인 듯했다. 그러니까 왜 들러붙어, 들러붙길.

하지만 그 여자애는 곧 내 어깨를 툭 치며 장난스럽게 말했다.

"어우, 이 재치덩어리."

"넌 그냥 덩어리."

그 순간 여자애의 눈에서 눈물이 흐르려고 했다.

"눈물 날 것 같아."

"흘려."

결국 그 여자애는 소리를 내어 울어버렸다. 복도 한가운데에서 울어버리는 통에 다른 반 학생들의 시선까지 쏟아져서 짜증이 일었다.

"나 간다."

빠르게 우리 반 쪽으로 가려는데, 그 뒷문에 서 있던 여학생과 눈이 마주쳤다. 송두리였다.

"야, 맹사준. 너 여자 울리는 남자였구나?"

성격대로 네가 무슨 상관이냐고 말하고 싶었지만 못했다.

나는 이상하게 어느 순간부터 송두리가 무서웠다. 그녀의 물어 뜯기나 꼬집기가 무서워서만은 아닌 게 확실했다. 송두리가 나타 나기만 하면 그 안하무인이던 행동이 조심스러워졌고 무슨 말만

하면 심장이 두근대고 열이 나는 듯했으니 말이다.

나는 그저 나를 스쳐 지나가는 송두리를 눈으로 좇을 수밖에 없었다.

"은진아, 괜찮아?"

그날 울려버린 여자애는 서은진. 송두리의 베스트 프렌드란다. 재수가 없어도 참 없었다.

그래서 너는 그날 그랬던 걸까.

"나랑 사귈래? 사귀자."

하교를 하는 송두리를 붙잡아 골목으로 데려가서는 빠르게 말했었다.

"나랑 사귀면 애들이 진짜 말 잘 들을걸?"

"흥. 난 내 힘으로 애들 말 잘 듣게 할 거거든?"

아님 내 고백이 너무 가벼웠던 탓일까.

"그래서? 싫다고? 싫어?"

"어. 싫어."

그녀 역시 너무나 가볍게 나를 차버렸다.

내가 그녀를 대학생 때까지 짝사랑했던 건 내 친구들 사이에선 이미 유명한 이야깃거리다. 나 같은 재수탱이가 임자 만났다며 둔하디둔한 그녀를 센스쟁이라고 불렀다.

"그래서 송두리를 회사에서 다시 만났다고?"

친구들 중에서 가장 친한 진수와의 술자리에서 그녀의 이야기를 제일 처음으로 꺼냈다. 역시나 그는 놀란 얼굴을 했다.

"응. 내 직원이야."

진수가 호박 빛깔이 감도는 위스키를 한 잔 입에 털어 넣고는 말했다.

"대기업 다니다가 진짜 하고 싶은 일이 있어서 그만뒀다던데, 네 구두 회사로 들어갔구나."

"우리 회사 구두 디자인 공모전에 당선됐어. 그래서 지금은 막내 디자이너."

내가 그녀의 이름을 확인한 건 대상으로 압축된 후보들 중에서 제일 눈에 들어오는 구두 디자인을 봤을 때였다. 디자인도 마음에 들었지만 제출자의 이름도 마음에 들었다.

송두리.

그걸 확인함과 동시에 내 소중한 한 표는 그 디자인에게 던져졌다.

그렇지만 정말 그 송두리일 줄이야.

입가에 슬며시 미소가 지어졌다. 그런 내 귀로 진수의 목소리가 다시 들렸다.

"근데 너 두리한테 차였었잖아? 열 안 받냐? 설마 두리 괴롭히거나 그러진 않지?"

"설마. 내가 얼마나 너그러운 남자인데."

"너그러운? 너 그러지 마라, 진짜."

어설픈 말장난을 하는 진수에게 한쪽 입술 끝만 올려 웃어 보인 뒤 술잔을 입 앞으로 가져왔다. 그 순간 진수의 생각에 잠긴 눈이 나를 보았다.

"힘들겠다, 두리도. 대기업 잘 다니다가 때려치우고 막내로 들어간 건데."

위스키를 입안으로 털어 넣자 알싸한 맛이 퍼진다. 그때 진수가 걱정스런 얼굴을 해서는 너무나도 당연한 질문을 했다.

"잘해주기는 하냐?"

바로 고개를 끄덕였다.

"그럼, 엄청 잘해주지."

오늘 밤도 회사에서 야근시키면서.

송두리째 흔들리다

분명 내가 찼는데도 꼭 실연당한 것만 같은 동창을 10년 만에
다시 만났다.

'맹사준······.'

전혀 예상치 못한 곳에서 드라마 주인공처럼 모습을 드러낸 그
는 여전히 잘난 얼굴을 하고 있었다. 고등학교 때부터 얼굴 하나
로-아니, 실은 성격도······.- 유명했던 녀석이었지만, 서른이 된
그는 범접하기 힘든 분위기를 뿜어내고 있었다. 어른 남자가 가지
고 있는 여유로우면서도 위험한, 그런 분위기였다.

그래서 나는 직감적으로 알 수 있었다.

내가 또······ 그에게 흔들릴 거란 것을.

송두리째 흔들다 02

"두리 좀 귀엽지 않냐?"

학교에서 엎드려서 자다 보면 가끔 듣기 싫어도 듣게 되는 말들이 있다. 잠을 자려고 했는데 들려오는 그 말에 누운 채로 인상을 팍 썼다. 바로 상체를 일으켰더니 내 앞자리의 책상 위에 앉아 있던 녀석이 움찔하며 놀란다.

"너, 지금 뭐라고 했냐?"

눈에 힘을 주고 녀석을 노려보며 물었더니 녀석이 쭈뼛거리며 대답했다.

"응? 송두리 귀엽……."

"닥쳐. 그딴 소리 한 번만 더 해봐."

어렸을 때 나는 꽤 유치했었다. 인정한다. 성격도 괴팍했었다. 그것도 인정한다.

그렇지만 송두리에게만은 한없이 다정한 남자애였다. 그녀에게만은 얼마나 다정했던지 한때는 내 이름을 '다정'으로 개명할까도 생각했을 정도였다. 성이 '맹'이라서 관뒀다만.

"자자, 다들 조용히 하고. 이번 체육대회에는 전원이 어떤 종목이든 다 참여해야 하거든? 그러니까 각자 꼭 참여하고 싶은 종목을 하나씩 적어서 내야 돼. 만약 멤버 수가 안 맞으면 나중에……. 좀 조용히 좀 하라고, 좀!"

'좀'을 몇 번이나 말하는 거야.

체육대회를 한 달 정도 남겨두고 학급회의를 하던 날, 시끄럽게 떠들며 좀처럼 집중을 안 하는 반 아이들 때문에 반장의 목소리가 점점 높아졌다. 그래서 나는 그녀를 위해 소리를 버럭 질렀었다.

이렇게.

"아, 조용히 좀 하라고, 이 잡것들아!"

이 얼마나 반장 송두리를 위한 외침이란 말인가. 아, 나 다정해, 진짜.

그래서 그날 내 덕에 반 아이들은 조용히 입을 다물었고 체육대회 참가 멤버도 고르게 다 잘 정해졌건만, 그날 송두리는 나보고 괜히 애들 겁준다고, 그러니까 친구가 없는 거라고 독설을 내뱉었었다. 화가 치밀었지만 꾹 참아보긴 그때가 처음이었다.

죽어도 닿지 않던 그때의 마음을 보상받으려고 송두리에게 하루에 구두 디자인 5개를 제출하라는 명령을 내린 것은 결코 아니다. 동대문에서 시작된 내 구두 장사가 3년 만에 그 센스를 인정받아 회사를 차리게 되고 더 이상 장사가 아닌 사업이 된 지 2년이 흐른 이 시점에서 고작 날 찬 첫사랑이 직원으로 들어왔다고 해서 복수를 할 정도로 나는 속이 좁지 않다.

"디자인이 다 별로야."

그저 송두리에게서 건네받은 디자인들을 꼼꼼히 훑어보며 냉정하게 말했을 뿐이다. 그녀가 조심스러운 음성으로 물었다.

"정확히 어디가 마음에 안 드세요?"

"난 이런 디자인 오늘 아침에도 보고 아까 점심시간에도 본 것 같아."

말을 하면서 올려다보니 그녀는 윗니로 아랫입술을 질끈 깨물고 있었다. 붉은 입술이 이에 눌려서 하얗게 된 부분이 눈에 거슬렸다.

하지만 성격상 할 말은 해야 했다.

"흔해빠졌다고."

송두리의 불안해 보이는 동그란 두 눈에서 시선을 떨어뜨리니 불끈 쥔 두 주먹이 보였다.

하긴, 저 성격에 뭐라고 한마디 하고 싶겠지.

"잘하면 치겠는데?"

"설마요."

내 농담에 송두리는 입술 양쪽 끝을 올리며 웃었다. 이제 그녀의 입에서 어떤 독설이 나올지 기대가 되었다. 어렸을 때 그녀는 나한테 독설을 잘 뱉곤 했으니 말이다.

"전 사장님의 안목을 절대적으로 믿거든요."

그러나 그녀의 입에서 나온 말은 나를 상처 입히거나 화나게 하지 않았다. 오히려 쿵– 하고 작게 심장을 울리는 감동을 주었다.

"저는 개인적으로 사장님이 디자인하고 기획한 구두들이 이 세상에서 제일 좋습니다. 그런 사장님이 제 디자인이 흔하고 별로라고 하시면 그런 거겠죠. 반성합니다."

의외의 말을 들어버려서 조금 당황했지만, 확실히 기분은 좋았다. 피식 웃어버리는데 볼이 붉어진 듯한 송두리가 시선을 살짝 내리며 말했다.

"이 '무디(Moody)'에 입사한 것도 다 사장님의 구두들이 좋아서입니다."

"······그렇군."

그런 거였어? 송두리가 나를 좋아한다니······. 응? 아니야? 어쨌든, 좋아한다지 않은가. 내 언젠가 이런 날이 올 줄은 알았다. 그 날이 10년 만에 와서 좀 그렇지.

천천히 자리에서 일어나 송두리의 근처로 다가갔다. 그녀는 내가 다가오자 어리둥절해하며 동그란 눈을 더 크게 떴다. 그녀의 갈색 눈동자에서 동요가 느껴졌다.

"정확히 말하면 나는 디자인을 하지 않아. 못해. 오직 고르는 재주만 있을 뿐."

긴장을 한 듯한 그녀의 가녀린 어깨에 손을 얹어 툭툭 치고는 이어 말했다.

"그러니까 디자인을 할 수 있다는 것만으로도 꽤 괜찮은 재주가 있다고, 송두리 씨."

……나 지금 좀 멋있지 않아?

이번엔 나한테 완전 반하는 거 아니야, 송두리?

점심시간이 되자마자 사장실 문이 노크 소리와 함께 열리더니 여 비서가 비죽이 얼굴을 내밀었다.

"저는 점심 나가서 먹고 오겠습니다."

이건 일종의 배신이었다. 항상 당연하다는 듯 같이 점심을 먹는 동료가 갑자기 저렇게 배신해버리면 남겨진 나는 당황하고 만다.

"그럼 나는?"

"혼자, 드시게 되겠죠."

여 비서는 조금 미안하다는 얼굴을 했다. 여기서 중요한 단어는 '조금'이다.

"냉정하네, 여 비서."

참고로, 여 비서는 이름이 '여민'이라 여 비서일 뿐 실제로는 남 비서다. 남자 비서.

내가 여전히 못마땅해하는 표정을 풀지 않자 그는 어수룩하게 변명을 늘어놓기 시작했다.

"사실은, 여친이, 아니 여자 친구가 회사에까지 왔습니다. 안 그래도 되는데 도시락을 싸왔다고 하더라고요. 성의를 생각해서라도 제가 꼭 나가야죠."

여 비서는 비서치고는 어조가 깔끔하거나 눈치가 빠른 편은 아니었지만, 어수룩하니 사람 냄새가 나는 친구였다. 그래서 면접에서 내가 뽑은 거긴 하지만, 가끔은, 아주 가끔은 울컥할 때가 있긴 하다.

"여 비서…… 애인 있었어?"

전혀 몰랐던 사실이라 놀라서 물었더니 여 비서가 아주 환하게 웃었다.

"아, 생긴 지 얼마 안 됐습니다. 저번 주에 소개팅으로 만나게 된 친굽니다."

"흐음, 좋겠네."

"네, 러브러브입니다."

보라, 이 어리숙함을. 어떤 비서가 자기 사장한테 지 러브러브 모드란 걸 떠든단 말인가?

"그래, 가봐."

여 비서를 먼저 보내고 나도 점심식사를 위해 사장실을 나왔다. 구내식당으로 향하는 길에 우연히 디자인 팀장이자 내 오랜 사업 파트너인 윤아를 발견했다. 나는 자연스럽게 그녀를 불러 세웠다.

"정 팀장, 밥 먹자."

사내에서 윤아와 식사를 하는 건 자주 있는 일이었기에 우리에게 쏟아지는 시선들을 별로 신경 쓰지 않고 있었는데, 내 옆에서 걷던 그녀가 갑자기 몸을 틀면서 물었다.

"그거 알아?"

"몰라."

난 저렇게 주어 없이 던지는 질문이 제일 싫다. 알 리가 없잖은가.

별로 궁금하지도 않은데 윤아는 혼자 재미있는 이야기를 들려준다는 듯 큭큭거리며 웃었다.

"너랑 내가 사귄다는 소문이 돈대."

"네가 냈지?"

바로 눈을 가늘게 뜨면서 단호한 어조로 물었더니 얼굴에서 웃음기를 싹 거두며 윤아가 펄쩍 뛰었다.

"아니거든?"

"아님 적극적으로 변명하고 다녀."

식당으로 향하는 복도에서 윤아는 걸음까지 멈추며 내 팔을 잡아당겼다. 그녀는 조금 화가 난 듯 보였다.

"대체 어떻게 변명하고 다닐까? 우리는 사귀는 사이가 아니라 정 팀장 저 혼자 맹 사장님을 짝사랑하는 중이랍니다, 이렇게?"

"그게 사실이잖아."

반년 전 나는 윤아에게 고백을 받고 1초의 망설임도 없이 그녀를 거절했다. 이유는 단 하나. 그녀를 여자로 느껴본 적이 단 한순간도 없었기 때문이다.

"어우, 매정한 놈."

그녀에게 잡혔던 내 팔을 빼내고 다시 걷기 시작했다. 그런 나를 따라오며 윤아는 손바닥으로 내 등을 때렸다. 상당히 아팠지만, 너의 손 따위 가소롭다는 듯이 피식 웃었다.

약이 오른 윤아는 '정말 밉다.'라고 중얼거리면서 내 옆으로 왔다. 그러고는 흘겨보며 말했다.

"대체 언제부터 이렇게 싸가지 없었을까, 우리 맹 사장님은? 고등학교 때부터? 아님, 역시 태어날 때부터?"

"그래도 고3 땐 잠깐 착했어."

송두리한테만.

"고3 때만? 대체 학교 다닐 때 무슨 일이 있었던 거야? 학교 터가 안 좋았나?"

"인간적으로 학교는 건드리지 말자."

내가 정색을 하자 윤아는 재미있다는 듯이 까르르 웃음을 터뜨렸다.

"오호, 모교에 대한 애착이 상당하신데?"

"우리 불금고에서 서울대 많이 갔어. 내가 못 가서 그렇지."

"불금고? 푸하하, 무슨 학교 이름이 그래?"

"인간적으로 모교는 건드리지 말자고."

불금고는 내 첫사랑의 추억이 서린 소중한 학교란 말이다. 나랑 정반대인 것만 같은 아이가 이 세상에 존재한다는 것도 신기했는데 시간이 지날수록 그 아이가 당황스러울 정도로 사랑스럽게 느껴졌었다. 그런 감정은 처음이라 모든 것이 서툴렀고 제멋대로였다. 딱 달콤쌉싸름하다란 표현이 정확할 첫사랑이었다.

학교 이름 때문에 한참 웃던 윤아가 이내 무언가 생각난 듯 손뼉을 쳤다.

"아! 그나저나, 오늘 디자인팀 회식 있는데, 올 거야?"

"내가 회식 가는 거 봤어?"

대수롭지 않게 대답했는데 윤아의 다음 말에 감탄사가 터져버렸다.

"새 디자이너도 왔으니까."

"아아."

송두리, 취하면 어떤 모습일까. 궁금하긴 했다.

그래서 결국 나는 마지못해 간다는 어투를 살려서 대답했다.

"알았어. 나중에 계산만 하러 갈게."

식당에 도착해서 메뉴를 확인하는데 저 멀리 있는 식탁에서 식사 중인 송두리의 모습이 보였다. 긴 머리를 대충 묶어 펜으로 비녀 꽂듯 고정해둔 헤어스타일에 피식 웃음이 났다.

그 순간 시선을 느꼈는지 국을 떠먹던 송두리의 눈이 내 쪽을 보았다. 정확하게 내 눈과 마주친 그녀의 눈이 내 옆으로 그 시선을 옮겼다. 내 바로 옆에 서 있는 윤아를 보는 송두리의 눈동자에 나는 아주 자연스럽게 윤아에게서 한 발자국 떨어졌다.

"......?"

아, 그다지 자연스럽진 않았나 보다. 내 행동을 용케도 느낀 윤아의 눈썹이 하늘로 치켜 올라갔으니 말이다.

"왜 그래?"

미심쩍은 시선을 보내는 그녀에게 나는 태연하게 되물었다.

"뭐가?"

"지금 나한테서 한 발자국 멀어졌잖아?"

나를 뚫어지게 응시하면서 윤아는 확신이 느껴지는 어조로 계속 물었다.

"직원들 신경 쓰여서 그래?"

그때 송두리가 밥을 다 먹었는지 자리에서 일어서는 게 보였다. 그녀가 이쪽으로 오는지 안 오는지 보고 있는데 옆에서 윤아의 목소리가 들려왔다.

"원래 자기, 그런 거 신경 안 쓰잖아?"

순간 당황해서 고개가 윤아 쪽으로 홱 돌아갔다.

"자기라니? 무슨 말을 그렇게 심하게 해?"

내가 순간적으로 던진 말에 윤아는 황당하다는 얼굴을 했다. 나는 다시 눈으로 힐끔 송두리의 위치를 확인했다. 마침 식판을 개수대에 놓은 그녀가 우리 쪽으로 다가오고 있었다.

"새삼스럽게 왜 그래? 다른 직원들한테도 하는 내 입버릇인 거 알잖아?"

그러나 지금 윤아의 목소리는 내 귓속으로 들어오지는 않고 귓바퀴를 맴돌다 흩어질 뿐이었다. 나는 불쾌하다는 표정을 감추지 않고 윤아에게 말했다.

"네 자기한테나 자기라고 해."

"나한테 자기가 어디 있어?"

"없으면 하나 만들어. 내가 소개시켜줄까?"

그사이 송두리가 우리에게 가볍게 목례를 하며 지나가고 있었다. 그래서 나는 일부러 더 큰 소리로 말했다.

"분명히 정 팀장은 좋은 남자 만날 수 있을 거야."

윤아가 나를 모나게 뜬 눈으로 노려보았지만 나는 전혀 개의치 않았다. 물론 나같이 까칠한 놈을 좋아해주는 그녀에게 고마운 마음도 살짝 있긴 있다.

하지만 딱 거기까지다. 그 이상 내가 그녀에게 해줄 수 있는 건 없다.

[아무래도 오늘은 안 오는 게 좋겠어, 사장님.]

윤아에게서 이런 문자가 도착했다. 그러니까 묘하게 적극적으로 가고 싶다는 생각이 치밀었다.

결국 나는 오지 말라는 윤아의 만류에도 당당히 회식장소로 향했다.

회사 앞 2층까지 있는 제법 큰 호프집에 도착하자마자 나는 윤아의 문자를 바로 이해했다.

"맹사준, 그놈이 뭐랬는 줄 아세요?"

이래서 나보고 오지 말라고 한 건가.

한때 익숙했던 저 큰 목소리가 내 걸음을 느리게 만들었다.

"맹사준이요, 내 디자인을 딱 보더니 딱 뭐 씹은 표정으로 '별로야' 이러는 거예요. 나 참."

저절로 미소가 지어졌다. 썩은 미소가.

술에 취해 떠들고 있는 송두리의 뒤통수를 보고 선 채 그녀의 말을 계속 들었다. 나를 발견한 직원들의 얼굴이 삽시간에 딱딱하게 굳으면서 송두리를 말리려는 행동을 취했지만, 그녀의 취한 음성은 계속되었다.

"흔해빠졌다고 하더라고요. 내 눈엔 예쁘기만 하구만! 특색 있어! 그쵸?"

송두리가 자신의 가방에서 디자인들을 꺼내더니 탁자에 주욱 늘여놓았다. 그 후에도 그녀에게서 나오는 내 험담은 끝이 날 줄을 몰랐기에 결국 나는 송두리의 뒤통수에 대고 입을 열었다.

"정 팀장, 직원 교육을 어떻게 시킨 거야?"

그제야 송두리의 목소리가 멈췄다.

"죄송합니다, 사장님."

윤아가 재빨리 일어나며 내 쪽으로 고개를 숙여 보이자 송두리가 고개를 돌렸다. 그녀와 눈이 마주치는 순간 울컥한 마음에 제법 강한 어조로 말했다.

"사장 이름을, 그것도 풀네임으로 부르고……!"

내가 내 풀네임을 얼마나 싫어하는데!

성이 보통 특이한 게 아닌데!

"어? 맹사준이다!"

나를 본 그녀가 신기한 물건이라도 발견한 듯 검지로 삿대질을 했다. 건방지게.

"야, 맹사준."

술이 거나하게 취한 송두리는 사리분간 못하고 계속 내 풀네임을 불렀다. 내가 그녀를 강하게 노려보는 사이 자리에서 일어선 송두리가 나를 향해 몸을 획 돌렸다. 그 와중에도 그녀의 삿대질은 멈출 줄을 몰랐다.

"뭐? 내 디자인이 별로야? 흔해빠졌어? 어디가? 도대체 어디가?"

아까는 분명 내가 그러면 그런 거라고, 자기 디자인이 구리다는 거 인정했으면서, 술 먹으니까 저렇게 본성을 드러내나?

"감각이 떨어졌구나? 왜, 이렇게 예쁜 구두를 대체 왜 몰라봐?"

애 아까 내 구두 좋아한다고 했던 애 맞아? 다 거짓말인 거 아니야?

술 취한 사람이랑 더는 말 섞고 싶지도 않아서 그냥 묵묵히 눈에 힘만 주고 있는데, 송두리가 갑자기 움직였다. 속으로 조금 놀라서 뒷걸음질을 치려다가 겨우 참고 발바닥을 땅에 붙이고 서 있었다. 그사이 송두리는 나를 쳐다보지도 않고 스쳐 지나가버렸다. 뒤쪽에서 윤아가 그녀를 불러 세웠다.

"어디 가, 두리 씨?"

그러자 술기운에 붉어진 송두리의 얼굴이 윤아를 향해 돌아갔다.

"나는 다시 회사로 갈 겁니다. 가서, 맹사준이 좋아하는 디자인을 꼭 그려내고 말 겁니다."

말릴 틈도 없이 휘청거리며 가버리는 송두리를 주시하고 있는데 직원들의 목소리가 소란스럽게 들려왔다.

"누가 가봐야 하는 거 아니야?"

"그냥 놔둬. 회사로 간다잖아."

엎어지면 코 닿는 곳에 회사가 있어서 다들 걱정은 안 하는 눈치였다. 오히려 그들은 우두커니 서 있는 내 눈치를 보기 시작했다.

"두리 씨 술버릇이 참 고약하네."

"사장님이 이해하세요. 신입이잖아요."

"사장님, 기분 푸시고 이리 와서 앉으세요."

그러나 나는 그들에게 부드럽게 웃어 보이며 정중하게 거절했다.

"아닙니다. 저는 오늘 여러분 얼굴만 보러 온 겁니다. 계산은 제가 하고 갈 테니 편하게 놀다 가십시오."

윤아가 나를 따라 나오려고 했지만 고개를 저어 말리고, 잽싸게 계산을 마친 다음 가게를 빠져나왔다.

밖으로 나오자마자 고개를 휙휙 돌려 송두리의 작은 몸을 찾기 시작했다. 나간 지 얼마 안 됐고 술에 취했기 때문에 멀리는 못 갔을 거라 생각하며 이리저리 돌리고 있는 내 두 눈에 저 멀리 터벅터벅 걸어가는 송두리의 뒷모습이 보였다.

재빨리 그녀를 향해 걸음을 옮기고 있는데 갑자기 그녀가 길 한가운데에 털썩 주저앉았다. 놀라서 걸음이 조금 더 빨라졌다. 그녀와의 거리가 2미터 정도 남았을 때 갑자기 그녀의 외침이 들려왔다.

"아악, 맹사준!"

대체 왜 내 이름 앞에 '아악'이 붙은 거냐, 왜.

순간 눈을 가늘게 뜨며 그녀에게로 한 발자국 더 다가갔다. 그때 또 그녀의 목소리가 들렸다. 이번엔 좀 작게.

"왜 하필 네가 사장이냐."

쪼그리고 앉은 그녀가 자신의 브라운 빛깔을 띠는 구두코를 톡

톡 건드리며 중얼거렸다.

"왜 네가 이 구두 사장이냐고."

뭔 혼잣말이 저래.

성큼성큼 걸어가 뒤에서 그녀를 일으키려고 두 손을 뻗는 순간 이 말이 정확하게 들려왔다.

"난 그때처럼 흔들리고 싶지 않아."

그때는 정확히 언젠지, 왜 흔들리고 싶지 않았는지, 지금은 또 왜 흔들리고 싶지 않은지…… 물어보고 싶은 말들이 많아졌다.

"왜?"

하지만 이 한마디로 축약해버리며 송두리의 잘록한 허리를 두 손으로 잡아 일으켜 세웠다.

"흔들리면 안 되는 이유라도 있나?"

"꺄악!"

갑작스런 내 스킨십과 목소리에 놀란 듯 송두리는 비명을 질렀다. 그 소리가 시끄러워서 두 손을 놓고 내 귀를 만졌다.

"목청은 여전하구나."

"어딜 만져?"

파르르 떨며 나를 경계하는 송두리에게 헛웃음이 터졌다.

"일으켜 세워준 거잖아. 사람들 통행에 불편을 주는 너를."

"말로 일으켜 세워도 돼."

톡 쏘듯 되받아친 송두리의 곱지 않은 눈빛을 마주한 순간 나는 그녀가 잊고 있는 부분을 상기시켜주었다.

"네가 아까부터 자꾸 내 직급을 잊는 것 같은데. 어디 백수 한

번 만들어줘?"

그 순간 흠칫 놀란 듯 눈빛이 달라진 송두리가 어딘가로 후다닥 도망가려 했기에 나는 얼른 그녀의 팔뚝을 잡아챘다.

"어디 가? 내 차 저기 있어."

"괜찮습니다."

"이제 와서 존댓말 써도 소용없어."

버둥거리는 송두리를 데리고 차 쪽으로 향했다. 그녀의 갈색 눈동자 안에 졸음이 가득했기에 나는 얼른 조수석 문을 열고 그녀를 밀어 넣었다. 다행히 그녀는 졸린 탓인지 얌전히 내 차에 올라탔다.

운전석에 앉으며 돌아본 그녀는 늘어지게 하품을 하고 있었다. 그래서 나는 내 안전벨트를 착용하며 그녀에게 말했다.

"벨트나 차. 해주고 싶지만 너 또 소리 지를까 봐 안 해."

송두리는 눈을 느리게 껌벅거리며 안전벨트를 찼다. 벨트를 차면서도 연신 하품을 하던 그녀가 의자에 머리를 대고 잠에 빠지는 듯 보여서 얼른 말했다.

"집이 어딘지 5초 안에 말해. 안 그럼 우리 집으로 간다. 1, 2, 3, 4, 5."

"송파구……."

"늦었어."

송두리가 대답을 늦게 하는 바람에 나는 어쩔 수 없이 우리 집 쪽으로 차를 출발시켰다.

'그런데…….'

내가 분명히 우리 집으로 간다는 말까지 했는데도 퍼자는 이 여자는 뭐지?

새근새근 숨소리가 들려서 설마 하고 고개를 돌려보니 아주 평온한 얼굴로 잠에 빠진 송두리가 보였다.

"야, 너는 대체……."

내가 아직도 남자로 안 보이냐? 내가 아직도 네 말 한마디에 오들오들 떠는 고등학생 같나 보지, 응?

왠지 과속하고만 싶어지는, 삐뚤어지고 싶은 밤이었다.

송두리째 흔들다 03

　송파구를 이리저리 헤매다가 아무리 봐도 송두리 집으로 보이는 집이 없어서 그냥 강남구로 왔다. 오피스텔 주차장에 차를 세우고 안전벨트를 푸는데 여전히 색색거리며 자고 있는 송두리가 눈에 거슬렸다.

　너는 남자의 자존심에 상처를 입혔어. 예전이랑 똑같이.

　"야."

　일단 한번 불러보았다. 아무 반응이 없다.

　쯧 하고 혀를 차고는 다시 한 번 목소리를 냈다.

　"송두리."

　역시, 미동조차 안 한다.

　결국 나는 차에서 내려서 조수석 문을 열었다. 허리를 숙이자 송두리의 하얀 얼굴과 살짝 벌어진 붉은 입술이 내 시야에 가득 찼다.

"……."

이렇게 송두리의 얼굴을 들여다본 적이 얼마 만이던가.

어렸을 때야 좋아한다는 것도 모르고 그냥 마냥 보고 싶기만 했다. 다행히 송두리는 항상 학생들의 중심에 서 있었고, 그래서 그녀의 얼굴만은 질릴 만큼 봤었다. 얼마나 많이 봤냐면, 눈 감고도 송두리의 얼굴을 그릴 수 있을 거라 생각했을 정도로 많이 봤다.

그래서 한번은 정말 눈 감고 그려봤다가 내 그림 실력에 쌍욕을 뱉고 말았다. 그 후로는 다신 그림을 안 그린다.

모르는 사람처럼 지낸 그동안에도 난 송두리의 얼굴을 잊어버리지 않았다고 믿고 있었다. 그런데 막상 이렇게 바라보고 있으니 내가 그동안 기억하던 송두리는 송두리가 아니었다는 생각이 든다.

이렇게 숨 쉬고 움직이는 송두리가 늘 그리웠다, 나는.

한때는 남들 다 하는 첫사랑 나만 뭐, 이리 유난스럽나 생각한 적도 있었다. 하지만 처음이란 것은 언제나 그 존재 자체만으로도 강렬하듯이 내게 송두리 역시 그랬다. 비록 이뤄지지 못한 안타까움과 원망에 아팠던 적도 있지만, 그럼에도 나는 그때만큼 누군가를 순수하게 사랑해본 적은 없었다.

도무지 일어날 생각을 안 하는 송두리의 목과 무릎 아래에 팔을 넣고 그대로 들어 올렸다. 예나 지금이나 작고 마른 건 여전해서 들기는 수월했다.

그녀를 든 채 오피스텔의 엘리베이터 안에 올랐다. 다행히 보안이 철저한 건물이라 통행자는 드물었고, 늦은 시간이라 주민들조차 마주치지 않고 집 안으로 들어올 수 있었다. 들어오자마자 보이는 소파에 그녀를 조심스럽게 눕혔다.

'이제 어쩌지?'

물끄러미 그녀를 내려다보고 있는데, 송두리가 답답했던지 자신의 하얀 셔츠의 깃 부분을 잡아당겼다. 그 바람에 셔츠의 단추 하나가 풀려버렸고 자연스레 그녀의 새하얀 속살이 내 시야로 들어왔다.

"뭐 하는 거야, 너?"

당황해서 소리를 버럭 질렀는데 그 소리는 고요한 집 안에서 혼자 외로이 울려 퍼질 뿐이었다.

여전히 새근새근 천사와도 같이 잠들어 있는 송두리의 얄미운 모습에 한숨이 절로 나왔다.

"물, 물 좀 마셔라, 너."

아니, 나.

듣지도 못할 말을 중얼거리며 냉장고로 걸어갔다. 냉수를 꺼내 벌컥벌컥 마시고 컵에다 물을 담아 가져왔다.

진정됐다고 생각했는데 소파 위에 흐트러져 있는 송두리의 모습이 다시 눈에 들어오자 몸속 어딘가에서 뜨거운 무언가가 소용돌이쳤다.

……이런 변태 같은! 그래서 네가 지금 뭘 어쩔 건데, 이 맹사준아.

가져온 컵 속의 물까지 내가 다 마신 후 심호흡을 하며 정신을 가다듬었다. 그러다 문득 소파에서 잠든 송두리를 보며 고민에 빠졌다.

'그래도 여잔데 소파에서 재우긴 좀 그렇지?'

결국 소파에선 재울 수 없다는 결론에 달해 다시 송두리를 들어 올렸다. 내가 막 내 침대가 있는 곳으로 걸음을 옮기려는 찰나 송두리가 몸을 비틀었다.

"음…… 으음…….”

내 품에서 송두리가 바스락거리는 느낌에 일순 몸이 경직되었다.

'행복하게, 아니 짜증나게 어디서 잠투정이야!'

달아오른 얼굴로 성큼성큼 걸어가 송두리의 몸을 침대 위에 내려놓았다. 그리고 바로 두 손을 빼려는데 갑자기 송두리가 눈을 떴다. 그녀와 눈이 정면으로 마주쳤다.

"뭐? 왜? 나 아직 아무 짓도…… 아니, 아직이 아니라, 암튼, 아무 짓도 안 했거든? 그냥 너 침대에 올려놓는 거거든?"

당황해서 말을 막 쏟아내는 사이 송두리가 두 팔을 뻗어왔다. 다가오는 그녀의 손에 잠시 멍해졌다.

"왜……?"

다음 순간 송두리의 두 팔이 내 목에 둘러졌다. 놀라서 온몸이 굳어진 내 시야로 그녀의 싱긋 웃는 얼굴이 들어왔다. 그리고 그녀가 입술을 열었다.

"여전히 잘생겼네.”

작게 중얼거린 말이었지만 내 귀에서는 확성기에 대고 말하는 것처럼 크게 들렸다.

'애도 날 잘생겼다고 생각하고 있긴 하구나.'

이런 생각이 들자 괜히 멋쩍어지고 얼굴이 화끈거렸다.

'새삼스럽게 왜 이래. 이런 말 하루 이틀 들어? 뭘 부끄러워하고 그래, 맹사준?'

"흠흠."

헛기침을 하고 허리를 펴려는데 송두리의 팔이 나를 놓아주지 않았다. 오히려 그녀는 나를 더 아래로 잡아당겼다. 그녀의 하얀 얼굴이 바로 내 눈앞에 있었다.

'이건 분명 나를 유혹하는 몸짓이렷다?'

미세하게 떨리는 손을 올려 송두리의 볼을 부드럽게 잡았다. 보드라운 살결에 심장이 콩콩 뛰었다. 그래도 술 취한 사람한테 이래도 되나 싶어서 잠시 주저하는 사이, 송두리의 입술이 내 입술에 닿았다.

"……!"

깜짝 놀라 입이 저절로 벌어졌고 그 사이로 그녀의 혀가 들어왔다. 나는 손톱 끝으로 겨우 붙잡고 있던 이성의 끈을 놓아버렸다.

혀를 내밀어 그녀의 것과 거칠게 엉키면서 정신없이 그녀의 입 안을 훑었다. 그런 다음 입술로 그녀의 혀를 잡고 깊게 빨아들였다.

거칠게 서로를 탐하고 있던 그때 갑자기 송두리의 혀 움직임이 점점 소극적이 된다는 느낌이 들었다.

'먼저 유혹해놓고 이제야 부끄러워진 건가?'

귀엽네. 그녀가 그럴수록 나는 더 적극적이 되었다. 그런데 자꾸만 목 안쪽으로 들어가 숨어버리는 그녀의 혀가 이상하게 느껴지기 시작했다.

나는 결국 움직임을 멈추고 천천히 눈을 떴다. 그리고 보았다. 손을 들어 눈을 비비는 그녀의 행동을 말이다.

'조, 졸리냐?'

당황해서 송두리를 멍하니 보고 있는데 그녀의 손이 바닥으로 툭 떨어졌다. 그리고 이내 고른 숨소리가 들려왔다.

"와……."

뭐, 이딴 애가 다 있지? 지금 키스하다 잠든 거야? 얘 대체 나한테 왜 이래? 남자한테 불을 팍 지펴놓고 그냥 자는 거야?

쿨쿨 잠이 든 송두리를 내려다보고 있으니 한숨이 절로 새어나왔다. 어떻게 이렇게 뜨거운 키스 중에 잠이 들 수 있는지 이해가 안 되고 어이가 없었다.

아니, 무엇보다 자존심이 상했다.

"에잇!"

겨우 정신을 차리고 황급히 방을 나가려는데 그녀의 검정 스키니진이 눈에 거슬렸다.

저거 입고 자면 갑갑할 텐데, 벗겨줄…… 닥쳐, 맹사준. 정신 좀 차려, 맹사준. 실언을 할 때마다 네놈의 풀네임을 불러줄 테다, 맹사준.

두 눈 질끈 감고 그녀의 몸에 이불을 덮어준 후 방을 나왔다. 그리고 바로 소파에 몸을 눕혔다.

그런데…… 잠이 안 온다.

몸은 엄청 피곤한데 잠이 오질 않는다. 눈만 말똥말똥하다. 내가 이곳으로 이사 오고 나서 소파에서 잔 적이 있던가? 내 기억으론 한 번도 없었다. 내 침대가 아닌 곳에선 자본 적도 없는 청렴결백한 남자란 말이다.

결국 다시 몸을 일으켜 샤워를 마친 다음 텔레비전까지 보면서 잠이 오기만을 기다렸지만, 끝내 잠은 오질 않았다.

그래서 피곤한 몸을 이끌고 다시 내 방으로 향했다. 문을 열고 송두리가 누워 있는 내 침대를 보자마자 갑자기 잠이 확 쏟아졌다.

이 무슨 수면제 같은 효과란 말인가.

반쯤 감긴 눈으로 저벅저벅 걸어가 송두리의 몸을 침대의 가장자리로 밀었다. 그러고는 내 몸도 반대편 침대의 가장자리에 눕혔다. 그런데 그때였다. 이상하고 묘한 감정이 샘솟았다.

'내가 지금 대체 누구랑 누워 있는 거지?'

가슴까지 콩닥콩닥 뛰었다.

아무리 잠이 안 오기로서니 첫사랑이었던 여자와 한침대에 눕다니. 송두리 옆에서 내가 잠을 잘 수 있을 리가…….

그날은 아침부터 갑자기 소나기가 내렸었다. 등교 중이었는데 손에 우산은 없었다.

"젠장."

비를 피해 급하게 뛰었지만 머리랑 교복이 젖는 건 어쩔 수가 없었다. 축축한 느낌이 굉장히 불쾌했지만 이도 뭐, 어쩔 도리는 없었다.

젖은 머리를 털며 학교 본관 건물로 들어서자 언제나처럼 시선이 쏟아졌다. 그런데 오늘은 유난히 더 시끄러웠다.

"꺄아!"

"맹사준이다."

"어떡해! 우산 없었나 봐, 사준이."

"사준아, 이걸로 닦아."

여자애들이 서로 건네주려는 손수건들을 싹 다 무시하고 걷는데, 반대편에 송두리와 그녀의 친구들이 보였다. 송두리를 제외한 여자애들이 나를 발견하고는 얼굴을 붉혔다. 곧 그 무리가 수군거리는 목소리가 들려왔다.

"어머, 사준이 쟤 어떻게 비에 젖어도 저렇게 멋있지?"

"그러게. 아마 쟤 벼락을 맞아도 멋있을 거야."

뭐래. 너희들 혹시 내 팬을 가장한 안티냐?

"저 밖에 진흙을 퍼먹어도 멋있을걸?"

적당히들 좀 해라. 송두리도 옆에 있는데.

"쟤 분명 미쳐도 멋있을 거야."

저것들이!

눈에 힘을 빡 주고 내 안티인 듯한 송두리 친구들을 노려보는데, 걔네들 사이로 송두리의 작은 뒤통수가 보였다. 그리고 다음 순간 송두리의 목소리가 정확하게 들려왔다.

"야, 진흙 퍼먹고 미쳤으면 그냥 상미친놈인데, 쟤라고 멋있겠냐?"

난 그때 난생처음으로 어떻게 하면 진흙을 멋있게 퍼먹을 수 있을까 고민해봤었다, 등신같이.

……앗. 깊은 잠에 빠져 있던 나를 깨운 건 비명 소리였다.

"꺄악!"

머리를 울리는 성량에 인상을 찌푸리면서 눈을 떴다. 그런 내 시야로 자신의 셔츠를 여며 쥐고 있는 송두리의 놀란 얼굴이 들어왔다.

"너, 너 왜 여기 있어?"

그녀의 격앙된 질문에 나는 하품과 함께 대답했다.

"내 침대니까."

"그럼 나는 왜 여기 있고?"

"내가 여기에 눕혔으니까."

그 순간 송두리의 하얗고 말간 얼굴이 경악으로 물들어갔다.

"날 여기서 재우고 너도 여기서 잤다고?"

"보면 몰라?"

지금 상황이 혼란스러운지 송두리는 두 손으로 자신의 얼굴을 감싸면서 내게 다시 물었다.

"네가 소파에서 자거나 날 소파에서 재울 생각은 없었어?"

"소파에서 재우기엔 넌 일단 생물학적으로 여자고 난 가정학적으로 귀하게 자랐으니까."

송두리의 두 갈색 눈동자가 일렁이는 것을 물끄러미 바라보다가 무심코 침대 끝에 널브러져 있는 검정 스키니진을 발견했다.

'저 바지는 왜 저기 있지? 얘가 잠결에 답답해서 벗었나? 설마 내가 벗긴 거라고 오해하진 않겠지? 그럼 이 맹사준 너무너무 억울한데?

"설마……?"

송두리가 갑자기 꺼낸 서두에 다시 고개를 돌려 그녀를 쳐다보았다. 그녀는 자신의 맘껏 풀어진 셔츠와 벗겨진 바지를 보면서 망상에 잠긴 듯 보였다. 혼란스러워하는 그녀의 표정에 어이가 없어서 헛웃음이 터졌다. 그래서 서늘한 목소리로 그녀에게 되물었다.

"'설마' 뭐? 그 뒷말 좀 이어봐."

그러자 그녀는 다소 불안해 보이는 얼굴로 뒷말을 이었다.

"우리 아무 일 없었지?"

이게 날 뭘로 보고!

당연한 소리 말라고, 세계학적으로 매너라면 둘째라도 서러운 이 맹사준이 뭐하러 술 취한 여자랑 그런 짓을 하겠냐고 말하려는데, 나보다 그녀의 입술이 더 빨랐다.

"아! 아니다. 우리 아무 일 없었다. 맞다."

뭐야, 그 확신하는 말투는. 아예 아무 일이 없었던 건 아닌데 왜 저렇게 확신을 하지?

갑자기 기분이 확 상했다. 그래서 물었다.

"어째서 그렇게 확신하지?"

송두리는 왜 항상 나에 대해서만은 이리도 당당할까. 엄밀히 말하면 먼저 유혹한 건 자기 쪽이었으면서. 키스를 한 것도 분명 그녀 쪽이었는데.

역시 확 덮쳐버릴 걸 그랬나. 변태 같아서 관뒀는데.

"너랑 내가 무슨……. 에이, 말도 안 돼."

저렇게 송두리가 확신을 하니까 나는 조금 짓궂은 장난을 쳐보고 싶어졌다.

이불을 끌어 올려 자신의 목까지 감싸버리는 그녀의 행동을 가만히 바라보다가 고개를 주억거렸다.

"하긴, 뭐, 우리도 이제 성인이니까. 어젯밤 일 따위 그렇게 없었던 일처럼 쿨하게 넘기는 게 맞지."

여기서 내가 이야기하는 '일'이란 '키스'다. 어젯밤 우리가 키스를 나눈 건 사실이니.

자리를 털고 일어나서 두 팔을 위로 올리며 기지개를 쭈욱 켰다.

오랜만에 잠을 너무 잘 잤다. 아, 상쾌한 아침.

"어젯밤 일……? 쿨하게……?"

그사이 송두리는 혼란스러움이 더 커진 듯, 동요가 느껴지는 두 눈동자로 나를 올려다보았다.

"나 정말 너랑……?"

갈색빛을 띠는 송두리의 눈동자를 빤히 내려다보면서 한 손을 뻗었다.

"기억 안 나? 안 나면 나게 해주고."

부드럽게 그녀의 어깨를 뒤로 밀자 그녀의 몸이 벌러덩 넘어갔다. 바로 그 위에 덮치듯이 상체를 숙이고 그녀의 양어깨 옆에 두 팔을 척 하니 세우자 송두리가 얼굴을 가리면서 소리 질렀다.

"엄마야!"

달팽이관에 강하게 전달되는 고음에 이맛살을 찌푸리며 혀를 찼다.

그러게 왜 사람을 건드려, 건드리길.

"야, 사실은……."

내 밑에서 미세하게 떨고 있는 그녀가 가여워서 사실대로 말해주려고 입을 뗀 순간 여전히 두 손으로 얼굴을 가린 채인 송두리가 목소리를 보내왔다.

"미안, 나 하나도 기억이 안 나."

정말 하나도 기억이 안 난다고?

그래도 우린 나름 뜨거운 키스를 나눴는데?

하다못해 키스한 순간의 조각 기억이라도 남아야 하는 게 정상 아닌가?

섭섭하고 서운해서 울컥한 마음이 들었고 그 마음은 사실대로 말하려던 내 입을 막아버렸다. 여전히 자신의 얼굴을 가리고 있는 송두리의 손을 물끄러미 보고 있으니 그녀가 또 목소리만 보내왔다.

"어젯밤 네가 섹시해 보였던 건 사실이지만, 설마 내가 덮쳤을 줄은 몰랐어."

덮쳤다고는 말한 적 없는데. 아니, 그보다 내가 뭐 해 보였다고? 섹스, 아니 섹시?

입이 슬쩍 미소를 지으려고 했기에 그런 입술을 꾹 눌러 잡아 두는 사이 송두리가 조심스럽게 하는 말이 들려왔다.

"기억이 안 난다고는 하지만 책임은 질 거야. 내가 한 일에 대해서 도망가거나 하진 않을게."

말은 굉장히 멋들어지게 하는데 내 눈에 보이는 그녀의 손등은 미세하게 떨리고 있었다. 그리고 슥 훑어보니 다리는 빳빳하게 굳어 있고 발가락은 꼬물거리면서 어쩔 줄 몰라 하는 게 빤히 보였다. 손으로 가려졌지만 곤란해하고 있을 그녀의 표정도 눈앞에 그려지는 듯했다.

이렇게 떨면서 무슨 책임을 져?

쓸데없이 정의롭긴.

그게 딱 송두리답긴 하지만.

결국 나는 만면 가득 부드럽게 미소를 지으면서 다시 입을 열었다.

"여전히 착하네. 책임감도 강하고."

그제야 송두리가 두 손을 내리고 자신의 말간 얼굴을 보여주었다. 그녀의 붉은 입술이 움직였다.

"너도 여전해."

"여전히 잘생겼지?"

화악- 하고 송두리의 볼이 붉어진 듯한 느낌이 들어서 그 부분을 빤히 보면서 말했다.

"네가 어젯밤에 나를 안으면서 한 말이야."

"내, 내가 그런 말을 했다고?"

"어."

이건 진짜니까 굉장히 떳떳했다. 그래서 뻔뻔스러운 표정으로 턱을 들어 올렸더니 송두리의 얼굴이 더 핑크빛이 되었다. 부끄러워하는 걸 보니 빈말은 아니었던 모양이다.

잠시 후 허리를 꼿꼿이 펴고 그녀를 내려다보며 차분하게 말했다.

"그럼 나도 내 행동에 책임을 져야겠지? 일어나. 출근길에 백화점 좀 들르게."

그녀의 동그란 눈동자에 의문이 서렸다.

"백화점엔 왜?"

"네 옷."

어제랑 똑같은 옷을 입고 출근하게 할 수는 없지 않은가?

턱으로 침대 위에 널브려져 있는 그녀의 스키니진을 가리키면서 이어 말했다.

"'나 남의 집에서 잤어요.' 광고할 일 있냐?"

"디스플레이 되어 있는 옷 아무거나 주세요."

백화점으로 들어서자마자 숙녀복 직원에게 이렇게 말한 다음 바로 지갑을 꺼내는 나를 송두리가 이상한 사람 보듯 쳐다보았다. 그래서 나는 그녀를 향해 서늘하게 웃어주었다.

"왜? 뭐 기대했냐? 설마 '프리티우먼' 같이 옷 막 바꿔 입게 하

송두리째
흔들다   51

고 그 옷 다 사주고 하는 그런 거?"

내 귀여운 예측에 송두리는 기가 막히다는 듯 허− 하는 소리를 냈다.

"그 싸가지 여전하구나."

싸가지?

내가 너한테만은 얼마나 다정했었는데 그딴 소릴 한단 말인가. 나한텐 오히려 네가 싸가지란 말이다!

나를 향해 비릿하게 웃은 송두리가 내가 꺼낸 지갑에 한 손을 올리면서 물었다.

"내 옷을 네가 왜 사? 너, 돈 많아?"

"어."

"많으면 아껴 써."

"뭐?"

순간 당황해서 말을 멈췄더니 송두리가 내 지갑을 손으로 밀면서 말했다.

"내 옷 정도는 내가 살게. 그게 진짜 내 행동에 책임을 지는 거니까."

그녀는 끝내 내 호의를 거절했다.

정말이지 송두리는 변한 게 하나도 없어서 나는 여전히 그녀에게 쩔쩔매던 고등학생 때로 돌아간 듯한 느낌이 들었다.

그러나 그런 느낌일 뿐 나는 이제 그때의 그 어설픈 고등학생이 아니다. 세월은 10여 년이나 흘렀고 난 그때 휘청하던 송두리를 좀 더 흔들어보지 못한 걸 꽤나 후회했었다.

"이걸로 계산해주세요."

자신의 카드를 꺼내서 계산을 마치는 송두리를 물끄러미 바라보았다.

그녀는 여전히 멋있었으며, 나를 꼼짝도 못하게 하는 재주를 지니고 있었다. 그리고 무엇보다 내 심장을 뛰게 했다.

그래서 나는 이번엔 제대로 송두리를 통째로 흔들어보고 싶어졌다.

송두리째 흔들다 04

고3 때 말이다, 생각해보면 송두리의 제일 친한 친구라던 그 여자애가 날 참 많이 좋아했었다. 내가 항상 모질게 쳐냈는데도 언제나 날 쫓아다니며 끊임없이 귀찮게 굴었다. 아직까지 정말 끈질기고 집요했다는 느낌이 강하게 남아 있는 걸 보니, 확실히 보통애는 아니었던 것 같다.

"넌 왜 그렇게 잘생겼어?"

뭔 질문이 저래.

언제나처럼 던져진 멋쩍은 질문을 향해 무심히 고개를 들었다. 그리고 교복 바지 주머니에 두 손을 찔러 넣으며 쿨하게 대답했다.

"몰라. 신한테 물어봐."

날 만든 신한테 물어보라는 별거 아닌 내 농담에 '서은진'이라는 명찰을 단 여자애는 까르르 웃음을 터뜨렸다.

그 순간 시선을 느끼고 무심하게 고개를 돌렸는데, 송두리가 우리 둘을 한심하다는 눈빛으로 쳐다보고 있는 게 보였다.

'뭐? 왜? 농담이거든? 진심 아니거든?'

그때 송두리는 나한테 또 독설을 내뱉었었다.

"둘 다 미친 거야?"

그러자 나보다 서은진이 더 펄쩍 뛰었다.

"나는 안 미쳤어! 사준이가 미쳤지."

뭐야, 저 의리 없는 계집애는.

어이가 없어서 주머니에 찔러 넣었던 양손을 빼며 서은진을 노려보았다. 그런데 서은진은 그런 나를 보며 배시시 웃었다.

"미치도록 잘생겼잖아?"

미치겠네, 진짜.

그날 이후로 서은진 때문에 여자애들 사이에서 내 별명이 하나 더 늘었다고 한다.

꽃맹, 맹미남, 맹조각, 그리고 미친맹.

사장실 안의 커다란 소파에 반쯤 걸터앉은 윤아가 내게 이제 막 나온 신상품 구두 샘플을 열심히 설명하고 있었다. 옛 생각에서 빠져나온 나는 그녀의 얼굴을 물끄러미 바라보았다.

"구 선생님이 하신 것만큼 잘 나오진 않았지만, 나름 괜찮아. 맹 사장님이 보기엔 어때?"

그러고 보니 윤아가 서은진을 좀 닮은 것도 같았다. 큰 키에 발랄한 성격하며, 포기를 모르는 끈기와 집요함, 그리고 날 좋아하는 점까지.

"근데 구 선생님은 정말 이제 일 안 하시겠대? 다시 설득해보는 게 좋을 것 같은데……."

윤아가 얼마 전에 퇴직한 구 아저씨의 이야기를 꺼냈다. 난 윤아의 손에 들린 구두 샘플을 슥 쳐다보았다.

"확실히 차이가 나네."

구 아저씨는 내가 동대문에서 장사할 때부터 도움을 받아왔고 사업을 시작할 때부턴 같이 일하기도 했던 구두 장인으로, 구두 만드는 실력으론 대한민국 TOP5 안에 들 정도였다. 그 아저씨 덕분에 눈이 높아져 있던 나는 이번 샘플실에서 만든 구두 샘플이 썩 마음에 들지는 않았다.

"그래도 이 정도면 잘 나온 거야. 디자인이 꽤 까다로웠으니까. 근데 여기 밑창이 좀 아쉽기는 해."

나는 잠시 그 구두 샘플을 뚫어지게 바라보다가 단호하게 말했다.

"아무래도 안 되겠어. 구 아저씨 설득하러 강원도 한번 가야겠다."

"아, 진짜? 선생님 만나러? 갈 거면 나도 같이 가."

금방 신이 나서 얼굴이 밝아지는 윤아를 무덤덤하게 쳐다보면서 물었다.

"정 팀장이 거길 왜 가?"

"구 선생님이 나 예뻐하잖아. 내가 설득하면 좀 흔들리실걸?

그리고 나 오랜만에 바람도 쐬고 싶단 말이야."

윤아의 눈이 부담스럽게 반짝반짝거렸다. 순간 아무래도 그녀에게는 분명하게 말해둬야겠다는 생각이 들었다. 혹시라도 나한테 뭔가를 기대하면 곤란하니 말이다.

"있잖아, 윤아야."

내 부름에 새로 디자인을 뽑아낸 구두 샘플을 탁자 위에 내려놓던 윤아가 마스카라로 더욱 부각된 큰 눈을 들었다.

"왜?"

"우린 친구지?"

구 아저씨와도 구두 샘플과도 아무 관련이 없는 내 생뚱맞은 질문에 윤아가 눈을 동그랗게 떴다.

"왜 그래, 갑자기?"

"그냥, 분명히 하고 싶어서. 나 좋아하는 여자 있거든."

"뭐?"

그 순간 윤아의 동공이 마구 흔들렸다. 그녀는 적잖게 당황한 눈치였다.

"너 여자 만나는 티 전혀 안 냈었잖아? 언제 어디서 만났는데? 얼마나 됐는데, 글쎄?"

역시 서은진과 닮았다. 귀찮다. 집요하다.

"한 11년 됐나?"

"11년이면 고등학교 때부터 알고 지냈다고?"

"응."

내 대답에 윤아의 반듯한 이맛살이 찌푸려졌다. 그러더니 그녀는 이내 눈을 가늘게 뜨고 나를 쳐다보았다.

"흐음, 그래? 그렇구나."

그런데 그동안 내가 너무 일만 하고 살았기 때문인지 윤아는 내 말을 믿지 않는 눈치였다. 그래서 나는 일부러 더 못된 질문을 던졌다.

"그 여자한테 좀 멋있게 보였으면 좋겠는데, 난 어떨 때 제일 멋있냐?"

그제야 윤아의 표정이 심각해졌다. 다음 순간 윤아는 흔들리는 시선을 아래로 떨구었다. 그리고 그녀는 말없이 가만히 있었다. 실연의 충격이 오죽하겠냐 싶어서 나도 분위기에 맞춰서 가만히 있는데, 갑자기 그녀가 내 오른팔로 손을 뻗어 덥석 잡았다.

"왜 이래?"

내가 놀라서 묻는데도 윤아는 아무 말 없이 내 손목에 있는 와이셔츠의 단추를 풀고는 그 끝을 접기 시작했다.

"너, 뭐 하냐?"

"남자는 원래 일에 열중할 때가 제일 멋진 법이야. 열중하고 있는 남자의 팔에 힘줄까지 딱 두드러져 보이면 대부분의 여자는 설레지."

"오호, 그래?"

평소에 운동을 좀 해두길 잘했군.

순간 혹해서 고개를 주억거렸다. 그때, 똑똑 하는 노크 소리가 들려왔다.

"네, 들어오세요."

들어오라고 대답을 한 후 윤아에게서 오른팔을 빼냈는데, 그 순간 그녀가 내 다른 팔을 잡더니 단추를 풀었다.

"접으려면 양쪽 다 접어야지."

"됐어. 내가 할게."

윤아에게서 다시 왼팔을 빼내고 고개를 드니 문 앞에 송두리가 서 있는 것이 보였다.

아, 이런.

'송두리였군.'

봤겠지? 봤을 거야. 눈이 달렸으니까. 아아, 오해했겠지? 오해 했을 거야. 난 누구랑 있든 그렇게 잘 어울리니까. 요즘 애들 말로 케미가 터진다나 뭐라나.

그녀는 아침에 내가 사준, 아니 그녀가 직접 산 미니스커트와 블라우스를 입은 채 어색하게 우리를 보고 웃고 있었다.

"무슨 일이야?"

나는 동요를 드러내지 않고 점잖게 물었고 그녀 역시 정중하게 대답했다. 내 눈을 쳐다보진 않았지만 말이다.

"샘플실에서 전화 왔습니다, 정 팀장님."

그것은 나를 향한 것은 아니고 윤아를 향한 보고였다.

"아, 그래? 그럼 전 먼저 일어날게요, 사장님."

윤아가 자리를 털고 일어나 사장실을 나가자 송두리 역시 그 뒤를 따라가려고 했다. 그래서 나는 얼른 그녀를 불러 세웠다.

"송두리 씨."

순간 자리에 멈춰 선 송두리가 나를 돌아보았다. 천천히 몸을 일으켜 그녀 곁으로 다가가며 최대한 태연하게 물었다.

"바쁜가?"

"네."

가란 마지막 말이 채 끝나기도 전에 송두리는 내게 즉답을 했다.

"그럼 내 말만 들어. 윤아랑 나, 아무 사이도 아니야."

"안 물어봤는데요."

송두리의 냉한 반응은 내게 오히려 신선했다. 그냥 무시할 줄 알았는데 톡 쏘듯 대답을 했으니 말이다. 그녀 성격에 관심이 없다면 무시했을 게 분명한데.

좀 더 자신감이 생겨서 그녀를 향해 와이셔츠가 접힌 팔뚝을 보여주며 말했다.

"그냥 셔츠 접어준 거야."

그랬더니 송두리가 나를 뚫어지게 쳐다보았다. 그녀의 말간 눈동자를 빤히 바라보고 있으니 잠시 후 그녀가 천천히 입을 열었다.

"혼잔 못 접으시나 봐요."

"아니, 접을 수……. 뭐야? 너, 지금 질투하는 거야?"

순간 입꼬리가 실룩 올라갔다. 신이 나서 내가 던진 질문에 송두리는 헛웃음을 터뜨렸다.

"아니, 비꼬는 건데요."

"하룻밤 같이 보냈다고 내 여자처럼 굴면 고마워. 아니, 곤란해."

아, 젠장.

내 입이 너무 솔직해서 진심이 튀어나와 버렸다. 제발 그녀가 말실수라고 생각해주길 바랄 뿐이다.

"이봐요, 사장님."

날 보는 송두리의 눈빛이 날카로워졌다. 그래서 나는 그녀보다 빠르게 입을 열었다.

"여기 더 있을 건가? 있을 거면 내 한쪽 셔츠도 좀 접어주지?"

"네?"

"네 말대로 내가 혼잔 못 접어서."

동그랗고 작은 그녀의 얼굴을 향해 왼팔을 내밀었다. 미처 접히지 못한 셔츠 끝자락을 송두리는 말없이 쳐다보았다.

"손이 커서 접으려면 한참 걸리거든."

"……."

"접어줄 때까지 팔 들고 있어야 되나? 다소 벌서는 듯한 기분인데 말이야."

내 말에 송두리는 낮게 한숨을 내쉬었다.

결국 그녀는 조용히 두 손을 들어 내 셔츠의 끝을 잡았다. 몸은 최대한 뒤로 빼고 조심스럽게 내 셔츠를 접어주는 그녀의 얼굴을 이마에서 턱 끝까지 주욱 훑어 내렸다. 동그랗고 반듯한 이마, 가늘고 긴 속눈썹, 그리고 작은 코끝을 지나 앙증맞게 도톰한 입술에 내 시선이 한참 머물렀다.

"……뚫어지겠어요, 저."

그만 좀 쳐다보라는 송두리의 완곡한 표현에 나는 피식 웃음을 터뜨렸다.

"이 정도로 뚫어질 얼굴이었으면 네 얼굴은 고3 때 이미 뚫렸어야 돼."

순간 송두리가 놀란 눈을 했다. 내가 이렇게 솔직하게 나올 줄은 몰랐다는 듯 그녀는 조금 당황한 기색이었다.

그녀를 향해 부드럽게 미소 지으며 물었다.

"왜 그렇게 놀라?"

송두리의 두 눈동자가 내 시선을 피했다. 나는 그녀의 눈꺼풀을 보면서 이어 말했다.

"고3 때 내가 너 좋아한 거, 너도 잘 알고 있잖아?"

내 말을 끝으로 우리 사이에 침묵이 흘렀다. 나는 이 무거운 침묵을 깰 생각이 전혀 없었고 오히려 즐기고 싶었다. 이 긴장감을.

이내 불편한 분위기를 참지 못한 송두리가 굳은 얼굴로 고개를 들었다. 그리고 잠시 주저하는 듯하더니 다시 입술을 열었다.

"그러게요. 벌써 10년도 더 된 옛날 이야기네요."

"꼭 옛날 이야기만은 아닌데."

"네?"

의미심장한 내 중얼거림에 송두리의 눈이 커졌다. 곧 그 갈색 눈동자가 미세하게 흔들리는 것을 나는 가만히 지켜보았다. 마음의 동요를 숨기려는 듯 그녀가 헛기침을 한 다음 조심스럽게 물었다.

"설마 그 마음…… 현재 진행형은 아니죠?"

"……."

"왜 대답을 안 해요?"

잠시 후 나는 굳게 다물고 있던 입을 열어 그녀에게 대답했다.

"글쎄. 뭐라고 대답해야 널 흔들 수 있을까 고민 중이야."

솔직히 나는 지금 송두리를 흔들고 있는 건지 내가 흔들리고 있는 건진 잘 모르겠다. 하지만 적어도 지금 난, 송두리의 눈빛은 흔들었다.

송두리는 당황스러운 듯 혼란스러운 듯 작게 한숨을 내쉬었다. 이리저리 방황하던 그녀의 시선이 드디어 위로 올라와 나를 보았다.

"정말 저한테 왜 이래요? 흔들어서 뭘 어쩌려고?"

"글쎄……."

잠시 생각에 잠긴 척 턱을 매만지다가 그녀에게 한 발자국 더 가까이 다가섰다. 그녀의 숨결이 느껴질 정도로 우리의 거리가 가까워지자 송두리의 몸이 긴장하는 게 느껴졌다. 이대로 키스를 감행해버리고 싶을 정도로 매혹적이게 반짝이는 그녀의 입술을 쳐다보면서 느릿하게 입을 열었다.

"으음……. 그래, 일단은 어젯밤 네가 꽤 맘에 들었다고 해두자."

아직은 그녀에게 부담을 주고 싶지 않아서 가볍게 말했다. 그랬더니 예상대로 송두리의 눈썹이 팩 하니 올라갔다. 이내 그녀의 입술에 비릿한 웃음이 걸렸다.

"어젯밤에 제가 꽤 잘했나 보죠?"

나는 별 대답 없이 어깨만 으쓱했다. 그녀의 서늘한 미소가 더욱 짙어졌다.

"하긴, 제가 어렸을 때부터 못하는 게 없긴 했죠."

나를 노려보면서 송두리는 돌아섰다. 그녀가 사장실 문을 여는 것을 보며 나도 내 책상으로 돌아왔다.

"훗."

결국 웃음이 터졌다.

역시 나는…… 아직도 불쌍하게도, 애처롭게도 송두리가 좋다.

"어? 송두리 씨 여기 있었어요?"

그런데 그 순간 갑자기 여 비서의 목소리가 들려왔다. 고개를 돌려 보니 송두리가 나가려고 연 문 사이로 그가 보였다. 송두리에게로 다가선 여 비서가 그녀의 팔을 살짝 건드리며 제법 친근하게 굴었다.

"혹시 유자차 어디에 있는지 알아요?"

"아, 그거 탕비실 제일 밑에 서랍에 있어요."

나는 모든 행동을 멈추고 두 사람을 주시했다. 그런데 곧 문이 닫혔다. 그래도 목소리는 계속 들렸다.

"그래요? 왜 난 못 찾았지?"

"제가 찾아서 타드릴게요. 진하게 드시죠?"

"네. 잘 알고 계시네요. 저한테 관심이 많으신가 봐요. 하하하!"

여 비서의 유쾌한 웃음소리에 두 주먹이 불끈 쥐어졌다. 저 눈치 없고 애인은 있는 여 비서 녀석이 혹시라도 송두리에게 손을 뻗칠까 봐 나는 바로 문을 향해 걸어갔다. 그리고 문을 열고 주저 없이 탕비실로 향했다.

탕비실로 들어가자 예상대로 여 비서와 송두리가 머리를 맞대고 유자가 담긴 병을 꺼내고 있었다.

"흠흠."

내가 일부러 기침 소리를 내자 두 사람이 고개를 돌려 나를 보았다.

"어? 사장님, 여기까지 어쩐 일이세요?"

"왜? 여기가 여 비서 집이야? 내가 오면 안 될 곳이라도 왔나?"

여 비서에게 말은 하면서도 내 시선은 오로지 송두리를 향해 있었다. 송두리는 그 시선을 도도하게 피했지만 말이다.

"아니, 그게 아니라, 탕비실 좁다고 잘 안 오시잖아요. 커피도 맨날 비싼 거 사드시고."

이 비서 녀석이 지금 날 지능적으로 까는 것 같은 느낌을 지울 수가 없었지만, 어쨌든 사실은 사실이니 부정하지는 않았다.

"유자차 마시러 왔어."

평소 유자차를 굉장히 즐겨 마신다는 뉘앙스를 담아 말했는데 여 비서는 이상하다는 듯 뒤통수를 긁적였다. 나는 그가 더 이상 말을 못하도록 빠르게 화제를 전환했다.

"이거 새로 나온 건가 봐?"

유자차 병의 스티커가 개나리색으로 아주 밝아서 신선했다. 그래서 그걸 말했더니 여 비서가 브랜드 마크를 손가락으로 콕 찍으며 지적했다.

"이거 장수 브랜드인데요."

뭐, 먹어봤어야 알지. 모른 척 그냥 넘어가주면 안 되는 거야?
응?

여 비서의 반박에 내 짜증이 솟구치려는 찰나, 옆에서 송두리
가 여 비서와 내 얼굴을 번갈아 쳐다보더니 입을 열었다.

"병 스티커가 바뀌어서 헷갈리셨나 봐요, 사장님이."

크으, 역시. 사람의 실수를 다독여주는 저 따뜻한 배려를 보라.
내가 이래서 송두리를 좋아한다. 남들은 신데렐라 콤플렉스니 좋
은 사람 콤플렉스니 그렇게 말할 수도 있겠지만, 나는 그녀의 이
런 따스함이 좋다. 그녀는 결코 곤란에 빠진 사람을 모른 척하지
않는다.

어느새 손을 뻗어 내게서 유자차 병을 가져간 송두리가 컵을
꺼내면서 말했다.

"제가 타서 사장실로 가져갈게요."

나는 바로 손을 뻗어 그녀를 말렸다. 그녀에게 그런 일을 시키
고 싶진 않았다.

"됐어. 내가 탈게."

"아니에요. 제가 탈게요."

"아니야. 내가 탈게."

결국 내 힘이 승리를 했다. 그녀의 손에서 컵을 빼앗은 나는 티
스푼을 찾기 시작했다.

아, 근데 티스푼은 대체 어디에 있는 거지? 탕비실은 영 낯설어

서, 원.

그 순간 송두리가 내게 티스푼을 내밀었고 나는 싱긋 미소를 지으며 그것을 받아 들었다. 그 모습에 여 비서가 놀란 목소리로 말했다.

"정말 사장님이 직접 타신다고요?"

그런데 어쩜 이 여 비서는 빈말이라도 자기가 타겠다는 소릴 한 번 안 한다. 오히려 내가 티스푼으로 유자를 퍼서 넣는 걸 옆에서 뒷짐 진 채 다 지켜보면서 지적질까지 했다.

"유자를 너무 조금 넣으신 것 같은데."

"내 스타일이야."

"분명 맛이 싱거울 거예요."

"내버려 둬. 내가 먹을 거야."

유자차를 탄 컵을 들고 탕비실을 나오는데 그런 내 뒤를 여 비서가 따라 나왔다. 그를 슥 돌아보며 최대한 자연스럽고 태연하게 물었다.

"근데 여 비서, 송두리 씨랑 너무 사이가 좋은 거 아니야?"

"제가 워낙 성격이 좋잖아요."

뭐지, 이 뻔뻔한 놈은.

네가 좋은 게 아니라 송두리가 좋은 거란 생각은 안 해봤나 보지?

나는 코로 웃으면서 여 비서에게 경고했다.

"조심해. 여자 친구가 알면 질투하겠어."

"여자 친구는 제가 성격 좋은 거 잘 몰라요. 나쁜 남자 콘셉트로 그녀를 대하거든요."

이렇게 말하면서 여 비서는 쑥스럽다는 듯이 웃었다.

……아무튼 참 캐릭터 독특하다, 이 비서 놈.

송두리째 흔들다 05

"송두리 넌 이상형이 뭐야?"

19년 인생 동안 그렇게 용기를 내본 적이 없을 정도로 그날의 난, 송두리 앞에서 자꾸 도망만 가려는 용기를 있는 대로 쥐어짜 겨우 질문을 던졌다.

내 질문에 역시 예상대로 송두리는 눈을 동그랗게 뜨고 반문했다.

"왜?"

"그냥…… 뭐, 그냥."

"그러니까 그냥 왜?"

이 집요한 송두리. 그냥 대충 대답해주면 되지, 뭘 또 그렇게 꼬치꼬치 캐물어.

"친구가 궁금해서 그래."

겨우 끄집어낸 내 핑계를 들은 송두리는 피식 웃음을 터뜨렸다.

"너 친구 없잖아."

아오, 저게 진짜……!

나에 대해 정확히 알고 있는데? 나한테 관심이 많나?

"내 친구 림자라고 있는데 걔가 물어본 거야. 대답하기 싫으면 말고."

"림자? 여자야? 중국인이야?"

그림자다, 그림자.

"됐다, 됐어. 나 들어간다."

포기하고 교실로 들어가려고 몸을 돌렸더니 송두리가 내 팔을 잡아챘다.

얘가 왜 이래?

당황해서 온몸이 굳어버렸다. 갑작스런 이런 스킨십은 심장에 좋지 않다.

"난 좀 위트 있고 센스 있고 귀여운 남자 좋아해."

'뭐야? 딱 난데?'

괜스레 쑥스러워져 헛기침을 하고 있는데 송두리가 말을 덧붙였다.

"연예인으로 예를 들면 박선수 같은……?"

"뭐?"

그, 개그맨 박선수?

"걘 못생겼잖아?"

순간적으로 울컥한 마음을 억누르고 물었다. 그랬더니 송두리가 내 어깨를 때렸다.

"아니거든? 내 눈엔 귀엽거든?"

"너는 뭐, 눈이 무릎에 달렸냐? 왜 그렇게 낮아?"

나는 송두리가 눈이 낮은 게 정말 속상했다. 울컥해서 내가 뱉은 말에 송두리는 정색을 했다.

"우리 선수 오빠 욕하지 마."

"우리 선수 오빠? 우우리이 서언수우 오오빠아?"

"그래. 그러니까 네 친구 림자한테 그렇게 전해."

나는 그날 이후로 개그맨 박선수를 제일 싫어한다.

무릎에 달려 있던 송두리의 눈은 여전히 그대로인지 나는 오늘 점심시간에 굉장한 걸 목격하고 말았다.

영업팀에 은태종 대리라고, 말솜씨가 좋아 영업은 정말 잘하지만 그에 비해 외모가 다소 아쉬운 직원이 하나 있다. 평범 축에도 못 낄 정도로 조금 많이 못생긴, 그러니까 꼭 신이 은 대리를 이 땅에 보내실 때 실수로 얼굴을 한 번 밟고 보내신 듯한 외모였다.

그런데 그런 은 대리가 송두리와 단둘이 점심을 먹고 있었던 것이다. 눈앞의 광경을 믿기 힘들어서 천천히 눈을 두어 번 깜박여보았다.

"괜찮으십니까, 사장님?"

뒤쪽에 서 있던 여 비서가 내게 물었지만 나는 그곳에서 시선을 떼지 못했다. 꿈쩍도 않는 내가 이상했던지 여 비서가 고개를 삐죽이 내밀어 내 얼굴을 살폈다. 그제야 나는 그들에게서 시선을 거두고 여 비서에게 눈길을 주며 말했다.

"어. 근데 저기 저 은 대리 누구랑 닮지 않았어?"

"아아, 개그맨이요?"

"그래, 맞다, 개그맨."

씁쓸하게 웃으며 식당 안으로 들어섰다. 그리고 나를 보지도 않는 송두리의 옆얼굴을 노려보면서 식판을 집어 들었다.

나는 자기 때문에 이제 윤아랑은 밥도 안 먹으려고 하는데, 정작 본인은 그런 나에 대한 배려 없이 남자랑 단둘이 밥이나 먹고……! 울컥울컥 화가 치밀었다.

그렇지만 냉정하게 말해서 송두리와 나는 이런 상황에 딱히 화를 낼 만한 관계도 아니었기에 기분이 복잡해졌다. 화를 낼 순 없었지만 그렇다고 무시할 기분 또한 아니었다.

사내식당의 식판을 든 채 일부러 송두리와 은 대리가 있는 테이블을 스쳐 지나가다가 발을 멈추고 말을 걸었다.

"밥 맛있게 먹어요, 은 대리, 그리고 송…… 두지 씨였나?"

순간 송두리의 눈썹이 노골적으로 꿈틀거렸다.

오호! 송두피 씨라고 했으면 한 대 쳤겠는데?

"송두리입니다."

송두리가 직접 정정해주는 이름을 웃는 얼굴로 살포시 무시하고 은 대리에게로 고개를 돌렸다.

"근데 은 대리는 보면 볼수록 연예인 닮은 것 같아요. 부럽습니다."

하하하, 하는 호탕한 거짓 웃음과 함께 다른 테이블에 자리를 잡고 앉았다. 내 반대편으로 앉는 여 비서를 슥 쳐다보며 나직하게 질문을 던졌다.

"혹시 내 얼굴 말이야, 개그맨 박선수 닮지 않았어?"

내 갑작스런 질문에 여 비서는 숟가락을 든 채로 굳어졌다. 나는 그를 향해 내 얼굴을 더욱 들이밀면서 대답을 재촉했다.

"대답해봐, 얼른."

"……저한테 왜 이러십니까, 사장님."

마른침을 삼키는 여 비서의 얼굴에서 난감함이 읽혀졌다. 잘 찾아보면 어디 닮은 곳 한 구석 정도는 있을 것 같아서 나는 다시 입을 열었다.

"잘 봐봐. 좀 닮지 않았나? 점 색깔이나 솜털 길이 같은 거라도."

그에게 대답을 강요하며 나는 유유자적 밥을 입에 넣었다. 밥도 못 먹고 몇 분을 주저하던 여 비서가 얼마 후 겨우 대답의 말을 내놓았다.

"같은 인간이라는, 그러니까 같은 남자라는 점이 꼭 닮았습니다."

오오, 똑똑한데?

그의 번뜩이는 재치에 속으로 박수를 보내며 고개를 주억거렸다.

"그렇군. 성별이 비슷하군."

"비슷한 정도가 아니라 정말 똑같습니다."

"음, 그렇군. 또 뭐가 있지?"

내가 다시 던진 질문에 여 비서의 얼굴이 울 것같이 변했다. 이 친구도 어지간히 거짓말을 못하는 타입이구만.

"정말 왜 이러십니까, 사장님……?"

저 난감한 얼굴을 보니 자연스럽게 고3 때가 생각이 났다. 그때 도 그 녀석들 얼굴이 딱 저랬다.

"빨리 대답 안 해?"

목소리에 힘을 주자 소각장 부근에 세워둔 3명의 녀석들이 동시에 몸을 움찔 떨었다. 두 팔을 꼬아 팔짱을 척 끼며 그들에게 다시 한 번 더 물었다.

"나 박선수 닮았어, 안 닮았어?"

그제야 한 녀석이 우물쭈물거리며 입을 열었다.

"너 정말 개그맨 박선수 말하는 거야? 정말 하나도 안 닮았는 데?"

"뭐? 안 닮아?"

신경질이 나서 근처에 있던 쓰레기 더미를 발로 차버렸다. 그때의 나는 그렇게 터프했다. 그게 멋있는 줄 알았고 그렇게 표현하는 게 편하던 때였다.

내가 신경질을 부리자 곧 다른 목소리가 들려왔다.

"닮았어! 완전 똑같이 생겼어-!"

"뭐? 닮았어?"

그건 그거대로 기분 나쁜데?

또 신경질이 나서 쓰레기 더미를 두어 번 더 걷어차자 녀석들이 괴로워했다.

"왜 그래, 사준아? 그럼 대체 무슨 대답을 원해?"

"우리가 어떤 대답을 해줄까? 말만 해."

글쎄. 난 대체 무슨 대답을 원하는 걸까······.

잠시 분을 삭이며 혼자 씩씩거리고 있으니 뒤에서부터 누군가 달려오는 소리가 들렸다.

"야, 맹사준!"

흠칫 놀라 어깨를 틀어 뒤를 돌아보았다. 그러자 내 시야로 교복 치마를 휘날리며 달려오는 송두리가 들어왔다. 순간 온몸이 경직되는 듯해 난감했다.

이, 이를 어쩌지? 도망, 도망갈까?

내가 잠시 고민하는 사이 내 앞에 멈춰 선 송두리는 헉헉거리며 거친 숨을 몰아쉬었다. 곧 그녀가 내게 물었다.

"너 뭐 해?"

"뭐가?"

나는 내 뒤에 서 있는 녀석들을 주욱 훑으며 태연한 얼굴로 대답했다.

"담소 좀 나누고 있었는데?"

"담소? 흥."

송두리의 날카로운 눈이 천천히 내 뒤에 있는 녀석들을 살폈다. 그래서 나도 그녀를 따라 고개를 돌렸다.

'표정 풀어, 표정.'

세 녀석들을 향해 소리 없이 입 모양으로만 말하면서 송두리를 힐끔 보았다. 그 순간 그녀와 눈이 마주쳤다. 안 어울리게 그녀의 눈치만 보고 있는 내게 송두리는 버럭 화를 냈다.

"얘들 겁먹었잖아!"

"내가 준 거 아니야. 지들이 처먹은 거지."

내 태연자약한 대답에 송두리는 허리에 두 손을 척 올리며 나를 노려보았다. 순간 무서워서 시선을 피할 뻔했지만 다행히 그러지는 않았다.

"넌 얼굴이 무섭게 생겼잖아."

어이가 없었다. 그 말은 박선수 닮았다는 말보다 더 나를 기가 차게 만들었다.

"그런 말 난생처음 듣거든?"

잘생겼다거나 조각 같다거나 청초하단 소리만 들었단 말이다, 나는!

"난 너 무섭게 생겼다고 생각하는데?"

"나는 네가 더 무서운데?"

그때의 송두리는 그렇게 매번 나를 건드렸고 두드렸다. 아무튼, 가만히 두질 않았다.

"자꾸 애들 괴롭히면 무서운 얼굴 더 무서워진다, 너?"

그녀는 늘 내 마음에 닫아둔 문을 아주 쉽게 벌컥벌컥 열어젖혔고 나는 그게 싫으면서도 싫지 않았다.

"제발 철 좀 들어라, 맹사준."

아, 이건 확실히 싫었다.

풀네임 부르는 거.

일에 열중하고 있다가 뻐근한 어깨를 한 번 풀어주고 벽시계를 힐끔 확인했다.

저녁 10시. 이쯤 되면 야근을 한 직원들도 거의 퇴근을 했을 시간이었다. 그래서 일단 사장실을 나와 디자인팀으로 향했다.

디자인팀 문을 열고 들어서자 서서 가방을 챙기는 여직원의 뒷모습이 시야에 들어왔다. 바로 그녀를 알아보고 그녀의 이름을 불러보았다.

"송두리 씨?"

혹시나 하는 기대감에 디자인팀에 와본 건 사실이지만, 설마 아직까지 남아 있을 줄은 몰랐다. 그녀가 뒤를 돌아 내 얼굴을 확인하더니 가볍게 목례를 했다.

"지금 퇴근하려고?"

"네."

"나도 지금 퇴근할 건데, 같이 나갈까?"

"아뇨. 괜찮습니다."

그녀가 단칼에 거절을 했기에 나는 무안함과 씁쓸함을 동시에 느껴야 했다. 가방을 손에 든 그녀는 내게 꾸벅 인사를 하고 가버렸고 혼자 남겨진 나는 관자놀이만 긁적거렸다.

어떻게 된 여자가 들이댈 기회를 한 번 안 주냐.

하지만 오늘은 이대로 포기하고 싶지 않았다. 그래서 빠른 걸음으로 지하주차장으로 향했다.

주차장에 있던 차를 끌고 도로로 나왔다. 그리고 속도를 늦춘 채 버스정류장 쪽으로 갔다. 이내 시야로 버스정류장에 서 있는 송두리의 모습이 들어왔고 나는 그 앞에 차를 세웠다.

내 차를 발견한 송두리의 눈이 조금 커졌다. 그러나 바로 못 본 척 고개를 돌려버리는 그녀 때문에 나는 결국 운전석에서 내려야 했다.

"타."

송두리의 말간 얼굴이 조수석 차 문을 열고 타라고 손짓하는 내게 향했다.

"제가 왜요?"

"내가 널 태우려고 네 앞에 차를 세웠으니까."

"그게 제가 사장님 차에 타야 할 이유가 되진 않는데요."

역시나 쉽지 않은 송두리였다. 그녀의 냉한 태도에 나는 정류장을 향해 빛을 내뿜으며 달려오는 버스를 가리켰다.

"그럼 저 버스는 이유가 되겠지? 내 차는 네가 타지 않는 한 움직이지 않을 테니까."

빠앙—

자신의 진로를 방해하는 내 차에 경고하듯 버스에서 클랙슨 소리가 크게 울려 퍼졌다. 그 바람에 버스정류장 앞에 세워둔 내 차로 사람들의 시선이 쏟아졌고 이내 수군거리는 소리가 들려왔다. 그들의 시선에 송두리는 조금 당황한 눈치였다.

"어서 차 빼세요."

"네가 타면 뺄게."

그사이에 버스 클랙슨 소리가 또 들려왔다. 결국 송두리는 다가오는 버스와 사람들의 눈치를 보며 내 차에 올라탔다.

조수석에 앉은 송두리는 굳은 표정으로 앞만 쳐다보았다. 나는 그녀를 태운 채 내가 자주 가는 일식집으로 향했다.

럭셔리한 분위기의 일식집에 들어서서 룸으로 안내받는 동안에도 송두리는 아무 말이 없었다.

"일식 괜찮지?"

자리에 앉자마자 내가 묻는 말에 송두리는 어이없다는 표정을 지었다. 그래서 설명을 덧붙였다.

"야근하느라 식사도 제대로 못했을 것 같아서 데려왔는데."

"참 빨리도 말씀하시네요."

시크한 그녀의 태도에 피식 웃음이 나서 미소를 지었다. 그녀의 표정이 다소 불편한 듯 보였기에 나는 아까부터 마음에 걸렸던 것에 대해 말을 꺼냈다.

"혹시 내가 아까 송두지 씨라고 해서 삐쳤나?"

"그렇게 부르신 것도 잊고 있었는데, 왜 상기시켜요?"

찬바람 쌩쌩 부는 그녀의 목소리에 나는 바로 시선을 떨구었다.

"아…… 미안."

그건 아니구나.

그러다 문득 굴욕적인 기분이 들어 다시 시선을 올렸다.

나는 왜 송두리의 앞에서는 늘 이렇게 작아지는 걸까?

다시 마주하게 된 송두리의 말간 얼굴을 이번엔 전투적으로 쳐다보았다. 본의 아니게 눈싸움이 시작되자 송두리는 두 눈을 동그랗게 떴다.

"왜요? 왜 그렇게 보세요?"

"기분이 좀 안 좋아 보여서 신경 쓰여."

으음, 송두리는 잠시 말을 고르는 듯 생각에 잠긴 듯한 표정을 지었다. 하지만 오래 지나지 않아 그녀는 다시 입술을 열었다.

"솔직히 말하면, 사장님의 진심을 모르겠어요. 저한테 왜 이러시는 건지."

"그래?"

그동안은 내가 너무 그녀를 가볍게 흔든 탓일까. 그녀에게 내 진심은 전혀 통하지 않은 듯 보였다.

"그럼 이제부터 진심을 보여줄게."

내 진심을 보여주기 위해서 나는 오늘 하루 종일 궁금했던 것을 그녀에게 물었다.

"은 대리랑은 친한가? 같이 점심 먹던데."

진심을 보여주겠다면서 갑자기 평범한 질문을 던지는 내게 송두리의 의아한 두 눈이 향했다.

"그냥, 뭐…… 보통이에요."

별로 안 친하다니 다행이다. 하지만 내 질문은 거기서 끝나지 않았다.

"그럼 제일 친한 직원은 누군데?"

"으음, 지현 씨?"

영업팀 막내랑 제일 친하군.

나는 이 밖에도 그녀에 대해 알고 싶은 게 너무나 많았다.

"회사 일은 할 만해?"

"네, 재미있어요."

"회사에 불만은 없나?"

"네, 아직은요."

"나이 서른에 디자인팀 막낸데, 힘들진 않아?"

"네, 괜찮아요."

"혹시 살 좀 빠졌어?"

"네, 조금요."

"혹시 동창회엔 나가?"

"네, 그래도 반장이었으니까."

"혹시 나 보고 싶었어?"

"네. 네?"

엄청난 질문들의 러시 속에서 송두리가 대답만 툭툭 하고 있던 그 순간 제일 듣고 싶었던 질문을 던졌다.

송두리의 갈색빛 두 눈동자가 나를 바라보았다. 그리고 또 흔들렸다.

"나는 너 많이 보고 싶었는데."

때로는 상투적이고 투박한 표현일 때 더 강력히 상대를 흔들 수 있다.

지금처럼.

송두리째 흔들리다

나는 '섹시하다'라는 단어는 여자한테만 쓰는 단어인 줄만 알았다. 그런 내가 처음으로 남자가 섹시하단 걸 피부로 느낀 적이 있었다.

고3. 그 달콤하고도 씁쓰름한 10대 마지막 시절이었다.

교복을 입은 녀석들은 다 똑같이 생겼다고 생각했는데, 그런 내 편견을 와장창 깨준 이가 교실로 들어선 것이다.

"꺄아!"

"맹사준이다!"

"같은 반이었어? 어머, 어머."

그의 등장으로 여자애들이 난리가 났다. 마치 아이돌이 등장한 듯한 분위기였다.

"맹사준……?"

우리 학교에서 맹사준은 꽤 유명했지만 실제로, 그리고 제대로 본 건 그때가 처음이었다. 교복 와이셔츠 단추를 2개 정도 풀고 주머니에 한 손을 꽂고 '나 상당히 불량합니다.'라는 포스로 들어온 맹사준은 창가 쪽 제일 뒷자리에 자신의 가방을 던져놓았다. 모든 반 아이들의 시선을 받으며 의자에 앉은 맹사준. 그 밝은 갈색을 띠는 머리카락이 햇볕을 받아 더욱 반짝거렸다.

그는 눈이 큰 편은 아니었지만 얇게 진 쌍꺼풀과 새까만 눈동자가 묘하게 사람의 이목을 끌었다. 하늘 높은 줄 모르고 쭉 뻗은 높은 콧대와 날카로운 턱선은 그를 평범한 외모와는 거리가 멀게 만들었다. 도자기와도 같은 매끄러운 피부는 여드름이나 트러블을 모르는 듯 깨끗했고 큰 키와 작은 얼굴은 그를 나와는 별계의 사람처럼 느껴지게끔 했다.

그때 그와 눈이 마주쳤다.

두근.

두근두근.

나는 내 심장이 사람을 보는 것만으로도 그렇게 빨리 뛸 수 있다는 걸 처음 알았다. 그가 자신의 가늘고 흰 손을 들어 턱을 매만지는 모습이 마치 영화의 한 장면처럼 보였다. 첫눈에 반한 것만 같았던 그 찰나, 그 미소년의 입에서 나온 말은 나를 현실 세계로 확 끄집어 당겼다.

"뭘 봐, 짜증나게."

이것이 맹사준이 내게 처음 한 말이었다. 순간 너무 당황스러워서 고개를 홱 돌리고 말았다.

'뭐, 저런 입이 걸레 레벨인 녀석이 다 있담?'

내 두근거리던 심장은 그때 멈췄다.

아니.

멈춘 줄만 알았다.

그러나 그를 향한 내 심장은 한 번도 멈춘 적이 없었다.

송두리째 흔들다 06

"나는 너 많이 보고 싶었는데."

송두리는 아무 말이 없었다. 그저 눈꺼풀을 아래로 내리고 식탁 위만 쳐다볼 뿐이었다. 그녀를 따라 나도 입을 다문 채 조용히 물만 들이켰다.

잠시 침묵이 흐르고 드디어 그녀가 다시 입을 열었다.

"많이 보고 싶었다던 사람치곤 그동안 연락 한 번 없었잖아, 너. 동창회에도 안 나오고."

그래서 나는 물컵을 든 채 코웃음을 쳤다. 그녀는 잊어선 안 되는 아주 중요한 기억을 망각하고 있는 듯했다.

"네가 잊고 있는 것 같아서 말해주는데…… 나 너한테 차였었어, 그것도 두 번이나. 그런 내 입장에서 먼저 연락하는 게 쉬웠겠어? 동창회도 그렇고."

이에 송두리는 작게 '그러게.' 라고 중얼거렸고 그 목소리는 날 더 솔직하게 만들었다.

"그래, 이왕 이렇게 말 나온 거 툭 터놓고 이야기 좀 하자. 내가 마지막으로 고백한 졸업식 날, 날 찬 이유가 뭐냐?"

"이유는 그때 이야기했잖아."

적반하장으로 눈에 힘을 주며 당당하게 대답하는 송두리에게 나는 울컥 화가 났다.

"납득이 안 가서 그래, 납득이."

더 이상 10대가 아니었던 고등학교 졸업식 날, 교복 재킷 대신 정장 코트를 입은 나는 머리에 무스까지 발라 바짝 세우고 학교로 갔었다.

내 등장에 남자애들은 연예인이 온 줄 알았다며 놀랐고 여자애들은 학교 축제도 아닌데 아이돌이 축하 공연 하러 온 줄 알았다며 호들갑을 떨었다.

반나절 내내 쏟아지는 시선에 부담을 느끼기도 했지만, 나에겐 그것보다 더 큰 문제가 있었다.

나는 이리저리 바삐 돌아다니는 송두리 반장을 눈으로 좇으며 고민에 빠졌다. 어떻게 하면 그녀를 몰래 불러낼 수 있을까.

'이번이 마지막이야.'

오늘을 놓치면 이제 한동안은 서울에서 제일 좋은 대학교로 가는 송두리를 못 볼 것이 분명했다.

그러나 내 속 타는 마음과는 아무 상관 없이 시간은 흘러 어느

덧 담임쌤의 마지막 종례가 시작되었다. 저 선생님의 손에 들린 졸업장을 받아버리면 모든 게 끝이다.

'안 되겠다. 이젠 그 방법밖에는 없어.'

솔직히 별로 안 내키기는 했지만 시간이 별로 없다고 생각하니까 마음이 급해졌다. 그래서 나는 그날 난생처음 연기란 걸 해봤다.

"아앗……!"

극적으로 소리를 지르며 그냥 냅다 배를 쥐고 나뒹굴었다.

"어? 사준아!"

담임쌤과 반 아이들이 모두 내게 집중하는 순간 나는 일부러 더 크게 앓는 소리를 냈다.

"아아…… 배야……! 아으…… 양호실……!"

마지막 단어는 키포인트니까 좀 더 강조했다. 그러자 바로 뒤이어 급박한 담임쌤의 목소리가 들려왔다.

"맹사준, 배 아프냐? 누가 얠 양호실엘 좀……!"

선생님의 말이 채 다 끝나기도 전에 교실 안은 소란스러워졌다.

"저요!"

"저요, 저요!"

"제가 가겠습니다!"

"제가 가게 해주십시오!"

내 저럴 줄 알았다.

내 예상대로 여자애들이 손을 번쩍번쩍 들며 서로 가겠다고 난리를 쳤던 것이다.

하지만,

"왜 다들 가겠대? 너희들 다 조용히 하고, 반장! 네가 사준이 데리고 양호실 좀 갔다 와."

이 또한 예상했었다.

아픈 연기를 하는 와중에 승리의 웃음이 실실 터지려고 해서 입술을 꾹 다물고 참았다. 그사이 송두리가 대답하는 목소리가 들렸다.

"네, 선생님."

교실이 이 이상 소란스러워지는 걸 막고 싶은 담임쌤은 나를 얼른 송두리와 함께 복도로 내보냈다.

결국, 계획대로 송두리의 부축을 받아 양호실로 향하면서 그녀의 말간 옆얼굴을 힐끔힐끔 훔쳐보았다. 그러다 막 고개를 돌린 송두리와 눈이 마주쳤고 그 순간 그녀가 물었다.

"괜찮아?"

저 순수하고 맑은 얼굴을 보고 있자니 양심이 콕콕 쑤셨다. 나는 결국 그녀의 어깨에서 팔을 내리고 허리를 폈다.

"왜 그래? 더 기대도 돼."

아픈 친구에게는 한없이 다정한 송두리였다. 그걸 잘 알고 있던 터라 더 미안했다. 나는 사실대로 말하기로 결심했다.

"나 사실 배 아픈 거 아니야."

"아니야? 근데 왜 그랬어?"

이해할 수 없다는 듯 송두리가 눈을 동그랗게 떴다.

그래, 바로 지금 이 순간이다. 고백할 타이밍.

"왜 배 아픈 척한 건데?"

그런데 도저히 입이 떨어지질 않았다. 꿀 먹은 벙어리인 양 입도 벙긋하지 못하는 내 자신이 답답해서 시선만 돌리는데, 마침 옆에 있는 계단이 보였다.

"야, 맹사준."

송두리의 부름도 무시하고 나는 냅다 눈앞에 보이는 계단을 뛰어 내려갔다가 다시 뛰어 올라왔다.

숨이 차서 헉헉거리며 무릎에 손을 짚고 고개를 들자, 송두리가 마치 '뭐, 저런 잘생긴 미친놈이 다 있지?'라는 눈빛으로 쳐다보고 있는 게 보였다.

"너 왜 그래, 진짜?"

"헉…… 허억…… 내가…… 허억…… 널……."

극약처방으로 겨우 입이 열렸다.

그런데 거기까지였다. 그 탓에 신경질을 내며 다시 계단을 뛰어 내려가려는데, 그런 내 팔을 송두리가 덥석 잡았다.

"뭔진 모르겠는데, 뛰려면 같이 뛰자."

"……?"

난 지금 굉장히 심각한데, 송두리는 만면 가득 미소였다.

"너도 알다시피 난 범생이라 복도에서든 계단에서든 뛰어본 적이 없단 말이야. 하지만 오늘은 마지막 날이니까 뛰어도 되겠지?"

그러더니 송두리는 나보다 먼저 계단을 뛰어 내려갔다. 어안이 벙벙했지만 곧 정신을 차리고 나도 그녀의 뒤를 따라 뛰었다.

1층까지 내려간 송두리가 숨을 거칠게 내쉬며 다시 뛰어 올라가려고 했다. 나는 얼른 그녀의 팔을 잡아 말렸다.

"왜?"

숨을 몰아쉬며 의아해하는 그녀에게 나는 겨우 입을 열어 말했다.

"나, 허억…… 할 말 있어!"

"뭔데?"

"내가……! 허억…… 널, 좋아해……!"

드디어 입이 트였다. 드디어, 고백했다.

"뭐……?"

송두리는 그 자리에서 굳어졌다. 나도 덩달아 꼼짝도 못하고 그녀를 바라보았다. 굳어진 그녀의 볼은 발그레했다. 그것이 계단을 뛰어 내려온 영향인지 내 고백 때문인지는 모르겠지만, 붉어진 송두리의 얼굴도 참 예뻤다.

"하루 종일 네가…… 후우…… 내 머릿속이고 마음속이고 돌아다녀. 너랑 정식으로 사귀고 싶어."

길지 않은 내 인생 통틀어 그토록 진지했던 적은 그때가 처음이었다. 내 진심이 닿았는지 어쨌는지 송두리는 말없이 내 얼굴을 쳐다보았다. 그 순간 나를 향한 그녀의 하얀 얼굴, 핑크빛 볼, 그리고 갈색 눈동자는 내 기억에 선명하게 각인되었다.

잠시 후 거칠었던 송두리의 숨소리가 점점 고르게 되고 이내 그녀의 목소리가 나직하게 들려왔다.

"미안해. 난 너와 사귈 수 없어."

그 말만 던지고 송두리는 계단을 올라가버렸다. 그녀의 뒷모습을 보니 나는 울컥한 마음이 들어 재빨리 그녀를 따라 올라갔다.

"왜? 도대체 왜?"

차일 때 차이더라도 이유는 듣고 싶었다.

"왜 사귈 수 없는 건데?"

다소 흥분한 내가 송두리의 팔뚝을 홱 잡아채자 그녀의 몸이 계단 중간에서 휘청했다. 넘어지면 잡아주려고 다른 손까지 뻗었지만 그녀는 다시 중심을 잡고 나를 돌아보았다.

그녀의 표정에서 난감함이 엿보였다. 곧 그녀가 무거워 보이는 입술을 열었다.

"넌…… 여자가 너무 많아."

"잘생겨서 그래, 잘생겨서."

"그리고 싸가지도 너무 없어."

"잘생겨서 그래, 잘생겨서."

"그리고 넌 공부도 못하잖아."

"잘생겨서 그…… . 아니, 사람 치부까지 건드리기 있어?"

화는 났지만 계속 화만 냈다가는 송두리가 도망을 칠 것 같아서 일단 마음을 진정시켰다. 그러고는 차분하게 말했다.

"여자야 날 따라다니는 여자가 많은 거지, 걔들 쳐내느라 내 없던 싸가지가 더 없어진 거고. 공부는…… 그래도 나 서울에 있는 대학엔 합격했다? 너처럼 좋은 대학은 아니어도."

"무엇보다 너랑 사귀면……."

잠자코 내 이야기를 듣던 송두리가 입을 열었기에 나는 말을 멈추고 그녀의 목소리에 집중했다. 그 순간 내 심장은 아플 정도로 세게 뛰고 있었다.

　"내가 너무 피곤할 것 같아."

　세차게 뛰던 심장이 쿵 하고 떨어져버린 것만 같았다.

　저 말이 무슨 뜻이지? 그녀의 말을 이해하지 못해서 잠시 멍해 있는 사이 송두리는 그렇게 내 눈앞에서 사라졌었다.

　"그 뒤로도 계속 여자는 많았지만 진짜 마음 준 여잔 없었고, 싸가지는 여전히 없지만 내 여자한테만은 싸가지 있으니 됐고. 공부는…… 중소기업이긴 해도 나이 서른에 꽤 튼실한 회사 사장인데, 뭐, 더 무슨 말이 필요한가?"

　나는 지금 고등학교 졸업식 날 고백을 하던 그때만큼 진지하다. 그때와 마찬가지로 송두리는 그런 나를 말없이 쳐다보았다.

　나는 그녀에게 다시 물었다.

　"그런데도 아직도 날 거부하고 거절하고 싶은가?"

　당당하게 물었지만, 사실은 내심 긴장이 되었다. 그녀의 대답이 기다려지면서도 기다려지지 않는 이상한 감정 상태가 지속되던 그 순간 그녀가 입을 열었다.

　"너야말로 잊고 있는 게 하나 있는데, 그날 내가 널 거절한 건 그 이유때문이 아니야."

　나는 순순히 고개를 주억거렸다. 그것도 물론 확실히 기억하고 있다.

"알아, 잊진 않았어. 날 만나면 네가 너무 피곤할 것 같다고 했었지."

대체 왜? 뭐가?

그 후 잠시 우리 대화는 끊어졌다. 나와 송두리가 말없이 물컵을 들어 목을 축이는 사이 방문이 열렸다. 생선회를 들고 온 종업원이 우리를 향해 목례를 한 후 안으로 들어왔다. 우리의 눈앞으로 그 생선회를 놓은 종업원이 나가자 나는 그녀에게 먼저 권했다.

"일단, 먹어. 먹자."

그러나 그녀는 젓가락을 들지 않았다. 그래서 내가 직접 내 젓가락을 들어 그녀의 접시로 회를 옮겨주었다. 내가 이런 매너 넘치는 행동을 하고 있던 그때 그녀의 목소리가 나직하게 들려왔다.

"넌 회사 내에 퍼져 있는 네 소문들을 알고는 있니?"

순간 손을 멈추고 눈썹 끝을 치켜 올렸다. 그런 게 있었단 말인가? 금시초문이다.

"어떤 소문들?"

전혀 모르겠다는 얼굴 표정을 지어 보이자 그녀는 낮게 한숨을 내쉬었다.

솔직히 나는 옛날부터 남의 말에는 신경을 쓰지 않는 타입이었다. 남은 남일 뿐이니까 무슨 말을 하든 관심이 없었다.

"너 얼굴로 사장 됐다는 설이 있어."

송두리가 소문들 중 하나를 알려주는데 나는 그만 웃음이 터지고 말았다. 그래서 웃는 얼굴로 대꾸했다.

"어디서 그런 정확한 소문이 났지?"

말이 끝나자마자 송두리가 미간을 찡그렸기에 나는 얼른 덧붙였다.

"사장은 그 회사의 얼굴이잖아? 내가 사장치곤 지나치게 잘생기긴 했으니까 뭐, 얼굴값이라고 생각해. 그리고 또 어떤 소문이 있는데?"

그녀는 분명 '소문들'이라고 했다. 그렇다면 그녀가 알고 있는 소문의 수가 제법 된다는 의미일 것이다.

송두리가 다시 차분한 어조로 말했다.

"여기서 2년 가까이 일한 직원도 사장님의 여자는 그림자도 본 적이 없다고 하고, 여직원들한테도 냉랭한 태도니까 혹시 게이 아니냐는 소문도 있어."

오호, 그건 또 몰랐네.

헛웃음을 터뜨리다가 나를 진지한 눈빛으로 쳐다보고 있는 그녀와 눈이 마주쳤다. 그래서 그 눈을 보며 입을 열었다.

"그건 네가 변명 좀 해주지 그랬어? 맹 사장님이 나 고등학생 때 엄청 쫓아다녔다고."

"농담하지 마. 난 심각해. 그리고 너희 아버님이 외국계 기업 CEO에 어머님이 유명 디자이너란 설도 무성하고."

"우리 부모님 시골에서 소 키우시는데? 너 알잖아?"

"그러니까! 넌 이렇게 근거도 없는 소문들이 퍼질 동안 대체 뭐 한 거야?"

지금 송두리는 진심으로 화를 내고 있었다. 나는 그게 참 고마웠다. 그녀의 행동이 단순히 한때 동창이었던 친구에 대한 안쓰러움에서 비롯된 것이라 해도 무관심보단 나았다.

"그냥 이야기들 하게 뒀지, 뭐. 사람들이야 워낙 남의 말 하기 좋아하고, 그중 여자들이야 워낙 망상하기 좋아하니까."

"여직원들은 너랑 결혼하면 신데렐라 되는 거라며 희망에 부풀어 있어."

"나랑 결혼하면 그냥 얼굴값 하는 사장 남편 생기는 것뿐인데……."

내 말에 송두리는 피식 웃음을 터뜨렸다. 그 웃음에 나도 그녀를 따라 웃었다. 그러나 우리의 웃음은 길지 않았다. 곧 그녀는 얼굴을 굳히고 나를 가만히 바라보며 말을 시작했다.

"그러니까, 나는 예나 지금이나 그렇게 주변이 시끄러운 남자랑 만나서 내 주변도 시끄럽게 만들 생각이 전혀 없어요. 생각만 해도 피곤해. 알겠어요, 맹 사장님?"

내 얼굴도 그녀와 마찬가지로 굳어졌다.

피곤하다는 것이 저런 의미였나?

나만 떳떳하면 소문 따위 어떻든 상관없다고 생각했고 그게 쿨한 거라고 여겼다. 그런데 송두리가 느끼기에 나는 쿨한 것도 뭣도 아니고, 그냥 단지 주변이 시끄러운 남자일 뿐이었던 것이다.

"……"

손에 든 젓가락으로 회를 집어 입에 꾸역꾸역 집어넣는 것밖에는 딱히 할 일도, 할 말도 없었다.

"야, 천천히 좀 먹어."

지금 이 순간은 송두리의 걱정스런 목소리도 가슴에 와 닿지 않았다. 그녀를 무시한 채 나는 멈추지 않고 계속 먹었다. 먹고, 또 먹었다.

그리고…… 급체를 했다.

속이 더부룩하고 구토 증상이 느껴져서 나는 일단 송두리와 함께 일식집을 나왔다. 그리고 나는 바로 내 차로 왔는데 송두리는 잠깐 기다리라며 어딘가로 갔다. 뒤에서 보니 그녀가 향한 곳은 약국이었다.

"그러니까 내가 천천히 먹으라고 했잖아."

역시 송두리 앞에서는 불쌍한 척 아픈 척 하는 게 최고다. 폼은 좀 안 나도 효과는 꽤 좋다.

"자, 일단 이거 먹어."

헛구역질을 하는 내게 약국에서 사온 약을 건네며 송두리는 답답하다는 표정을 지었다.

"넌 예나 지금이나 참 손이 많이 가는 존재야."

예나 지금이나 한결같아서 참 미안하다.

무표정한 얼굴로 운전석에 앉아 약을 먹는 내 어깨를 송두리가 살짝 건드렸다. 내 고개가 그녀 쪽으로 돌아가자 송두리가 말했다.

"내가 운전할게. 바꾸자."

그래도 남잔데 쉽게 받아들일 순 없었다.

"아니야. 내가…… 우욱……!"

"거봐. 고집 피우지 말고 내려."

"……응. 우욱……."

남자답게 좀 센 척을 해보려고 했는데 도저히 끝까지 거절할 수가 없었다.

결국, 헛구역질을 하면서 그녀와 자리를 바꿔 탔다. 조수석에 앉는 나를 송두리가 굉장히 안쓰럽다는 듯이 쳐다보았다. 그게 난 또 썩 나쁘진 않았다.

잠시 후 차를 출발시키면서 송두리가 혼잣말처럼 중얼거렸다.

"예전에도 너 급체 되게 자주 하는 편이었는데."

"아아…… 응."

그랬지. 예민한 편이라 뭔가 신경 쓰이는 일이 있을 때 밥을 먹으면 꼭 체하곤 했었다. 게다가 음식도 가리는 편이었고 입도 짧았다.

나는 의자에 등을 푹 기댄 채 송두리의 잔잔한 목소리를 가만히 들었다.

"입도 짧고 편식도 심해서 급식은 잘 먹지도 않았고……."

맞아, 그랬지. 난 그때 항상 급식의 반은 남겼던 것 같다. 기억력 좋네, 송두리…… 음?

순간 운전을 하는 송두리의 옆얼굴을 힐끔 보았다. 갑자기 심장이 뜨거워지는 느낌이 들었다.

이게 단순히 기억력의 문제인가?

"우유는 그렇게 싫어했으면서 키는 쑥쑥 잘만 컸고."

그녀의 말은 계속 이어졌고 내 심장은 계속 뛰었다.

관심의 문제는 아닐까?

"키는 크면서 농구는 되게 못했었고……, 후후."

후우, 하고 낮게 숨을 내쉬고 진정을 해보려고 했지만 이어지는 송두리의 목소리에 그마저도 쉽지 않았다.

그녀도 나만큼 나를 지켜보고 관심 가졌던 건 아닐까?

"송두리."

조용히 그녀를 부르고 그 선이 예쁜 옆얼굴을 물끄러미 응시했다. 그리고 말했다.

"너 한마디만 더 하면……."

마침 신호에 걸린 차를 세우고 송두리는 내게로 고개를 돌렸다. 그녀의 말간 얼굴을 바라보며 이어 말했다.

"너도 날 좋아했다고 내가 착각할 수도 있어."

송두리째 흔들리다

맹사준은 항상 소문들을 달고 다녔다. 근거도 없는 그 무성한 소문들을 전해 듣는 나조차 지겨운데 정작 본인은 어떨까 걱정도 되고 신경이 쓰였다. 그가 안쓰럽기도 했고 또 한편으론 왜 그런 소문들이 퍼지도록 가만히 있나 답답하기도 했다.

"맹사준 아빠가 교수라며? 엄마는 의사래."

……걔네 부모님 귀농하셨어.

"그럼 사준이는 나중에 교수를 할까, 의사를 할까?"

너희, 맹사준 성적 몰라? 걔 너희가 그런 미래를 함부로 그릴 수 있는 성적을 가진 애가 아니야.

"사준이 주말에 오디션 봤다던데? 하긴, 걔 연예인 하면 딱이지!"

남 앞에서 거짓 웃음 짓고 거짓 연기 하는 거 걔 성격에 참 잘하겠다? 너흰 걜 몰라도 너무 몰라.

"맹사준이 1반에 얼짱한테 고백했다며? 역시 얼굴 예쁜 애 좋아하는구나."

……아닐 텐데. 내가 알기로 사준이는 좋아하는 애 따로 있는데…….

"두리야, 아무래도 사준이가 널 좋아하는 것 같아. 나 어떡하지? 난 사준이가 너무 너무 좋은데."

……그런 말을 울면서 하면 난 어떡할까, 은진아.

"근데 두리 네가 사준일 안 좋아하잖아? 그렇지? 두리 넌 남친한테 집착하는 성격이라 잘생긴 앤 싫다고 저번에 나한테 말했었잖아. 그러니까 사준인 절대 안 되지. 그치? 맞지?"

그건 마치 내 마음을 쳐다보지도 말고 봉인하라는 주문과도 같이 들렸다. 그래서 난 단 한 번도 내가 맹사준을 좋아한다고 생각해본 적이 없었다.

나는 그냥 맹사준에게 저절로 눈길이 갔고, 눈에 보이니 마음이 쓰였고, 마음이 가니 계속해서 지켜보고 싶었다. 늘 그와 함께 있으면서 같이 웃고 나란히 앉아 이야기를 나누고 싶었을 뿐, 좋아한다고 생각해본 적은 없었다.

그냥, 그러면 안 되는 줄 알았다.

은진이를 상처 주면 안 되는 줄 알았다.

좋아는 해도 되는 거였는데, 입 밖으로 내지만 않으면 되는 거였는데…….

좋아하면 안 되는 줄 알았다. 그때는 그랬다.

송두리째 흔들다 07

"너도 날 좋아했다고 내가 착각할 수도 있어."

별 대꾸 없이 그녀는 다시 차를 출발시켰다. 더부룩하고 메스꺼웠던 속이 좀 가라앉는 듯한 느낌이 들어 배를 쓰다듬며 미소 지었다.

'무언(無言)은 곧 긍정에 가까운 법.'

입가를 가리며 슬쩍 미소 짓고 있는 사이 송두리가 차를 세웠다. 주위를 둘러보니 우리 집 근처였다.

"맹사준."

나직하게 나를 부르는 그녀의 목소리에 내심 설레며 고개를 돌렸다. 지금은 풀네임으로 부른 것 따위 전혀 마음에 거슬리지 않았다.

"음?"

일부러 잘생기게 보이려고 눈에 힘을 주며 강렬하게 떴다. 누군가 그랬다. 이렇게 하면 배우 뺨친다고.

"네가 나한테 처음 한 말이 뭔 줄 알아?"

그러나 송두리의 무표정한 얼굴에 나는 과도한 표정을 풀어야 했다. 그리고 모르는 척 연기에 들어갔다. 내가 그 졸업식 날 이후로 연기가 많이 늘었다.

"글쎄? 난 그때 워낙 과묵해서 별말 안 했을 텐데?"

틀림없이 유쾌한 첫마디는 아니었을 게 분명해서 뻔뻔한 태도를 보였더니 송두리가 나를 빤히 쳐다보았다. 그녀의 갈색 눈동자가 나를 뚫어버릴 듯 직시해서 조금 무서웠다.

"왜……? 뭔데?"

"뭘. 봐. 짜. 증. 나. 게."

한 글자 한 글자 뚝뚝 끊어 말하는 송두리의 눈을 아주 자연스럽게 피했다. 저거구나.

'그래도 다행이다. 쌍욕은 아니어서.'

그때의 나는 워낙 날이 서 있어서 다루기 힘든 맹사준, 아니 맹수와도 같았다. 그도 그럴 것이 내가 고3이 되자마자 부모님은 귀농을 선언하고 시골로 떠났기 때문이다.

당시 도시생활에 지쳐 있었던 부모님은 이혼하는 것보단 낫지 않겠냐는 괴팍한 논리로 날 설득했고, 결국 나는 서울에 혼자 남았다.

그리고 그 즈음 그나마 하나 있던 친구 녀석은 지 여자 친구가 나한테 반했다는 이유로 절교를 선언했었다. 아니, 내가 그 애한테 눈길이라도 한 번 줬으면 억울하지나 않겠다. 난 그 여자애의 이름도 몰랐다.

꼭 이 세상에 나 혼자만 남겨진 듯한 기분이었고 실제로도 난 혼자였다. 그래서 그때는 세상이 엿 같았다. 똑똑 부러뜨려버리고 싶은.

그러니 송두리한테 처음에 무슨 살벌한 소릴 했을지 꽤 걱정스러웠다.

그런데 저 정도야 뭐…… 송두리의 첫말과 비슷한 수준이다.

"내가 그런 말을 제일 처음으로 듣고도 널 좋아했을 것 같아?"

송두리는 여전히 나를 빤히 보면서 딱딱한 어투로 물었고 나는 바로 고개를 끄덕였다.

"어, 그럴 수도 있지. 왜냐하면 나도 네가 처음으로 한 말, 그걸 듣고도 널 좋아하게 됐으니까. 혹시 그 말이 뭐였는지 기억해?"

내 질문에 송두리는 눈동자를 굴리며 생각에 잠겼다가 이내 다시 입을 열었다.

"안녕? 반갑다? 난 처음 본 친구들한텐 다 그렇게 인사했는데?"

"내 말을 이해 못해? 그 말을 '들어서'가 아니라 '듣고도'라니까? 그럼 '뭘 봐, 짜증나게' 만큼 강렬하지 않겠냐?"

순간 송두리의 입이 천천히 벌어졌다. 그리고 눈동자는 이리저리 방황했다.

아무래도 기억이 난 모양이다.

"네가 이 구역 양아치냐?"

내가 이 구역 최강 양아치인 거야 어렴풋이 눈치채곤 있었지만, 이렇게 확인사살을 해주는 아이는 또 처음이었다.

"아님 얼짱 깡패야? 강도냐?"

고맙게도 깡패란 단어 앞에 내가 잘생겼음을 강조해주는 여학생의 명찰을 힐끗 보았다.

송두리,

"내가 뭘 어쨌다고 이래?"

나는 단지 수학 교과서를 안 가져와서 앞자리의 친구에게 교과서를 빌리는 중이었을 뿐이다. 공손하게 발로 의자를 툭툭 건드리며 정중하게 빨리 책을 달라 요청했을 뿐이다. 그런데 갑자기 그녀석의 앞에 앉아 있던 저 '송두리'가 벌떡 일어나서는 내게 살벌한 말과 함께 시비를 건 것이다.

"같이 수업을 듣는 친구한테 교과서를 빌리는 애가 대체 어디 있니? 얘는 책 안 봐? 다른 반에서 빌리든가, 아니면 짝꿍이랑 같이……!"

열심히 떠들던 송두리가 내 빈 옆 책상을 발견하고 말을 멈췄다.

나는 새 학기가 시작되고 일주일째 짝꿍이 없었다. 누가 앉으려고만 하면 그냥 눈에 힘을 주고 쳐다만 봤을 뿐인데 다들 한 시간도 못 버티고 도망가버렸다.

"보다시피 짝꿍이 없어서. 그리고 내가 워낙 소극적이라 다른 반에 친구도 없어. 다른 반 애들 패서 소란스럽게 빌리느니 차라리 우리 반에서 조용히 빌리는 게 낫지 않겠니?"

내 뻔뻔한 태도에 송두리란 여자애는 이를 지그시 무는 듯 입술을 실룩거렸다. 시선을 내리다 그녀의 불끈 쥔 두 주먹을 우연히 발견하고 피식 웃음을 터뜨렸다.

꽤 정의감에 불타는 스타일인가 본데, 내가 뭐, 이런 애들 하루 이틀 보나? 어차피 소리만 떽떽 지르다 제 풀에 지가 지칠걸, 뭐. 게다가 계집애가 뭘 어쩌겠어? 결국 선생님한테 이르고 말겠지.

퍽―

이 소린 송두리의 주먹이 내 얼굴을 친 소리는 다행히 아니다. 송두리가 자신의 책상에서 집어 든 두꺼운 수학 교과서를 내 책상 위로 던져놓는 소리였다.

'후우……'

자칫 그 두꺼운 교과서에 손등이 맞을 뻔했다. 내 특출한 순발력으로 그건 피했지만, 순간적으로 놀란 심장이 두근거렸다.

"이 계집애가……!"

인상을 찌푸리며 고개를 들자 송두리가 배시시 웃는 게 보였다.

저게 지금 웃어?

"그럼 내 교과서 봐, 친구야."

믿을 수 없게도 송두리는 내게 자기 수학 교과서를 빌려주었다.

"뭐?"

내가 어리둥절해하는 사이 송두리는 말없이 내 뒤로 걸어갔다. 혹시 수학 교과서로 내 뒤통수라도 치려는 건가 싶어서 뒷머리를 움켜쥐며 경계하고 있는데 그녀가 갑자기 내 빈 옆자리에 털썩하고 앉았다.

"너 뭐야? 왜 여기 앉아?"

"왜냐니? 그럼 난 수업시간에 어떡하라고? 난 내 교과서가 아니면 필기를 잘 못하는 스타일이란 말이야. 내 책 빌려준 거니까 나도 같이 봐도 되지?"

자기 교과서를 같이 보게 해달라는 이상한 부탁을 하며 송두리는 웃고 있었다.

그날 나는 생전처음 여자애의 미소가 무서우면서도 예쁘다고 생각했다. 판이하게 다른 이 두 감정을 동시에 느낀 건 그때가 처음이자 마지막이었다.

옛 기억으로 머쓱해진 송두리가 자신의 긴 생머리를 긁적거렸다. 민망한 듯 헛기침을 한 그녀가 먼저 차에서 내렸고 그녀의 뒤를 따라 나도 내렸다.

"나 이제 갈게."

송두리는 이 자리를 어서 빨리 피하고 싶은 눈치였으나 나는 아직 그녀를 보낼 생각이 없었다.

"차 키는? 나 줘야지."

그녀의 손에 들려 있는 차 키를 가리키며 말하자 송두리는 바로 손을 내밀었다.

"자."

그래서 나는 덥석 잡았다. 그녀의 손을.

"……!"

깜짝 놀란 송두리가 자신의 손을 빼내려고 힘을 주는 게 느껴졌다. 그녀의 반듯했던 미간이 찡그려졌다.

"이거 안 놔?"

그러나 어디 남자의 힘을 이길 수 있으랴.

내 손에서 벗어나려고 팔을 버둥거리는 그녀를 향해 나는 너그러운 미소를 띤 채 말했다.

"지금부터 내가 하는 질문에 간단히 대답만 해주면, 내 손의 힘 그까짓 거 한번 빼줄게."

순간 송두리는 언짢은 얼굴을 했지만 나는 전혀 개의치 않고 질문을 던졌다.

"날 차고 한 번 정도는 후회했지?"

나는 분명 그녀가 내 고백을 거절하고 한 번쯤은 후회했을 거라 확신하고 있었다. 지금도 그렇지만 그때의 나는 정말 매력적이었고 잘생겼으며, 무엇보다 정말 송두리밖에 몰랐다.

내가 그녀를 빤히 쳐다보자 송두리는 잠시 후 고개를 작게 끄덕였다.

"그래, 후회한 적 있어. 그냥 너랑 사귈걸 하고. 하지만 사귀었어도 후회는 했을 거야. 너랑 사귀지 말걸 하고. 은진이 상처 주면서까지 너랑 사귀어야 했었나 하고."

생각해보니 그랬다. 송두리 성격에 어느 쪽을 택했어도 후회는 했을 것이다.

"어차피 후회는 했을 테니 51% 후회할 쪽보단 49% 후회할 쪽을 택했을 뿐."

나랑 사귀는 게 51% 후회할 쪽이었다는 말이군.

씁쓸한 기분이 들어 쓴웃음을 지은 다음 그녀를 향해 나직하게 물었다.

"서은진이랑은 여전히 제일 친한가?"

"……그냥 가끔 연락하는 정도야."

"나를 거절하면서까지 지키려던 우정인데, 좀 허무하네."

그 순간 나는 그녀의 손을 놓았다. 그 바람에 차 키가 바닥으로 떨어졌다.

탁—

그녀와 내가 동시에 차 키를 줍기 위해 허리를 숙였지만 결국 키는 행동이 빠른 그녀가 주웠다. 다시 허리를 편 송두리가 내게 그 키를 내밀었다. 나는 그것을 빤히 쳐다보면서 말했다.

"근데…… 넌 죽어도 좋아했단 소린 안 한다?"

내가 시선을 올려 그녀의 얼굴을 바라보자 송두리는 새치름하게 내 시선을 피했다.

"좋아했던 것 같기도 하고…… 잘 모르겠어."

"잘 모르겠다고?"

"그때는 너 좋아하면 안 되는 줄 알았으니까……."

나는 내 시선을 끝까지 피하는 송두리의 선이 가는 옆얼굴을 뚫어지게 바라보았다. 그랬더니 얼마 지나지 않아 그녀가 다시 입을 열었다.

"그래도……."

이렇게 서두를 꺼낸 송두리는 잠시 뜸을 들이더니 이어 말했다.

"했었던 것 같아, 좋아."

"참 특이한 도치법을 쓴다?"

그래도 뭐, 이 정도면 만족한다.

"차 키나 받아."

내 눈앞으로 차 키를 흔들면서 송두리가 툭 던지듯이 말했다. 쑥스러워하기는.

나는 그녀를 지그시 바라보면서 바지 포켓에 양손을 찔러 넣었다.

"그냥 집에까지 타고 가. 이 첫사랑 남자가 오늘 하루 빌려주는 거야."

"됐어. 그리고 너 내 첫사랑 아니거든?"

뾰로통하게 대꾸하는 송두리 때문에 순간 열이 확 뻗쳤다.

"뭐? 그럼 누군데?"

"내 첫사랑은 초등학교 때 이미 끝났지."

"억울하다, 진짜. 난 내 첫사랑, 첫 고백, 첫 실연, 첫 키스도 다 넌데."

내 말에 송두리가 생전 처음 듣는 단어라도 들은 듯 눈을 크게 떴다.

"첫 키스? 난 너랑 키스한 적 없는데?"

"나랑 키스한 적이 없다고? 회식 있던 그날 밤 일은 또 잊은 거야?"

가로등 불빛을 받고 있어서 잘 보이는 송두리의 얼굴에 당황한 기색이 역력했다.

"아, 아니, 그거 말고, 그건 기억도 잘 안 나는데……."

"기억 안 난다고? 그럼 기억나게 해줄까?"

바로 한 손을 뻗어 송두리의 팔뚝을 잡아당겼다. 할 일 없던 다른 손으로는 송두리의 뒷머리를 부드럽게 잡고 내 입술을 그녀의 입술에 맞췄다. 말랑말랑한 입술이 닿는 순간 내 첫 키스의 기억이 떠올랐다.

정확히 말하면, 내 도둑 첫 키스의 추억이.

"야, 송두리 어디 있냐?"

그날따라 이상하게 체육시간 중반부터 송두리의 모습이 안 보였다. 운동장 구석구석 그녀를 찾아 헤매다 결국 부반장 녀석을 잡고 물었다. 녀석은 내가 그녀를 찾는 게 의아했던지 눈을 동그랗게 떴다.

"반장? 감기가 심해져서 다시 교실로 들어갔는데."

송두리는 오전 내내 콜록거리며 기침을 했었다. 그런 그녀에게 어디 아프냐고 물어봤는데 아니라고 우기더니만 결국 뻗었나 보다.

"그래? 그럼 나도 감기다. 체육쌤한테 가서 그렇게 전해."

내 막무가내 부탁—이렇게 쓰고 명령이라 읽을걸?—에 부반장 녀석은 난감한 표정을 지었다.

"그걸 꼭 내가 전해야 돼?"

"그럼? 감기 몸살인 내가 가서 말하리?"

"너 지금 건강해 보이는데……."

꿍얼거리는 녀석을 향해 똑똑 소리 나게 손가락을 꺾으며 위협적인 목소리를 보냈다.

"맞아, 내가 참 건강한 편이지. 한번 볼래, 내 건강함?"

덤으로 목까지 좌우로 꺾었더니 부반장 녀석은 겁을 먹은 듯 보였다.

"아, 알았어."

녀석이 부리나케 도망가는 것을 확인하고 좌우로 꺾던 목과 손가락을 멈췄다. 피식 웃으며 교실을 향해 유유히 돌아섰다. 그런 다음 점잖게 걸으려고 했는데 나도 모르는 사이 내 두 발은 달리고 있었다.

곧 도착한 우리 반 교실은 바람 소리마저 크게 들릴 정도로 조용했다. 나는 송두리의 존재를 찾기 위해 목을 위로 쭉 뺐다. 그리고 바로 교실 뒷문에 난 창문으로 책상에 엎드려 있는 송두리를 발견했다.

드륵—

조심히 교실 문을 열고 발꿈치를 들어 소리를 최대한 죽인 채 안으로 들어왔다. 혹시 내 발소리에 그녀가 잠을 깰까 조심하며 그녀 곁으로 다가갔다.

잠들어 있는 송두리의 말간 얼굴을 보는 순간 심장이 마구 뛰었다.

'우와, 얘는 무슨 자는 얼굴도 이렇게……. 너 뭐 하는 거야, 맹사준?'

나는 송두리의 얼굴 바로 앞에서 정신을 차리고 딱 멈췄다. 그녀의 입술과 내 입술은 고작 5센티미터 남짓 거리를 두고 가까이 있었다.

'자는 얼굴이 아무리 예뻐도 그렇지, 키스를 시도하려 하다니…… 너 미쳤냐, 맹사준?'

하지만 정신을 차리고도 나는 얼굴을 뒤로 빼지 못했다. 아니, 않았다. 그래서 자신을 계속 설득했다.

'너 지금 얘한테 하면 감기 옮거든? 막 콜록콜록하거든? 진짜 감기 몸살 앓을 수도 있거든?'

그래서 난, 감기 옮기 싫어서 난…… 입술을 붙였다 금방 뗐다.

1초도 걸리지 않았고 감기도 걸리지 않았다.

우리의 키스는 그때처럼 달콤했고 말랑거렸으며 두근거렸다. 그러나 그때와 다른 게 있다면…….

짜악-

송두리에게 뺨을 맞았다는 거.

아침에 일어나자마자 거울로 얼굴 먼저 확인했다. 아직도 붉은 기운이 있는 걸 보니 보통 세게 때린 게 아닌 모양이다. 아주 풀파워였나 보다.

'근데……,'

내 뺨 때려놓고 내 차를 몰고 가는 그 패기 좀 보소.

어젯밤 내게 키스당한 송두리는 놀란 얼굴로 나를 때리고, 당황한 얼굴로 허겁지겁 내 차에 올라타더니만, 그렇게 슝 가버렸다.

그렇게 가버린 후 내 전화를 완전히 무시하고 있는 송두리를 불러들이는 일은 아주 간단하다.

비서를 시켜서?

노노.

그냥 문자 하나면 된다.

[내 차, 네가 쓸래? 가져간 김에 아예 너 써.]

💠 송두리째 흔들리다 💠

"기억 안 난다고? 그럼 기억나게 해줄까?"

맹사준이 한 손을 뻗어 내 팔뚝을 부드럽게 잡아당겼다. 그것도 놀랐는데 그가 바로 내 뒤통수를 손으로 받쳤다. 그리고 다음 순간 그의 입술이 내 입술에 닿았고 무의식중에 벌어진 내 입안으로 그의 혀가 들어왔다. 일순 나는 혼이 나가는 줄 알았다.

불쾌했다기보단 깜짝 놀랐다. 불쾌했다기보단⋯⋯ 야릇했다.

짜악-

가까스로 정신을 차리고 맹사준의 몸을 밀쳐낸 후 손바닥으로 녀석의 볼을 세게 올려쳤다.

아무리 이게 우리의 첫 키스가 아니라곤 해도 내가 맨정신일 땐 이게 첫 키스지 않은가! 예의 없는 놈⋯⋯!

마침 손에 차 키가 있었기에 나는 재빨리 차 문을 열고 운전석에 올라탔다. 그리고 바로 시동을 걸었다.

"자, 잠깐만. 근데 이 차가 누구 거더라? 맹사준 차 아닌가?"

아아. 몰라, 몰라. 모르겠다.

패닉상태다.

나는 그냥 차를 출발시켜버렸다.

어젯밤부터 정신이 하나도 없어서 휴대폰도 확인을 하지 않았다. 솔직히 말하면 맹사준의 연락을 피하고 싶었다. 평생 피할 수 있겠냐마는 그래도 피할 수 있을 때까진 피하고 싶었다.

그런데 사내식당에서 점심을 먹고 돌아오는 길에 휴대폰을 확인해보니 이런 문자가 하나 도착해 있었다.

[내 차, 네가 쓸래? 가져간 김에 아예 너 써.]

그래서 나는 사무실로 향하는 복도에서 혼자 맹사준 문자를 향해 소리쳤다.

"너, 미쳤나 봐!"

어제에 이어 오늘도 계속 패닉상태다.

송두리째 흔들다 08

똑똑―

문자를 보내자마자 바로 올 줄은 정말 몰랐다. 갑자기 들려온 노크 소리에 송두리일 거라 예상하고 빠르게 대답했다.

"들어와."

그런데 내 목소리 톤이 음계 '솔' 음에 맞춰서 나온 듯 굉장히 높았다.

흠흠, 헛기침을 하며 신이 난 마음을 진정시키는 사이 문이 열리고 머리가 긴 여성이 들어왔다.

"맹 사장님, 저 좀 보시죠?"

"아아……. 정 팀장."

기다리던 송두리가 아니었다. 맥이 탁 풀리는 윤아의 등장에 나는 쓴웃음을 지었다.

"신제품 카탈로그 나왔어."

그런 내 마음을 알 리 없는 윤아는 가벼운 발걸음으로 명랑하게 들어와 내게 새로 나온 카탈로그를 내밀었다. 다리 예쁜 모델들이 우리 회사 구두를 신고 포즈를 잡고 있는 모습이 눈에 들어왔다.

"예쁘지?"

"응, 잘 나왔네."

내 대답에 싱긋 웃은 윤아가 특정 페이지를 펴서 나에게 보여주었다.

"이거 봐봐, 이 모델 예쁘지?"

"모델이 예쁘면 뭐 해? 구두가 예쁘게 찍혀야지."

"물론 구두도 예쁘지. 특히 F/W 구두는 정말 예쁘게 나왔어. 봐봐."

놔두면 내가 알아서 볼 텐데 윤아는 자꾸 나를 귀찮게 굴었다. 나는 그녀에게 손을 저으며 건성으로 대답했다.

"두고 가."

"제대로 좀 봐봐."

"내가 알아서 볼게."

그나저나 곧 송두리가 올 텐데, 그만 좀 나가줬으면 좋겠는데…….

그러나 눈치 없는 윤아는 자꾸 내 눈앞으로 카탈로그를 들이밀며 귀찮게 했다.

"예쁘게 잘 나왔지? 응?"

"알았으니까 두고 나가라고……."

똑똑——

그때 노크 소리가 들린다 싶었는데 바로 문이 벌컥 열렸다.

"사장님!"

얼굴이 붉으락푸르락 변한 송두리가 안으로 들어오려다 윤아를 발견하고는 모든 움직임을 멈췄다. 그것도 잠시, 딱딱하게 굳은 얼굴로 우리 둘에게 목례를 했다.

"무슨 일이야, 송두리 씨?"

문 쪽으로 몸을 돌린 윤아가 정갈하게 다듬은 눈썹 끝을 치켜올렸다.

"아무리 급한 일이라도 그렇지, 사장님이 계시는 곳에 노크만 하고 문을 벌컥 여는 경우가 어디 있어?"

까칠한 윤아의 대응에 내가 다 무안했다.

'얘는 뭘 또 그렇게까지 얘길 해? 송두리 무안하게.'

더 굳어지는 송두리의 얼굴을 살피면서 나는 서둘러 입을 열었다.

"내가 부른 거야. 급하게 오라고 한 것도 나고."

"왜? 왜 부른 건데?"

나를 돌아보는 윤아의 눈빛이 이전엔 본 적 없을 정도로 새치름했다. 그녀의 날카로운 눈빛을 마주하며 머리를 굴렸다.

떠올라라. 뭐든 떠올라라.

그때 얼마 전 신상품 구두 샘플을 보여주며 윤아가 했던 말이 뇌리를 스쳤다.

"근데 구 선생님은 정말 이제 일 안 하시겠대? 다시 설득해보는 게 좋을 것 같은데⋯⋯."

그래, 그거다.

"구 아저씨, 구 아저씨 만나러 가려고."

구 아저씨는 올해 초에 은퇴를 선언하시고 고향 강원도로 떠나셨다. 후배들에게 더 많은 기회를 주고 싶다는 아저씨의 뜻을 모르는 바 아니지만, 아무래도 아직까진 구 아저씨의 손길이 필요한 듯해서 가까운 시일 내에 복직을 설득하러 가려고 벼르던 참이었다.

구 아저씨 이야기에 윤아가 반색을 했다.

"오늘 강원도 가려고?"

"어. 그래서 운전수로 데려가려고 송두리 씨 부른 거야. 손에 차 키 들고 있는 거 봐."

내 변명에 안 그래도 하얀 송두리의 얼굴이 더욱 하얗게 질렸다.

윤아가 고개를 돌려 송두리의 손에 들린 차 키를 보더니 작게 웃음을 터뜨렸다. 그러더니 곧 내게 물었다.

"근데 운전기사도 있고 여 비서도 있는데, 왜 굳이 송두리 씨한테 운전을 시켜?"

"송두리 씨가 군대에서 운전병이었대."

허접한 내 농담에 여자 둘은 표정을 굳혔다. 무안한 마음에 헛기침을 하며 그녀들을 노려보았다.

"그래도 사장님 농담인데, 좀 웃어주지, 둘 다?"

사회생활 굉장히 못하는구나, 둘 다. 쯧쯧.

"그럼 강원도 잘 다녀와."

윤아는 카탈로그를 내 책상 위에 올려놓은 후 사장실을 나갔다. 그녀가 나가자 송두리는 무서운 얼굴로 내게 다가왔다.

"너 그 문자 뭐야?"

"너라니, 사장님한테."

"그래, 사장님아. 내가 왜 사장님 차를 가져?"

화가 나 있는 송두리의 얼굴을 지그시 바라보며 대답했다.

"첫사랑 여인에게 내가 주는 선물. 새 건 아니니까 너무 부담 갖진 마."

그러자 송두리의 눈썹이 더욱 사납게 꿈틀거렸다. 그녀의 두 손이 허리에 척 올라갔다.

"장난해? 돈 많다고 돈지랄하니, 지금?"

"오우! 표현 한번 거칠다, 송두리?"

나는 끝까지 여유로운 척, 어른인 척 하려고 했다. 그러나 송두리가 던진 다음 말에 그 '척'을 할 수가 없어졌다.

"예전에 넌 이렇지 않았었는데! 좀 더 순수하고 서툴지만 마음을 다 하려고……!"

"그래서?"

서늘하게 말을 뱉어내고 자리에서 일어섰다. 그녀의 큰 눈을 뚫어지게 응시하며 말을 이었다.

"그때 네가 날 봐줬어?"

요령 없고 순수하기만 했던 나를 송두리는 두 번이나 거절했었다. 그때의 아픈 심정을 다시 느끼고 싶지 않기 때문에 나는 이제 할 수 있는 건 다 해볼 예정이다.

"그때처럼 안 되려고 나 지금 노력하고 있는 거잖아."

내 진지한 고백에 송두리는 짧은 한숨을 토해냈다. 도저히 이해할 수가 없다는 표정이었다.

"그러니까, 대체 왜 그 노력을 하냐고?"

"그거야 내가 아직도 널……!"

똑똑―

그때 갑자기 노크 소리가 들리더니 문을 살짝 열렸다. 그리고 나타난 이는 여 비서였다.

"사장님?"

내 고백을 막은 눈치 제로인 여 비서를 서늘하게 노려보니 그가 천천히 입을 열었다.

"정 팀장님에게서 전해 들었습니다. 강원도에 가신다고요."

"어. 근데?"

"제가 모시겠습니다."

고개를 슥 돌려서 송두리의 얼굴을 한 번 보았다. 송두리는 은근히 그렇게 되길 기대하는 눈치였다.

그러나 나는 송두리를 좀 더 귀찮게 하고 싶었다.

"구 아저씨가 워낙 내가 사장이라고 거드름 피우는 걸 싫어하시거든. 그래서 운전기사 없이 가야 돼. 그렇게 되면 운전은 여 비서가 할 건가?"

내가 던진 질문에 여 비서는 당황한 듯한 표정을 지었다. 그래서 나는 옅은 미소를 띤 채 말했다.

"내가 알기로 여 비서는 운전이 서툴다고 했는데."

항상 어딘가로 이동을 할 때면 운전기사의 운전 솜씨에 감탄을 연발하며 나도 이렇게 되고 싶다고 입이 닳도록 말하는 여 비서였기에 운전이 서툴 거라는 생각은 했었다.

"안녕히 다녀오십시오."

예상대로 여 비서는 나를 수행하겠다는 소리를 더 이상 하지 않고 사장실을 나갔다. 그가 나가자마자 나는 송두리를 향해 말했다.

"우리도 나가자."

그러나 송두리는 여전히 못마땅하다는 얼굴로 나를 쳐다보았다. 그래서 나는 송두리에게 중요한 사실을 알려주었다.

"이건 일이야, 송두리."

그제야 송두리의 눈빛이 달라졌다. 그런 그녀에게 진지하게 말했다.

"사장님을 수행하는 공적인 일이니까 어서 준비해요, 송두리 씨."

"저…… 사준아."

조심스런 부름에 시선을 돌리니 복도 중간에 서서 나를 향해 손을 흔드는 여자애가 보였다.

"……?"

나는 너를 모르는데 대체 왜 날 친근하게 불렀냐는 의미로 눈

썹을 치켜 세우니 그 여자애가 두 손으로 작은 선물 꾸러미 하나
를 내밀었다.

"내가 만든 쿠키야. 받아줘."

그러나 나는 그것을 받을 생각이 전혀 없었기에 두 손을 교복
주머니에 찔러 넣으며 말했다.

"안 좋아하는데."

"아, 쿠키 안 좋아해?"

"아니. 직접 만든 걸 안 좋아해."

손 안 닦고 만들었으면 어떡해. 더럽게.

"아아……."

여자애는 그대로 굳어졌다. 내가 가만히 서서 그 아이를 물끄
러미 바라보자 그 여자애는 내게 다시 쿠키 봉지를 들이밀며 입을
열었다.

"그러면 그냥 네가 네 손으로 버려."

생각보다 강한 여자애의 반격에 피식 웃음이 터졌다. 내 웃음
에 여자애는 머쓱했는지 굳은 얼굴로 근처 복도 창틀에 그 쿠키
봉지를 올려놓고는 가버렸다.

슥―

손을 뻗어 그 쿠키 봉지를 집어 드는데 문득 시선이 느껴졌다.
바로 고개를 돌렸고 그 순간 교실 문턱에 서 있던 송두리와 눈이
마주쳤다.

'어, 언제부터 보고 있었던 거지?'

괜히 심장이 두근거렸다.

"뭐야? 왜?"

나를 보고 있던 송두리를 향해 다짜고짜 묻자 그녀는 내게로 성큼성큼 다가왔다. 그녀의 갈색 눈동자는 궁금증으로 가득해 보였다.

"여자 친구야?"

"그냥 여자야."

"친구도 아니야?"

"오늘 처음 봤다."

내 시큰둥한 대답에 송두리는 그 작은 턱을 아래위로 끄덕였다.

"아아, 또 너 좋다는 여자애구나? 하여간, 인기도 많아."

송두리의 관심에 나는 꽤 기뻤고 그녀의 인정엔 어깨가 으쓱해졌다.

나는 잠시 그녀를 빤히 보다가 입을 열었다.

"너 먹을래?"

방금 받은 쿠키 봉지를 그녀에게 내밀자 송두리는 정색을 했다.

"이걸 왜 나 줘? 싫어."

"그럼 그냥 버린다?"

"뭐? 그래도 성의가 있는데, 먹어는 줘야지."

"희망고문 따윈 안 하는 주의라서. 아까 개도 버리라고 했고."

어쩌다 동정심으로 한 번 먹어줬을 뿐인데 그걸 자기 마음을 받아준 거라 오해하는 바보들이 가끔 있기 때문에 이런 건 죽어도 먹기 싫다.

"너 참 냉정하구나?"

"어. 네가 나로 한번 살아봐. 냉정해질 수밖에 없는 삶이야."

"칫."

이해할 수 없다는 듯 송두리는 입을 삐죽거렸지만 나는 진심이었다.

손에 들고 있던 쿠키 봉지를 다시 창틀에 올려놓으며 송두리에게 말했다.

"먹으려면 먹고 아님 그냥 둬."

그랬더니 송두리의 눈이 커졌다. 쿠키와 내 얼굴을 번갈아 쳐다보면서 그녀는 난감한 표정을 지었다.

"정말 버리려고? 집에 가져가서 어머님이라도 드려."

순간 어이가 없어서 내 귀를 의심했다.

'얘는 뭐, 벌써부터 '어머님'이래? 누가 자기랑 결혼한댔나?'

피식 웃음이 나오려는 걸 꾹 참고 말했다.

"지금 엄마 집에 없어."

"아아. 어디 가셨어?"

"아빠랑 시골에 소 키우러 갔어."

"정말?"

송두리의 눈이 방금 전보다 더 동그래졌다. 그녀는 다소 놀란 듯 보였고 나는 그게 신경 쓰였다.

'왜지? 혹시 시댁이 목축업해서 실망했나?'

……엄마아빠한테 이직을 권해볼까?

"그런 훌륭한 일 하시는구나."

감탄한 뉘앙스로 작게 중얼거리는 송두리의 말은 내 가슴을 쿵하고 쳤다.

얘는 이렇게 부지불식간에 사람의 마음을 건드리는 굉장한 능력이 있다.

"가볼래?"

"어?"

"우리 시골."

가볍게 그렇지만 속으론 진지하게 제안을 해보았다. 그러자 송두리는 기다렸다는 듯이 바로 고개를 끄덕였다.

"어. 가보고 싶어."

홋. 저렇게 애원하니 할 수 없군.

"알았어. 언젠간 한번 데리고 가줄게."

어젯밤과 오늘 내내 내 멋대로였던 행동에 기분이 상했을 송두리에게 옛날 이야기를 들려주었다. 그랬더니 운전대를 잡고 있던 그녀가 나를 힐끔 돌아보며 물었다.

"그래서? 부모님이 지금 강원도에 계셔?"

구 아저씨가 있는 강원도에 부모님도 계시냐는 질문에 나는 고개를 저으며 즉답했다.

"아니, 울산."

그 순간 운전석에 앉은 송두리가 헛웃음을 터뜨렸다. 그녀의

126

얼굴에 시니컬한 웃음이 걸렸다.

"그럼 그 옛날 얘긴 대체 왜 꺼낸 거야?"

"너 심심할까 봐."

나 때문에 졸지에 강원도까지 운전기사 노릇을 하게 된 송두리가 볼멘소리를 냈다.

"운전하느라 심심할 틈도 없거든요?"

"그럼 나 심심할까 봐."

"심심하면 주무시죠, 사장님."

앞만 보며 운전하고 있는 송두리의 옆얼굴을 빤히 바라보면서 대답했다.

"얘가 뭘 모르네. 첫사랑 여자가 운전하는 차 안에서 잘 수 있는 남잔 세상에 없거든?"

"……차라리 자줘. 제발."

"안 자. 못 잔다니까?"

🌿 송두리째 흔들리다 🌿

조수석에서 새근새근 잠을 자고 있는 맹사준을 힐끗 돌아보았다.

뭐? 첫사랑 여자가 운전하는 차 안에서 잘 수 있는 남잔 세상에 없어?

'그럼 지금 딥슬립 중인 너는 뭐냐, 대체?'

내가 첫사랑이 아닌 거야, 아님 네가 남자가 아닌 거야?

암튼, 예나 지금이나 맹사준은 참 신경 쓰이는 존재다.

맹사준이 두고 간 쿠키 봉지에서 시선을 못 떼다가 결국 그것을 집어 들었다. 버리더라도 그 여자애가 모르는 곳이 낫겠단 생각이 들었던 것이다.

쿠키 봉지를 교복 주머니에 넣고 교실로 들어가려다가 문득 화장실에 가고 싶어져서 그쪽으로 방향을 틀었다.

멀리 보이는 화장실 앞에는 3명의 여학생들이 시끄럽게 떠들고 있었다.

"야, 너 진짜 짱이다."

"그래서 쿠키 주니까 맹사준이 뭐래?"

'맹사준'이란 단어에 내 걸음이 멈췄다. 자세히 보니 아까 맹사준에게 수줍게 쿠키를 내밀던 그 여학생이 중간에 서 있었다.

"말도 마. 그 자식이 뭐랬는 줄 알아? 직접 만든 건 안 좋아한대. 재수 없어, 진짜. 나쁜 놈."

"걔 완전 웃기다."

순간 어이없는 헛웃음이 터졌다. 잠시 가만히 맹사준을 향한 뒷담화를 듣던 나는 다시 걸음을 옮겼다.

그녀들의 바로 뒤에서 걸음을 멈추고 주머니에 손을 넣어 쿠키 봉지를 꺼냈다. 그리고 그것을 톡 잘라서 입안에 넣었다. 오물오물 씹으며 그 여학생들을 바라보자 이상한 낌새를 느낀 그녀들이 고개를 돌려 나를 쳐다보았다. 그녀들 중 쿠키를 만든 여학생이 내 손에 들린 봉지를 보고는 눈썹을 확 구겼다.

"야! 너 그거, 내가 맹사준한테 준 쿠키 아니야?"

정색을 하며 물어오는 그녀에게 나는 크게 고개를 끄덕여 보였다.

"응, 맞아."

"허— 어이없다. 맹사준 애 진짜 예의 없는 새끼네?"

맹사준이 내게 쿠키를 준 거라 생각하고 화를 내는 여자애에게 나는 한 발자국 더 다가섰다. 그리고 그녀를 빤히 보며 나지막하게 말했다.

"예의? 쿠키 주면서 마음까지 표현해놓고 뒤돌아서서 바로 욕한 네가 입에 담을 단어는 아닌 것 같은데."

"뭐?"

"너 참 살벌하게도 욕하더라. 사준이가 불쌍하게 느껴질 정도로."

이제야 아까 맹사준이 한 말이 이해가 된다. 냉정해질 수밖에 없는 삶이라는 말.

그동안 그가 어떤 말을 하든 어떤 짓을 하든 상대는 자기 편한 대로 해석하고 판단하고 행동했을 것이다. 보통 모든 사람들이 그렇듯 말이다. 그러나 그의 말과 행동은 그를 좋아하는 상대의 기대에 훨씬 미치지 못했을 것이고, 그렇게 되면 상대는 지금처럼 날카로운 날을 세울 때도 많았을 것이다. 그런 생각이 들자 갑자기 맹사준이 안쓰러워졌다.

절로 나오는 쓴웃음을 지으면서 여자애의 날 선 눈빛을 마주했다.

"그리고 이거 맹사준이 나한테 준 거 아니고…… 버린 거야, 나한테."

"뭐?"

이런 애 때문에 잠시라도 웃은 맹사준이 바보 같다.

"근데 맛이 너무 없어서 나도 버리려고, 너한테."

손을 뻗어 그 여자애의 손에 쿠키 봉지를 꼭 쥐여주었다. 나를 노려보는 여자애의 눈을 피하지 않고 입을 열었다.

"잘 먹었다, 네 마음."

싱긋 웃으며 마지막 말을 덧붙였다.

"참 맛없더라."

송두리째 흔들다 09

"너 어떻게 그럴 수가 있니?"

반쯤 없어진 쿠키를 손에 든 채 여자애는 울 것 같은 얼굴로 소리쳤다. 영문도 모르고 복도로 불려 나온 나는 그저 어이가 없었다.

"내가 뭘?"

화가 난 붉은 얼굴이 나를 잡아먹을 듯 다가왔다. 아오, 무서워라.

"내가 만들어준 쿠키를 어떻게 네 여자 친구한테 줄 수 있어?"

쿠키? 여자 친구?

무슨 말인지 쉽게 이해가 되지 않았지만 내가 쿠키를 준 건 송두리밖에 없었다.

그렇다면 송두리를 말하는 건가? 여자 친구는 아닌데…… 아직.

괜히 머쓱해져서 뒷머리를 긁적였다. 그러면서 시선을 내려 그 여자애가 들고 있는 쿠키 조각을 슥 쳐다보았다.

또 그 착한 송두리가 버리지는 못하고 먹은 모양이구나.

"……미안."

내가 저 쿠키를 송두리한테 먹거나 버리라고 줬으니 사과도 내가 해야 하는 게 맞다 싶어서 일단 사과는 했다.

그러나 내 사과에도 그 여자애는 화를 누그러뜨리지 않았다.

"나 진짜 너한테 너무 실망했어. 여자 친구 줄 거면 아예 안 받는 게 예의 아니니?"

"……"

인간 '맹사준'으로 살면서 깨달은 건 난 싸가지 없이 굴어도 친절하게 굴어도 어차피 욕을 먹는다는 것.

"네가 왕 싸가지인 거야 모르는 바 아니었지만, 그래도 이건 너무한 거 아니야?"

"……"

그럴 바엔 그냥 성격대로 사는 게 맘 편하다.

"네 여자 친구도 그래. 걘 개념이 아예 없니? 그걸 내 앞에서 오물오물 먹는 꼬라지하고는……!"

아 씨, 송두리는 또 왜 건드려? 짜증나게.

"야!"

결국 송두리 이야기에 나도 더 이상은 참지 못하고 소리를 버러 질렀다. 깜짝 놀란 여자애는 입을 벌린 채 굳어졌고 나는 계속 소리쳤다.

"싫다는 사람한테 억지로 줘놓고 왜 이 난리야?"

눈썹을 잔뜩 구기고 그 여자애를 사납게 노려보면서 말을 이었다.

"야, 이름도 모르는, 너. 내가 싫다고, 그딴 거 딱 싫어한다고 말했어, 안 했어? 그랬더니 네가 직접 버리라며? 그래놓고 왜 지금 와서 이 진상을 부리는데?"

여자애의 얼굴이 점점 일그러졌다. 금방이라도 눈물을 쏟아낼 것만 같은 여자애의 얼굴을 보면서 나는 더 목소리를 차갑게 냈다.

"내가 오늘 하루 네 쿠키만 받은 줄 아냐? 하루 종일 편지에 사탕에 빵에 초콜릿에, 아주 지겨울 만큼 받는다, 내가. 그러니까 고작 쿠키 하나에 생색 좀 그만 낼래?"

그 순간 여자애의 두 눈에서 눈물이 툭 하고 떨어졌다. 그것도 잠시, 급기야 복도에 철퍼덕 앉아서 통곡을 했다.

"으헝헝…… 어엉……."

그러거나 말거나 나는 바지 주머니에 양손을 찔러 넣으며 홱 하니 돌아섰다. 눈썹을 구긴 채 성큼성큼 걷고 있는데 그런 내 앞을 익숙한 얼굴이 막아섰다.

"사준아……."

서은진. 나한텐 애도 방금 그 여자애와 똑같다. 서은진의 손에 들린 편지와 작은 상자를 보자마자 눈에 절로 힘이 들어갔다. 서

은진을 노려보면서 서늘하게 말했다.

"나 부르지 마. 아는 척도 하지 마. 뭐 주려고도 하지 마. 다 짜증나니까."

바로 걸음을 떼어 서은진을 무심히 지나쳤다. 그리고 다시 성큼성큼 걸어가는데 그 순간 복도 벽에 붙어 서 있는 송두리가 보였다. 모든 상황을 지켜본 건지 그녀의 얼굴은 걱정으로 가득했다.

"야, 송두리."

그녀의 이름을 부르면서 걸음을 그녀 쪽으로 돌렸다. 그리고 곧 송두리의 앞에 발을 멈추고 빠르게 물었다.

"너 괜찮아?"

허리를 살짝 숙여 송두리의 얼굴을 더 가까이에서 살폈다. 울지는 않았는지 상처는 없는지 꼼꼼히 살펴보았다. 내 갑작스런 행동에 송두리는 자신의 얼굴을 뒤로 뺐다. 그런 그녀의 어깨를 양손으로 잡으며 말했다.

"나한테 저 정돈데 너한텐 더 난리 쳤을 거 아니야? 맞지?"

송두리의 말간 얼굴은 아무런 변화도 없이 차분해 보였다. 하지만 그 순간 곤란한 듯 미세하게 떨리는 그녀의 속눈썹이 내 눈에 포착되었다. 그건 마치 내 질문에 대한 긍정의 대답인 것만 같아서 화가 치밀었다.

신경질적으로 뒤를 돌아보며 소리를 버럭 질렀다.

"저 계집애가 울음만 안 터뜨렸어도 내가……!"

치사하게 울지만 않았어도 난 더 지독하게 그 여자애를 몰아붙

였을 것이다.

"맹사준, 말 좀 예쁘게 하자."

재빨리 손을 들어 내 팔을 잡아 말리는 송두리에게 나는 다시 한 번 더 물었다.

"그러니까 괜찮냐고, 넌?"

"나 은근히 세다. 걱정하지 마."

대답을 하면서 송두리는 싱긋 웃었다. 그런데 그 웃는 얼굴을 보자 신경질이 더 솟구쳤다.

"그러니까 넌 왜 쿠키를 먹어가지고……!"

속상했다. 난 그녀의 억지웃음 따위 보고 싶지 않았단 말이다. 억지웃음을 지을 바엔 차라리 화를 내는 게 더 낫다.

"그냥 버리지, 뭐가 맛있다고 그걸 먹냐?"

마음에도 없는 내 핀잔에 송두리는 울컥 화가 난 얼굴을 했다. 곧 그녀가 억울하다는 듯이 입을 열었다.

"내가 뭐, 먹고 싶어서 먹은 줄 알아? 걔가 뒤에서 네 욕을……!"

순간 흠칫 놀라며 말을 멈춘 송두리의 얼굴이 서서히 붉어졌다.

"뭐?"

송두리는 집요하게 따라붙는 내 시선을 피하며 조그만 목소리로 말했다.

"말이 헛나왔어."

그러나 내가 그 말을 믿을 리 없다. 내가 내 살아온 세월을 아는데. 그리고 난 그걸 믿을 정도로 순진하지 않다.

'그러니까 내 욕 하는 걸 듣고 열 받아서 저 여자애 보란 듯이 쿠키를 먹었다는 말이군?'

피식 웃으며 잔뜩 굳어 있는 송두리를 빤히 쳐다보았다. 얜 참 알면 알수록 신기한 여자애다.

잠시 후 나는 얼굴에서 웃음을 거두고 그녀에게 차분하게 말했다.

"내 앞에선 나 좋다고 꺅꺅거리다가도 뒤에선 욕하는 여자애들이 어디 한둘인 줄 아냐? 내가 인간 '맹사준'으로 산 지가 어언 19년이다. 설마 그걸 모를까 봐? 내가 말했었잖아. 냉정해질 수밖에 없는 삶이라고."

"……."

송두리는 그저 아무 말 없이 고개를 푹 숙였다. 그래서 나는 그녀의 정수리를 보며 말을 이었다.

"편지를 받아주면 답장은 안 해주냐, 쪽지를 안 받으면 자기 무시하는 거냐, 선물을 받아주면 더 비싼 선물이 오고, 안 받으면 싸가지 없단 소리나 듣지."

"……너 쫌 불쌍하다."

응, 나도 그렇게 생각해.

"그러니까 내가 쫌 못된 것 같아도 넌 쫌 이해해줘."

헛–

몸이 크게 움찔하며 잠에서 깼다. 눈을 슬쩍 떠보니 나는 여전

히 차 안에 있었고 차는 여전히 작은 진동을 동반한 채 굴러가고
있었다.

송두리가 운전하는 차 안에서 자버리다니, 진정 나는 제정신인
가. 자괴감이 밀려왔다.

'아, 송두리 애는 왜 운전까지 안정적으로 잘해서는……'

난감함에 고개도 못 돌리고 굳은 채 그냥 있었다. 어떻게 안 잔
척 자연스럽게 굴까? 고민하면서.

"잘 잤니?"

갑자기 들린 송두리의 목소리에 화들짝 놀라서 횡설수설 대답
했다.

"어. 어? 아니?"

"잘 못 잤어?"

"어. 아니? 안 잤는데?"

고개를 살짝 돌려 마주한 송두리의 눈빛에서 나를 향한 조소가
느껴졌다.

"내가 네 목이 꺾이는 걸 몇 번이나 봤는데 무슨……"

어, 그래. 봤구나.

"난 네 목 부러진 줄 알았다."

어, 그래. 내 목이 꼭 행사장 풍선 같았겠구나. 그랬겠구나.

멋쩍어서 괜히 가렵지도 않은 뒷목을 긁어보았다. 그런 나를
향해 송두리가 계속 말했다.

"전화 오는 것 같더라. 그것도 몇 번이나."

휴대폰이 여러 번 울렸을 텐데도 안 깬 나란 남자 참 멋지다.

"아, 굉장히 피곤했어."

송두리 들으라는 식으로 조금 크게 혼잣말을 한 후 휴대폰을 꺼냈다. 부재중 전화 세 통은 모두 윤아의 전화였다.

'회사에 무슨 일이라도 있는 건가?'

바로 통화 버튼을 눌러 그녀에게 전화를 걸었다. 별로 길지 않은 신호음 끝으로 그녀의 목소리가 들려왔다.

−여보세요? 사장님?

"응, 정 팀장. 무슨 일 있어?"

그러자 곧바로 윤아의 재기발랄한 목소리가 들려왔다.

−아니, 생각해보니까 나도 퇴근하고 거기로 가는 게 좋을 것 같아서. 아무래도 구 선생님은 나랑 같이 설득하는 게 좋지 않겠어?

사업을 시작할 때부터 함께였던 성격 좋은 윤아를 구 아저씨는 상당히 예뻐했었다. 그래서 그녀의 제안이 꽤 좋은 생각이라고 여겨졌다.

"으음, 그래. 그럼 이따 봐."

간단하게 전화를 끊고 창밖을 보자 익숙한 풍경이 눈에 들어왔다.

거의 다 온 모양이군.

"정 팀장님도 온대?"

갑자기 들려온 송두리의 질문에 나는 고개도 돌리지 않고 바로 끄덕였다.

"어, 퇴근하고 온대. 아무래도 구 아저씨 설득하기가 쉽지 않을 것 같아서. 황소고집이시거든."

대답을 마치고 나는 그녀에게 차를 세우라고 말했다. 그러자 그녀가 주변을 두리번거리면서 물었다.

"다 온 거야?"

"응. 내리자."

아저씨가 손수 지은 통나무집 앞에 차를 세우는 사이 마침 구 아저씨가 문을 열고 집 밖으로 나왔다. 그리고 바로 내 차를 발견 하고는 눈을 가늘게 뜨고 우리 쪽을 주시했다. 나는 얼른 차에서 내려 구 아저씨를 향해 손을 번쩍 들었다.

"구 아저씨!"

머리 손질이 귀찮다고 늘 눌러쓰는 벙거지 모자와 주변에서 안 어울린다고 말리는데도 고집 세게 기르고 있는 턱수염은 여전히 아저씨의 마스코트로 자리 잡고 있었다.

"뭐하러 왔어?"

구 아저씨는 나를 보자마자 눈을 모로 뜨며 경계했다. 내가 종 종 전화를 드릴 때마다 복직 생각 없으시냐고 물었던 걸 떠올린 모양이다.

"나 데려가려고 온 거면 그만 가. 난 안 갈 거니까."

나는 정색을 하며 손을 저었다.

"그런 거 아니에요. 그냥 놀러 온 거예요, 여자 친구 데리 고."

"여자 친구?"

의아하다는 듯한 구 아저씨의 시선이 내 뒤에 서 있는 송두리에게로 향했다.

"네, 여기."

나는 아저씨가 그녀를 보기 편하도록 빠르게 몸을 틀면서 배시시 웃었다. 뒷일은 생각지 않은 충동적인 행동이었다.

"안녕하세요."

그래서 뒤에서 인사하는 송두리를 감히 쳐다볼 엄두가 나지 않았다. 굳이 보지 않아도 나를 노려보고 있을 그녀의 살벌한 눈빛이 눈앞에 그려졌다.

"그럼 맛있는 거 만들어줘야겠네. 우리 맹 군이 드디어 애인이 생긴 모양이니."

'애인'이란 단어에 잠시 긴장했던 얼굴이 풀어지며 절로 환한 미소가 지어졌다.

"아이참, 감사합니다."

"그럼 방에 들어가서 쉬고 있어, 둘 다."

내 싱글거리는 얼굴을 본 구 아저씨는 서둘러 집 안으로 들어갔다. 그때까지 뒤를 돌아볼 용기를 못 내고 있는 내 귀로 송두리의 목소리가 빠르게 들려왔다.

"제가 애인이었나요, 맹 군?"

송두리의 말에 꼬집어야 할 부분이 너무나 많아서 순간 스트레스가 쌓였다.

내가 키스까지 하고 차까지 줬으면—확실히 받진 않았지만— 한 번 정도는 애인 행세해줄 수도 있는 거지. 그리고 내가 내 성을 얼마나 마음에 안 들어 하는지 알면서 왜 굳이 '맹 군'이라고 아저씨를 따라 부르는지. 날 맹 군이라고 부를 수 있는 건 우리 아버지 같은 구 아저씨뿐인데……!

그런데 이 말을 싹 다 삼키고 짧게 말했다.

"들어가자."

봄이라도 아직은 날이 꽤 쌀쌀했다. 송두리가 감기에 걸리면 안 되니까 나는 그저 빨리 따뜻한 곳으로 들어가고 싶었다.

"야, 맹사준!"

묵묵히 앞장섰다가 송두리의 고함에 얼른 고개를 돌려 입 앞에 검지를 세웠다.

"쉿!"

아저씨 들을라.

손가락으로 구 아저씨의 집을 가리키자 송두리는 다소 불만 어린 얼굴이었지만 그래도 입을 꾹 다물었다.

그때 내 휴대폰에 문자 오는 소리가 들렸고 나는 바로 그것을 들어 확인했다.

[신제품 때에 공장이랑 입씨름이 길어질 것 같아. 아무래도 오늘은 못 갈 것 같고 내일 아침 일찍 갈게.]

오호?

그럼 내일 아침까지 송두리와 이곳에 있어야 한다는 거군. 송두리가 있겠다고 할진 의문이지만.

"무슨 문자야?"

여자 친구와도 같은 송두리의 질문에 나는 잠시 고민에 빠졌다. 분명 송두리는 윤아가 내일 오게 됐고 우리는 내일까지 이곳에 있어야 된다는 걸 알면 지금 집에 가겠다고 할 게 뻔했다. 하지만 나는 아직 그녀와 같이 있고 싶었다.

잠시 후 나는 송두리를 향해 천천히 대답했다.

"정 팀장한테 온 거야."

"아, 어디래?"

차마 오늘 정 팀장이 오지 못하게 되었다고 얼른 대답하지 못하는 내가 천사, 아니 악마같이 느껴졌다.

"……아직 회사래. 좀 이따 출발할 건가 봐."

이렇게 대답해버리는 내가 대천사, 아니 대악마같이 느껴졌지만, 그런 내가 싫지 않았다.

"일단 들어가 있자. 춥잖아."

아저씨의 집을 가리키며 제안하는 나를 향해 송두리는 빠르게 고개를 저었다.

"됐어, 난. 정 팀장님 올 때까지 여기 있을게."

"언제 올 줄 알고 여기서 기다려?"

"그냥 기다릴게."

뒤로 물러서기까지 하는 송두리의 행동에 나는 순간 피식 웃음이 터졌다.

"대체 뭘 그렇게 경계해? 우리 사이에. 같이 밤도 보낸 적 있으면서."

나직하게 뱉어낸 내 말에 송두리는 두 손으로 팔짱을 끼며 나를 지그시 쳐다보았다. 그래서 나도 가만히 그녀의 갈색 눈동자를 바라보고 있는데 그때 송두리가 작게 중얼거리는 소리가 들렸다.

"아, 또 생각하니까 부끄럽다."

순간 의문이 들었다. 내가 알기로 송두리는 분명 그날의 기억이 없다.

그런데 뭐가 부끄럽다는 걸까?

"뭐가?"

수줍게 붉어진 얼굴을 살짝 숙인 그녀가 조그만 목소리로 대답했다.

"그날 네가, 내…… 골반에 있는 그…… 큰 점도 봤다는 거니까."

골반? 점? 게다가 커?

당황하지 마, 맹사준. 태연하게 굴어, 맹사준. 연기해, 맹사준. 너 잘하는 거.

"그거 뭐, 별로 크지도 않던데."

내가 능청스럽게 대답을 마치자마자 송두리의 얼굴이 굳어졌다. 그리고 잠시 후 그녀의 붉은 입술이 다시 열렸다.

"솔직히 말해봐, 너. 그날 나랑 안 잤지?"

"뭐?"

순간 심장이 쿵 하고 떨어지더니 이내 세차게 뛰기 시작했다. 격하게 벌렁대는 심장을 느끼고 있는데 송두리의 냉랭한 목소리가 계속 들려왔다.

"나 골반에 점 없거든."

아아.

얘는 왜 그 흔한 골반에 점도 하나 없어서……. 나도 있는 그 점이 왜 없어서…….

왜 나를 이토록 두렵게 만드는가.

당황한 나를 송두리가 살벌하게 노려보았다.

아…… 무섭다.

송두리째 흔들리다

이상했다.

아무리 생각해도 이상했다. 내가 알고 있던 이론이 전부 부정
당한 것만 같았다.

"너 무슨 고민 있냐?"

생각에 잠겨 있던 상태에서 깨어나 침대에 다리를 꼬고 앉아
있는, 대학 때부터 제일 친한 친구 혜진이를 쳐다보았다.

"보통 있잖아……."

내가 이렇게 서두를 꺼내자 혜진이의 얼굴에 호기심이 깃들었
다. 어떻게 말을 꺼내야 하나 조금 주저하는 나에게 그녀가 말했
다.

"뭔데? 이 언니한테 다 말해봐."

그래서 나는 두 눈 질끈 감고 물었다.

"처음 하면 그렇게 아프다며?"

"뭘?"

"그거 있잖아, 그거."

그 순간 혜진이의 눈빛이 번뜩했다.

"야, 너 이 계집애! 드디어 남자랑……!"

"쉿!"

방 밖에 있는 가족들이 떠올라서 혜진이의 입을 조심시켰다. 그런 다음 아주 작게 중얼거렸다.

"근데 난 진짜 안 아팠는데……."

"뭐?"

"했는데도 아무렇지도 않았어."

그렇다. 책이나 잡지 같은 데선 첫 경험 때 그렇게 아프다는데 나는 그날, 그리고 그날 이후로도 아픔을 느껴본 적이 없었던 것이다.

"아무렇지도 않았다고? 그게 말이 돼?"

너 대체 무슨 소릴 하냐는 듯 혜진이의 눈썹이 치켜 올라갔다. 그녀의 반응에 머릿속이 혼란스러웠다.

"그날 술에 너무 취해서……."

"술 취한 거랑 아픈 거랑 무슨 상관?"

술이 무슨 마취약이냐며 마취도 풀리면 아프다고 덧붙인 혜진이가 나를 이상하다는 듯이 쳐다보았다.

"처음 하면 무조건 아파. 하다못해 거부감 정도는 드는 게 정상이야."

결국 혜진이가 제일 핵심인 부분을 툭 건드렸다.

"너, 진짜 한 거 맞아?"

순간 뒤통수를 가격당한 듯 정신이 퍼뜩 들었다.

"……!"

맹사준, 이노오오옴!

송두리째 흔들다 10

"거짓말할 게 따로 있지!"

역시 예상대로 송두리는 불같이 화를 냈다.

"대체 왜 그런 거짓말을 해? 쓸데없이!"

이렇게 된 이상 뻔뻔하고도 강하게 나가는 수밖엔 없다. 그래서 나는 그날의 진실을 말해줬다.

"그날 키스까진 진짜 했어, 우리."

"거짓말 마."

그러나 송두리는 믿지 않았고 나는 답답했다.

"다 밝혀진 마당에 또 무슨 거짓말을 해?"

서로의 곱지 않은 시선이 공중에서 팽팽히 맞섰다. 긴장감을 완화시키고자 부드러운 미소를 억지로 얼굴에 띠며 그녀에게 말했다.

"참고로 키스는 네 쪽에서 했다."

"거짓말!"

자꾸만 사실을 부정하려는 송두리를 말없이 바라보는 사이 자신의 통나무집 안으로 들어갔던 구 아저씨가 허둥지둥 다시 밖으로 나왔다.

"왜 그래? 둘이 싸워?"

나는 바로 어깨를 틀어 구 아저씨에게 대답했다.

"사랑싸움이죠, 뭐."

걱정하는 구 아저씨를 향해 눈을 찡긋하고 윙크를 날리자 아저씨가 피식 웃음을 터뜨렸다.

"동네 시끄러우니까 들어가서 싸워."

그러더니 아저씨는 저벅저벅 다가와 우리 둘을 집 쪽으로 밀었다.

"어우, 아저씨 왜 이래요? 밀지 마요."

갑작스런 구 아저씨의 행동에 당황했다는 듯 연기하며 통나무집 쪽으로 빠르게 걸음을 옮겼다. 아저씨에게 밀려 송두리도 어쩔수 없이 나를 따라 집 안으로 들어왔다.

"여기서 잠깐만 기다려. 저녁 다 되면 부를 테니."

우리를 방으로 안내한 구 아저씨가 다시 주방으로 가버리자 나는 송두리의 서슬 퍼런 눈빛과 마주해야 했다. 목소리가 아닌 눈빛으로 그녀는 말하고 있었다.

'너 죽을래?'

"흠흠."

그녀의 시선을 피하며 의미 없는 헛기침을 내뱉었다.

잠시 무거운 침묵이 이어진다 싶었는데 송두리가 갑자기 주머니에서 휴대폰을 꺼내 그것을 꾹꾹 눌렀다.

'나한테 말하기 싫어서 문자로 보내려는 건가?'

이런 생각이 들어 나도 괜히 휴대폰을 만지작거렸다. 그런데 몇 분이 지나도 문자가 안 온다.

에이, 나한테 보낸 게 아닌 모양이다.

잠깐. 그럼 누구한테 보낸 거지, 이 중요한 타이밍에?

다음 순간 송두리는 탁 소리가 나게 휴대폰을 바닥에 내려놓고는 다시 날 노려보기 시작했다. 나는 그녀의 날카로운 시선에 한숨을 내쉬며 진지하게 말했다.

"그 행위만 안 나눴을 뿐이지, 그날 너랑 나는 같은 마음이었어. 안 그래?"

차분한 내 목소리와 어조에 송두리의 눈빛이 조금 흔들렸다. 다행이라고 생각하며 말을 이었다.

"그날 넌 내가 섹시해 보였다고 했고 난 네가 사랑스러워 보였어. 네가 많이 취해 있지만 않았다면 난 정말 널 안았을 거야."

"……."

그녀도 나도 잠시 말없이 침묵을 유지했다. 우리가 계속 서로에게 끌리고 있었다는 걸 그녀도 부정하지는 못할 것이다.

얼마 지나지 않아 송두리가 나직이 목소리를 보내왔다.

"그렇지만 있지도 않았던 일을 있었다고 거짓말한 건 납득이 안 돼. 이해할 수 없어."

"그래, 미안해. 너에게 한 내 처음이자 마지막 거짓말을 용서해줘."

진지하게 사과의 말을 전한 뒤 나는 좀 더 철저하게 **뻔뻔한** 태도로 나가기로 결심했다.

"대신 너도 사과를 좀 해줄래, 네가 내게 한 그 거짓말들을?"

"뭐……?"

나를 보고 있던 송두리의 눈이 순간 커졌다.

나는 그녀에게 거짓말을 했고 그녀는 내게 거짓말들을 했다. 나를 싫어한다는 큰 거짓말부터 사소한 작은 거짓말들까지.

그때는 그렇게 나를 아프게 했던 그 거짓말들에게 지금의 나는 코웃음을 날려줄 수 있다.

"아…… 젠장."

수능도 끝났는데 난 왜 이 고생을 사서 하고 있는 것인가!

편의점 바닥의 타일을 대걸레로 벅벅 문대며 나는 부글부글 끓어오르는 화를 진정시켰다.

딸랑—

'또 손님이야?'

유리문에 달아놓은 방울이 울리는 소리에 내 눈썹이 반사적으로 구겨졌다.

전부터 지켜본 이 편의점은 규모가 작고 손님도 별로 없는 듯해서 아르바이트를 지원한 것이었다. 게다가 점주님도 손님이 많지 않으니 일하기 편하고 공부할 시간도 많을 거라고 날 설득했었다.

그런데……!

"어서 오세요."

5분의 쉴 틈도 없이 손님들이 들어왔고 나는 공부는커녕 청소할 여유조차 없이 손님들을 맞이해야 했다.

"이거 계산해주세요."

또 여자 손님이다.

'역시 이 얼굴 때문인가.'

아무리 다른 이유를 생각해보려고 해도 손님의 90% 이상이 여자인 걸 보면, 그 이유는 잘난 내 얼굴밖에 없단 확신이 든다. 편의점 손님의 성비로 9:1은 이상하지 않은가?

점주님은 내가 온 뒤로 매상이 올랐다며 좋아했지만, 매상과 반비례로 내 몸무게는 쭉쭉 빠졌다.

"오빠, 여기 볼펜 없어요?"

하루에 서너 번은 편의점에 오는 중학생 여자애의 질문에 화를 꾹 참으며 내 나름대로 친절하게 대답했다.

"없어. 왜 볼펜을 편의점에서 찾고 그래? 문방구 가, 문방구."

"원래 편의점에도 볼펜 파는데……."

"아, 몰라. 그럼 직접 찾아보든지."

싸가지 없단 소릴 들을 각오로 내뱉은 말이었다. 그러나 그 여중생은 두 볼을 붉히며 고개를 끄덕였다.

"네, 오빠."

고개 끄덕이지 마! 오빠라고 하지 마! 손님이면서 내 말 듣지 말라고!

아무래도 날 짝사랑하는 것 같은 그 여중생은 잠시 후 직접 모나미 볼펜을 찾아왔다.

"여기 있어요, 오빠."

아, 있었네. 아, 몰라. 아, 귀찮아.

솔직히 성격상 서비스업은 안 맞았지만 얼굴상 적합했기에 그럭저럭 버텼다. 그래도, 귀찮은 건 귀찮은 거다.

"학생, 여기 올리브유 없어?"

"네, 거기 없으면 없어요."

"저기요, 여기 두부는 없어요?"

"네, 없어요. 시장 가세요."

"저기, 소주 팩으로 든 건 없나요?"

"네. 요 앞에 큰 마트엔 있을 겁니다. 거기로 가세요."

"점주님한테 맞은 적은 없어요?"

"네, 아직은⋯⋯. 네?"

손님들에게 정신없이 대꾸를 하다가 깜짝 놀라서 고개를 들었다. 솔직히 날 놀라게 한 건 그 내용도 내용이었지만 무엇보다 그 목소리였다.

"그럼 곧 맞겠다, 너."

내 시야로 손에 딸기우유를 든 채 나를 향해 씨익 미소 짓는 송두리가 들어왔다.

아⋯⋯! 이제야 나타났다.

내가 이 생고생을 하는 이유이자 요즘 내 삶의 이유인 그녀가.

"오랜만이다?"

겨울방학이 시작된 후 나 혼자 훔쳐본 것 말고 정식으로 만난 건 처음이었다.

"응. 한 달 만인가?"

아니, 나는 사흘 만이다.

송두리네 집 근처 골목길 끝에 있는 이 편의점을 내가 항상 눈여겨봤던 건 여기서 아르바이트를 하면 일주일에 두어 번 정도는 송두리를 볼 수 있겠지 하는 흑심 때문이었다.

오로지 그녀를 볼 수 있을 거란 집념 하나로 이곳에서 아르바이트를 시작한 나는 요 한 달 동안 딱 세 번 지나가는 송두리를 발견했다. 다시 말하지만 세 번이다, 겨우 세 번. 이게 말이나 되는가?

그렇게 나는 겉은 완벽한 '편의점 킹카 알바생'으로 속은 '그냥 송두리 스토커'인 채로 살만 쭉쭉 빠지며 지내고 있었다. 그러던 중 드디어 송두리를 직접 만나게 된 것이다.

"이거요, 계산이요."

그런데 드디어 만난 송두리와 대화를 나눌 새도 없이 손님들은 물건을 들이밀며 시급에 해당하는 일을 하라고 요구했고 나는 눈앞에서 송두리를 놓칠 위기에 처하고 말았다. 손님들을 슥 둘러본 송두리가 불안하게 뒤로 슬슬 물러섰다.

"손님이 많네. 딸기우유는 요 앞 마트에도 있겠지? 거기로 갈게. 담에 보자, 맹."

"야!"

딸기우유는 편의점 것이 더 비싸고 맛있어. 그리고 내 성만 딴
그딴 호칭은 옳지 않아!

그러나 속 타는 내 마음을 알 리 없는 얄미운 송두리는 그렇게
내 시야에서 사라졌다.

"그럼 그때 우리 집 근처 편의점에서 아르바이트했던 이유가
나 보려고 한 거였다고?"

내 스토커스러운 이야기를 들은 송두리는 꽤 놀란 얼굴을 했
다. 이럴수록 당황하지 말고 뻔뻔해야 한다. 그래야 스토커처럼
안 보인다. 송두리를 향해 나는 당당하게 고개를 끄덕여 보였다.

"응. 방학 동안 네 얼굴 한 번이라도 더 보려고 그랬지. 내가
그렇게 순정파였다구, 송두리."

좋게 말해서 순정파지, 나쁘게 말하면 스토커지만 말이다.

잠시 그때 기억이 떠오른 듯 시선을 내린 송두리가 고개를 갸
웃하면서 내게 말했다.

"그렇지만 너…… 금방 그만뒀잖아."

"그건……!"

그때 생각에 순간 울컥 화가 치밀었지만 가까스로 참고 길게 한
숨을 내쉬었다. 조용한 방 안에 내 한숨 소리가 크게 퍼져 나갔다.

"후우……."

정말이지 내가 그때 속앓이한 걸 생각하면……!

"그러니까, 내 이야기 좀 더 들어봐."

"오빠, 휴대폰 번호 좀 알려주면 안 돼요?"

하루에도 몇 번씩 이런 제안을 해오는 어린 꼬맹이들에게 나는 늘 웃는 얼굴로 대답한다.

"나 폰 없어. 삐삐 있어, 삐삐. 번호 알려줄 테니 음성 남겨줄래? 012……."

그러면 대부분의 여자애들은 까르르 웃음을 터뜨렸다. 하지만 몇몇은 정말 진지한 얼굴로 내 가짜 삐삐 번호를 적어갔다. 암튼 그 정도로 그땐 내 인기가 정말 대단했었다.

그렇게 겉모습은 얼짱 알바생 속은 송두리 스토커인 채 시간은 흘러흘러 우리가 스무 살이 되던 해가 밝았다. 그리고 그때쯤 나는 슬슬 아르바이트에 지쳐갔다.

날이 추워져서 송두리는 집 밖으로 잘 나오지도 않는지 코빼기도 안 보였고 손님들은 줄어들 생각을 전혀 안 했다. 그래서 더는 못 버티겠다 싶어서 점주님을 향해 단도직입적으로 말했다.

"저 군대 갑니다."

갑작스런 내 발언에 점주님은 상당히 놀란 눈치였다.

……그러니까 제가 전에 그냥 그만두겠다고 했을 때 놔주셨으면 이런 거짓말까진 안 들으셔도 됐을 텐데 말이죠.

사실 이번 달 초에도 한 번 그만두고 싶다고 말했다가 무시당한 적이 있었다. 그래서 이번엔 초강수를 둔 것이다.

"졸업도 안 하고 가냐?"

"네. 바로 갑니다."

너무 추웠던 1월의 어느 날, 나는 군입대를 핑계로 겨우 아르바이트를 그만둘 수 있었다.

"군대에서 편지 쓰겠습니다. 저 군대에서도 px병 하려고요."

"그거 아무나 안 시켜줘. 암튼, 가서 군 생활 잘하고."

"네. 안녕히 계세요."

씩씩하게 마지막 인사를 하고 나오려는데 유리문 앞에 떨어진 휴지조각이 보였다.

'마지막으로 이건 치워줘야지.'

착한 마음으로 허리를 숙여 휴지를 줍는 사이 뒤에서 점주님이 전화 통화하는 목소리가 들려왔다.

"여보세요? 아, 전에 우리 편의점에 이력서 두고 갔죠? 아르바이트 자리 나면 연락 달라고. 네, 네. 지금 잠깐 와줄 수 있어요?"

곧바로 내 후임자를 구하는 발 빠른 점주님의 행동력에 박수를 보내며 쓰레기통에 휴지를 던져 넣고 문을 여는 순간, 점주님의 목소리가 다시 한 번 들려왔다.

"아, 이름이 송두리 맞죠? 예쁜 이름이네."

"……!"

어디 그 이름이 예쁘기만 한 이름인가! 내 인생을 좌지우지하는 그런 대단한 이름인데……!

바로 마이클 잭슨의 문워크 기술을 흉내 내며 다시 편의점 안으로 들어왔다.

설마 그 송두리가 그 송두리?

"너 아직 안 갔냐?"

나는 한걸음에 달려가 점주님의 손에 들린 이력서를 빼앗았다.

"왜 이래, 이 녀석?"

직접 눈으로 확인한 송두리의 이름과 사진, 그리고 익숙한 고등학교 이름에 나는 절망했다.

"점주님!"

"왜?"

우렁차게 점주님을 부르자 그가 어리둥절해하며 나를 보았다. 그런데 막상 뭐라고 해야 할지 몰라 입이 안 떨어졌다.

잠시 이 상황을 어떻게 해결해야 하나 고민하고 있는 사이 점주님이 내게 물었다.

"근데 너 머리는 언제 깎아?"

"……."

그래서 나는 마치 자르기 너무 아깝다는 듯 풍성한 머리카락을 쓸어 올리면서 진지하게 말했다.

"제가 건방지게도 인수인계를 생각하지 못하였네요."

그런데 참 눈치 없게도 점주님은 정색을 하며 두 손을 저었다.

"아니야, 아니야. 내가 가르치면 돼."

"아닙니다. 포스 사용법이나 쓰레기 처리 문제 등등 제가 다 가르치고 떠나겠습니다."

"아니야. 군대 가는 것도 심란할 텐데, 그냥 가."

"아닙니다. 제가 맡은 바는 책임지겠습니다. 필승."

내가 보인 의지와 어설픈 경례에 점주님은 조금 감동한 눈치였다.

"이 자식, 벌써 군기가 팍 들었네?"

"아직 멀었습니다. 필승."

······나 지금 대체 뭐 하는 거람.

딸랑-

그때 편의점 유리문이 열리고 목도리로 얼굴의 반을 가렸지만 송두리가 분명한 여자애가 들어왔다.

"안녕하세요. 송두리라고 합니다."

애타게 그리던 그 송두리가 내 앞에서 생글생글 웃고 있는데도 나는 굳은 얼굴로 그녀를 힘차게 노려보았다.

'넌 왜 이제 나타나서는 눈치 없게도 내 빈자리를 채우려고 하는 거지?'

내가 그녀를 노려보고 서 있으니 곧 송두리의 얼굴에서도 웃음이 사라졌다.

그때 내 옆에서 점주님이 그녀에게 목소리를 보냈다.

"어, 그래. 반가워요. 인수인계나 기타 자세한 업무는 이 친구가 가르쳐줄 거야. 맹사준이라고······."

'인수인계'란 단어에 송두리가 놀란 얼굴을 했다.

"곧 군대 가는 친구야."

점주님이 덧붙인 내 설명에 순간 송두리의 눈이 더 커졌다. 그녀가 곧 붉은 입술을 움직였다.

"너, 군대 가······?"

묻지 마, 묻지 말라고. 너한텐 거짓말하기 싫으니까 묻지 말라고.

"뭐야? 둘이 아는 사이야?"

중간에서 놀란 점주님이 우리 둘을 번갈아 쳐다보면서 물었기에 나는 고개를 끄덕였다.

"아, 네. 조금이요."

그러면서 나는 점주님의 눈치를 슬쩍 보면서 송두리에게 대답했다.

"어차피 남자는 언젠간 가야 하는 거니까……. 그러는 너는 왜 아르바이트를 해?"

"돈 벌려고. 대학 등록금이 어마어마하거든."

"흐음. 그래?"

"응."

그날 나는 군대를 생각보다 일찍 갈 수도 있겠다는 난감함에 사로잡혀 송두리가 왜 우리 편의점에서 아르바이트를 하고 싶어 했는지 깊게 생각해보지 못했다.

그런데 10년이 지난 지금은 그 이유를 알 것도 같다.

"나랑 같이 아르바이트가 하고 싶었겠지."

내 말에 송두리는 부정도 않고 그저 서늘한 미소를 지었다. 그리고 이제 그녀도 솔직해지기로 한 건지 순순히 고개를 끄덕였다. 그래서 오히려 내 쪽에서 조금 놀랐다.

고개를 끄덕인 송두리가 입가에 차가운 미소를 단 채 말했다.

"그것도 네가 군대 간다고 거짓말치고 그만둬서 불가능했지만."

"거짓말은 아니었어. 그 해 여름에 나 정말 군대 갔거든?"

너한테 차인 게 열 받아서 간 거지만.

잠시 나를 빤히 보며 가만히 있던 송두리가 이내 낮은 목소리로 말했다.

"그 군대 때문에 우리가 틀어졌단 생각은 안 해봤어?"

순간 멈칫했다.

"그런 거야……?"

"그런 거지. 내가 후회하고 널 찾으려 했을 때 넌 군대에 있었고 네가 다시 대학생일 때 난 교환학생으로 미국 대학에 가 있었으니까."

맞다, 그랬었다. 내가 다시 그녀를 찾았을 때 그녀는 한국에 없었다.

"우린 그렇게 인연이 아닌 듯 엇갈렸고 자연스럽게 서로에게 잊혀진 거야."

그것도 맞다. 내가 지난 10년 동안 송두리를 한순간도 잊은 적이 없다고 말하는 건 분명 거짓일 테니.

"그러니까 과거 얘긴 그만하자. 우리 그냥 흔한 풋사랑이었을 뿐이야."

하지만 이건 틀리다.

그녀의 발언에 나는 피식 웃음을 터뜨렸다. 그리고 송두리를 지그시 바라보며 그녀의 말을 정정해주었다.

"흔한 풋사랑이라니? 나한테 사랑은 너 하난데 뭐가 흔해?"

그동안 나는 멀찍이 물러서서 송두리를 툭툭 건드릴 궁리만 했었다. 그런데 이번엔 내 온몸으로 부딪쳐 그녀를 흔들어보려고 한다.

"난 아직도 여전히 변함없이 네가 좋아, 송두리."

그 결과로 내 온몸이 부서진다 해도.

"우리 이번엔 제대로 연애 한번 해볼래?"

송두리째 흔들다 II

"우리 이번엔 제대로 연애 한번 해볼래?"

"……."

불안하게도 송두리는 아무 말이 없었다. 그래서 나는 점점 초조해지기 시작했다.

"잘 생각해봐. 우린 이미 10년 전에 연애를 시작했어도 이상한 사이가 아니야."

심장이 떨려서 주저리주저리 말만 늘어놓았다.

"너랑 난 10년 전에도 서로에게 끌렸고 지금도 끌리고 있고 10년 후에도 끌릴 거야, 분명."

"있잖아, 난……."

드디어 송두리가 입을 열려고 했다. 서두를 꺼낸 그녀의 붉은 입술을 쳐다보는데 갑자기 겁이 덜컥 났다.

차지 마, 나 차지 마. 나 또 차이면 이번엔 정말 삐뚤어질 거야.

그때, 방바닥에 놓아둔 송두리의 휴대폰이 짧게 울렸고 송두리는 바로 그것을 확인했다.

그녀의 행동 하나하나, 미세한 숨결 소리까지 신경을 곤두세우고 지켜보고 있는데, 다소 누그러졌던 송두리의 눈빛이 다시 날카로워졌다.

'왜지?'

휴대폰과 내 얼굴을 번갈아 노려보는 송두리의 행동에 나는 진심으로 당황했다.

"왜? 뭐? 왜? 뭘?"

그 순간 송두리의 눈썹이 일그러졌다. 그녀가 내 눈앞으로 휴대폰 화면을 들이밀면서 서늘하게 말했다.

"나한테 한 거짓말은 그날 밤 일 하나뿐이라며?"

바로 앞에 보이는 휴대폰 문자를 천천히 읽어보았다.

[팀장님 어디세요?]

[나 내일 아침에 갈 거라고 사장님한테 연락했는데, 못 들었어?]

아…… 이런. 이게 있었군.

후우, 절로 한숨이 터져 나왔다.

그럼 아까 휴대폰을 만졌던 그때 윤아한테 문자를 보낸 것이었단 말인가?

"팀장님이 이따 출발할 거라는 거짓말과 내게 한 거짓말은 하나뿐이라는 거짓말. 넌 오늘만 해도 벌써 두 번이나 거짓말을 했어."

순간 머리가 지끈거리며 아파왔다. 가만히 손을 들어 관자놀이를 꾹 누르는데 송두리의 목소리가 다시 들려왔다.

"그런 너랑, 내가 앞으로 잘 사귈 수 있겠니?"

난감한 기분이 들어 얼굴이 굳어졌다. 하지만 한편으론 억울하기도 했다. 화도 났다.

어떻게 저렇게까지 사람 마음을 모를 수가 있단 말인가!

"난 아니라고 생각해."

단호하게 말을 마친 송두리가 갑자기 자리에서 몸을 벌떡 일으켰다.

"나 집에 갈래."

그래서 나도 얼른 그녀를 따라 일어섰다. 그리고 재빨리 걸음을 옮겨 그녀의 앞을 막아서며 입을 열었다.

"넌 똑똑한 척하면서 사람 마음 하나 제대로 못 읽냐?"

허리에 두 손을 척 올려 다소 위협적인 포즈를 취한 다음 강한 어조로 이어 말했다.

"거짓말한 건 미안하지만, 그게 다 너랑 가까워지기 위한 내 노력이었다고 생각해줄 순 없어?"

"거짓말은 노력 축에도 못 끼는 거야."

아오, 이걸 확……! 그냥 집에 보내버리고 싶지만, 그랬다가는 우린 진짜 끝이겠지.

올바른 소리만 골라 하는 송두리의 붉은 입술을 복잡한 눈빛으로 쳐다보았다. 답답하고 화는 치솟았지만, 나는 아직 송두리를 집에 보낼 생각이 없었다.

"비켜. 나 혼자 서울 갈 거니까."

"정 팀장 내일 아침에 온대. 그때까지만 있어."

단호하게 말했지만 송두리는 들은 척도 안 했다.

"싫어. 비켜."

"안 돼. 못 가."

고개를 저으며 대답하는 내 앞에서 송두리는 두 팔을 교차시켜 팔짱을 척 꼈다. 그러고는 서늘하게 코웃음을 쳤다.

"네가 뭔데?"

"맹사준."

"나 장난칠 기분 아냐. 저리 비켜."

서로의 시선이 날카롭게 얽혀들었다. 우리가 공중에서 팽팽한 눈싸움을 하고 있던 그때 방문이 드르륵 열렸다.

"맹 군, 이것 좀 들고 들어가."

나이스 타이밍.

구 아저씨의 등장으로 우리 사이에 감돌던 긴장감이 다소 수그러들었다. 나는 고개를 돌려 구 아저씨가 가리키고 있는 저녁 밥상을 확인하고 다시 송두리를 쳐다보았다.

"우선 밥부터 먹자, 자기야."

'자기야'라는 단어에 송두리의 어깨가 크게 움찔했다. 그러나 우리를 빤히 쳐다보고 있는 구 아저씨 때문인지 그녀는 별다른 행동을 취하지 않았다. 나는 안심을 하고 몸을 돌려 구 아저씨에게로 갔다.

저녁 식사가 차려진 밥상을 들고 방 안으로 들어온 나는 송두리의 눈치부터 살폈다. 내가 조심히 상을 내려놓자 다행히 그녀는 말없이 얌전히 자리에 앉았다.

"맛있게들 먹어."

"네, 감사합니다."

송두리는 아저씨를 향해 씩씩하게 대답을 한 후 맛있게 밥을 먹기 시작했다. 그 모습을 바라보면서 아빠미소를 지은 나도 곧 숟가락을 들었다.

'쟤는 참 먹는 것도 복스럽고 예뻐.'

한창 식사에 열중하고 있는데, 분위기가 조용하다고 생각됐는지 구 아저씨가 불쑥 목소리를 보내왔다.

"근데 맹 군 진짜 오랜만에 연애하는 거 아니야?"

"컥……!"

밥알이 목구멍에 걸린 듯했다. 재빨리 고개를 쳐들어 구 아저씨를 쳐다보았다.

이 아저씨가 갑자기 무슨 소릴 하는 거람?

"그냥 사준이라고 불러주시면 안 돼요?"

일부러 화제를 그쪽으로 돌려보았다. 그러나 구 아저씨는 내 말을 귓바퀴로도 안 듣는 듯 요지부동이었다.

"물론 첫사랑의 저주에 걸린 맹 군이 다시 연애를 하려면 시간이 꽤 걸릴 거라 예상은 했지만 말이야."

구 아저씨는 계속 나를 부끄럽게 만들었다. 얼굴이 화끈거리고 입술이 마르는 것 같아서 얼른 물을 찾아 마셨다.

저 아저씨 주책이다, 진짜.

"첫사랑의 저주요?"

밥을 먹던 송두리가 젓가락까지 멈추고 관심을 보이자 구 아저씨는 신이 난 얼굴로 이야기를 시작했다.

"맹 군 첫사랑이 그렇게 예뻤대. 너무 예쁘고 너무 착해서 너무너무 좋아했었대. 그래서 그 영향으로 다른 여자들은 눈에도 안 들어온다고 하더라고, 맹 군이."

"아저씨!"

결국 구 아저씨에게 그만하라고 눈치를 줬다. 시선을 돌려 힐끗 본 송두리의 두 볼이 핑크빛으로 붉어지고 있었다. 나랑 똑같이 그녀의 얼굴을 확인한 아저씨는 당황한 표정으로 젓가락을 내려놓았다.

"아이고, 미안해요. 혹시 기분 나빴어요? 난 그러니까, 그런 맹 군의 애인이 된 아가씨가 대단한 거라고 칭찬을 한 건데……."

방 안에 어색한 공기가 감돌기 시작했다. 누구도 쉽게 말을 꺼내지 못하는 무거운 분위기였기에 어쩔 수 없이 내가 나서기로 했다.

"기분 나쁠 것도 없죠, 뭐. 딱히 칭찬받을 만한 것도 아니고."

"뭐? 왜?"

의아해하는 구 아저씨의 질문에 나는 송두리를 쳐다보면서 대답했다.

"이 여자가 그 여자거든요."

그 순간 송두리의 시선은 바닥으로 떨어졌고 볼은 더욱 붉어졌다.

"오호? 그 첫사랑?"

아이참, 부끄럽다.

구 아저씨 덕분에 우리의 다소 살벌했던 분위기는 연기처럼 사라졌지만, 반대로 굉장히 쑥스럽고 낯간지러운 기운이 감돌기 시작했다.

"흠흠."

아…… 나도 연기처럼 사라지고 싶다.

어색한 저녁 식사를 마치자 구 아저씨는 나보고 상을 치우라고 했고 나는 바로 받아들였다. 그래서 상을 들고 나오려는데 구 아저씨가 갑자기 송두리를 향해 말했다.

"아무래도 아가씨는 혼자 작은방에서 자는 게 낫겠지?"

상을 든 채로 굳어진 나는 눈을 크게 뜨고 구 아저씨를 쳐다보았다.

이 아저씨가 지금 무슨 섭섭한 소릴 하는 거람?

"저랑 같이 자야죠."

구 아저씨 참 눈치 없네.

결국 내가 그의 말을 반박하자 구 아저씨는 바로 눈을 모로 떴다.

"무슨 소리야? 아무리 사귀는 사이라도 결혼도 안 했는데 같은 방에서 자면 안 되지!"

생각보다 강경한 아저씨의 태도에 나는 거의 울 뻔했다. 순간 너무 섭섭해서 들고 있던 상마저 바닥에 내려놓았다. 그사이 아저씨가 송두리에게 말했다.

"어서 작은 방으로 가서 쉬어요."

"아, 네. 감사합니다."

송두리가 자리에서 일어서는 것을 보며 나는 무심하기만 한 구 아저씨를 원망스런 눈초리로 쳐다보았다. 그런데 갑자기 그가 내게 찡긋 윙크를 했다.

'뭐지?'

내가 의아함을 느끼고 눈썹을 찡그리는 순간 구 아저씨가 다시 입을 열었다.

"아! 그런데 작은방에 아주 사소한 문제가 하나 있는데……."

송두리와 내 눈이 동시에 아저씨를 가만히 주시하자 곧 그가 말을 이었다.

"요즘 종종 뒷산을 타고 겨울잠에서 깬 뱀이 내려오거든. 내려오는 건 좋은데 아주 가끔 작은방 창문에 붙어 있을 때가 있어서……."

"힉!"

송두리에게서 여태 한 번도 들어본 적 없는 굉장히 괴이한 소리가 났다. 하긴, 남자인 나도 께름칙한데 여린 여자인 송두리는 오죽할까.

"그래서 내 방이랑 바꿔주고 싶은데, 내가 글쎄, 내 방이 아니면 잠을 잘 못 자서 말이야."

아저씨도 나처럼 가정학적으로 귀하게 자랐는지 안방에서 자겠다고 고마운 고집을 부렸다. 그래서 나는 잠시나마 구 아저씨를 눈치 없다 욕했던 것을 조용히 머리 숙여 사죄했다.

"그, 그, 그럼 전 어떡하죠?"

미세하게 떨면서 묻는 송두리에게 나는 정말 크게 선심 쓴다는 듯이 대답했다.

"할 수 없지, 뭐. 내가 같이 있어줄게."

그게 뭐, 어려운 일이라고.

송두리는 난감한 얼굴을 했지만 차마 거절하지는 못했다. 그도 그럴 것이 내가 알기로 송두리는 양서류랑 파충류를 상당히 무서워하기 때문이다. 뱀, 개구리, 두꺼비 등등.

항상 센 척하던 송두리가 의외의 모습을 보여준 그때의 일을 나는 아주 선명히 기억하고 있다. 그건 잊으려야 잊을 수가 없는 대단한 기억이다.

"꺅!"

내가 나타난 것도 아닌데 교실 안이 비명으로 가득 차며 소란스러워졌다. 멀뚱히 창밖을 보던 시선을 돌리니, 여자애들이 땅바닥을 가리키면서 난리 치는 게 보였다.

"개, 개구리다!"

"꺄악! 너무 싫어!"

아마도 창문으로 개구리가 들어온 듯했다. 혼돈에 사로잡힌 여자애들이 우리 반 남학생들에게 소리쳤다.

"너희들 뭐 해? 빨리 이것 좀 치워봐!"

"너희 남자 아니야? 대체 뭐 하는 거니?"

난 이럴 때 진정한 남녀차별을 느낀다. 남자라고 개구리를 덥석덥석 잡아서 치울 수 있다고 생각하면 큰 오산이다. 남자도 무서운 건 무서운 거고, 징그러운 건 징그러운 거다.

역시 남자애들도 선뜻 나서지 못하는 것 같았다. 그들과 같은 마음인 나는 조용히 책상에 엎드려 잠을 청해보았다. 나도 정말 징그러운 건 딱 질색이란 말이다.

내가 잠에 스르르 빠지려던 그때였다.

"반장!"

날 부른 것도 아닌데 두 눈이 번쩍 떠졌다.

아이들은 송두리가 무슨 슈퍼우먼이라도 되는 양 곤란한 일만 생기면 무조건 그녀를 불렀다. 지금 역시 그랬다.

"반장 뭐 해? 이것 좀 치워."

"반장! 송두리! 이거, 개구리!"

순간 짜증이 나서 바로 상체를 일으켰다.

송두리가 너네 종이냐?

"응, 잠깐만……."

그런데 당연히 씩씩하게 나서서 개구리를 치워낼 거라 생각했던 송두리가 쭈뼛거렸다. 뭔가 이상해서 송두리의 얼굴을 빤히 주시했다.

그런데 그녀의 얼굴이 평소보다 더, 지나칠 만큼 새하   다. 내가 평소에 그녀를 얼마나 관찰하는데 그 변화를 모를 리 없다.

'혹시 하얗게 질린 건가?'

송두리의 얼굴에서 시선을 떼지 못하며 나는 자리에서 천천히 일어섰다.

'설마 쟤…… 개구리 무서워하나?'

"반장, 어떻게 좀 해봐!"

"야, 반장! 야, 송두리!"

송두리보고 대체 뭘 어쩌라고 여자애들은 성화를 부렸다. 그 사이 나는 시선을 슥 내려서 바닥에 납작 엎드려 있는 초록색 개구리를 쳐다보았다. 짜증나게 굉장히 윤기가 나는 초록색 등짝을 가진 놈이었다. 어딘가에서 얼핏 본 책 제목처럼 이거야말로 진정 발로 차주고 싶은 등짝이다.

그때 개구리가 폴짝하고 뛰었고 그 순간 교실은 아수라장이 되었다.

"움직였어! 살아 있어!"

살아 있으니까 움직이지.

"꺄악! 끔찍해!"

난 네가 더 끔찍하거든?

"두리야, 저것 좀 잡아봐!"

네가 좀 잡아봐라.

개구리가 교탁 밑으로 들어가 버리자 반 아이들은 송두리를 그쪽으로 밀었다. 그 순간 아주 잠깐이지만 송두리는 두 눈을 질끈 감고 어깨를 살짝 움츠렸다. 그걸 보는 순간 심장이 뻐근하니 답답해졌다.

'어휴, 저 멍청이!'

책임감이 강해서 무섭다고 말도 못하는 송두리가 바보같이 느껴졌다. 그런데 그와 동시에 안쓰러운 마음이 들었고 결국 나는 송두리에게로 다가갔다.

'아무래도 내가 자, 잡아야겠지?'

후우. 아무도 모르게 한숨을 낮게 내쉰 다음 그녀 쪽으로 손을 뻗었다.

"야."

송두리의 어깨를 살짝 잡아 뒤쪽으로 보내며 낮은 목소리로 카리스마 있게 말했다.

"물러서 있어."

그러면서 그녀에겐 무심한 듯 눈길도 주지 않았다. 내 볼로 그녀의 시선이 느껴졌지만 나는 그저 묵묵히 개구리를 향해 손을 뻗으며 허리를 숙였다. 그런데 내 손가락이 막 그 개구리의 등에 닿으려던 순간 그놈이 폴짝 뛰어올랐다.

척―

그리고 내 볼에 딱 달라붙었다. 방금까지 송두리의 시선이 머물던 볼에서 느껴지는 이질감에 온몸이 굳어졌다.

'아…… 이걸 살해해버릴까?'

그때 교실 안이 난리가 났다.

"꺅! 저딴 개구리가 사준이 볼에 붙었어!"

"어떡해! 사준이 귀한 얼굴 썩겠다!"

소름은 막 끼치는데 주변 여자애들이 당한 나보다 더 난리를 치니 나는 애써 태연한 척했다.

"사준아, 괜찮아?"

"사준이 충격 받은 거 아니야?"

떨리는 손에 힘을 빡 준 후 얼굴에서 개구리를 떼어냈다. 표정 변화 하나 없이 태연하게 말이다.

"얘가 또 암놈이구만, 날 좋아하는 걸 보니."

농담까지 던지며 여유롭게 떼어낸 개구리를 창밖으로 힘차게 던졌다.

'영원히 사라져 버려라, 왕눈이.'

그런데 개구리를 잡은 후유증으로 손을 차마 못 구부리겠는 상황이 벌어졌다. 개구리는 떠났지만 그 감촉은 떠나지 않았던 것이다.

'찜찜해. 드럽게 찜찜하네.'

내 손바닥만 들여다보고 있는 섬세한 나를 향해 송두리가 핑크색 손수건을 건넸다.

"이걸로 손이랑 얼굴 닦아."

"됐어."

그러나 나는 카리스마 있고 도도하게 거절했다. 그러고는 손등으로 볼을 슥 닦았다.

아, 카리스마 넘친다. 멋있다, 나.

"꺄악! 역시 사준이 멋있어!"

"진짜 짱이야, 사준인."

소란스러운 여자애들 틈에서 나는 무심한 눈길로 송두리를 슥 쳐다보면서 심드렁하게 물었다.

"너 파충류 싫어하냐?"

"어? 어…… 근데 개구리는 파충류 아니야."

그냥 입 닫고 있을걸. 나 방금까지 되게 멋있었는데……!

내 주변은 여전히 시끄러웠는데 그럼에도 송두리는 아주 친절하게 그 정답을 알려주었다.

"양서류야."

"그래, 너 똑똑하다."

"그런 소리 들으려고 한 말은 아닌데."

"아님 뭔데? 잘난 척 아니면 뭔데?"

비아냥거리는 내 태도에 송두리도 울컥 화가 치민 듯 눈썹을 구겼다.

"넌 왜 사람이 그렇게 배배 꼬였냐?"

"내가 꼬였어도 설마 지금 이 순간 잘난 척하는 너보다 꼬였겠냐?"

끝까지 훈훈했으면 좋았을 그날의 개구리 사건은 그렇게 우리의 말싸움으로 끝을 맺었다.

결국 구 아저씨의 멋진 작전으로 작은방에 단둘이 있게 된 나와 송두리는 어색하게 벽에 등을 기대고 나란히 앉았다. 그런 둘 사이에 미묘한 침묵이 흘렀다.

잠시 후 무심코 고개를 돌려 송두리를 쳐다보았는데, 그녀의 가냘픈 어깨가 미세하게 떨리고 있는 게 보였다.

"무서워?"

"……"

내가 건넨 말에도 송두리는 그저 방바닥만 보고 있었다. 그 순간 나는 그녀를 좀 더 편하게 해주고 싶단 생각이 들었다. 그래서 문밖에 귀를 기울이는 시늉을 하면서 말했다.

"방금 무슨 소리 들리지 않았어?"

그러자 송두리가 고개를 팩 하니 들었다. 그녀의 눈빛에서 적잖은 동요가 일고 있었다.

"뭐가? 난 아무 소리도 못 들었는데?"

"못 들었어? 분명 무슨 소리가 났는데."

그녀 보라는 듯이 고개를 갸웃거렸다. 그러자 송두리가 불안함이 느껴지는 음성으로 물었다.

"대체 무슨 소리?"

그래서 나는 그녀를 빤히 보면서 대답했다.

"마치 뱀 지나가는 소리 같았어. 슥- 슥-?"

"꺄악!"

순간적으로 송두리는 비명을 지르며 내게 달려들었다. 그녀의 몸은 내 몸과 밀착했고 두 팔은 내 목에 둘러졌다. 갑작스럽게 나를 안은 그녀에게 나는 장난스럽게 말했다.

"왜 이래? 나 껴안지 마."

그러자 송두리가 내 귓가에 얼굴을 댄 채 속삭였다.

"무, 무섭단 말이야."

"……할 수 없군."

결국 나는 송두리의 허리에 두 팔을 얹고 그녀를 내 앞으로 끌어왔다. 그 후 내 품에 맞추기라도 한 듯 쏙 들어오는 그녀의 몸을 꼭 끌어안았다.

　　"내가 지켜줄게. 그러니까 나한테 안겨서 자."

송두리째 흔들리다

맹사보다 더 무서운 맹사준. 맹사보다 더 떨리는 맹사준. 맹사보다 더 신경이 쓰이는 맹사준.

"맹사준."

"풀네임 부르지 마."

"맹 군."

"그것도 싫다."

"맹."

"그냥 입 좀 닫을래?"

그때, 나를 뒤에서부터 안고 있는 사준이의 심장고동이 등을 타고 전달되었다. 빨리 뛰고 있는 그 심장에서 나에 대한 그의 진심이 느껴졌다. 아주 가끔은 백 마디의 말보다 신체 반응 하나가 진심을 전달해주기도 하는 모양이다. 그의 심장과 함께 내 심장도 같이 뛰었다.

다음 순간 나는 옅은 미소를 지으며 그에게 말했다.

"너 또 거짓말한 거 있으면 말해봐. 왠지 더 있을 것 같아서 그래."

"……이건 거짓말이 아니라 네가 오해하고 있을 것 같아서 말해주는 건데……."

"응."

"나 개구리랑 뱀 진짜 싫어해."

풋— 웃음이 터졌다.

"근데 네가 싫어하지 말라고 하면 싫어하지 않는 척 정도는 할 수 있어. 넌 나한테 그런 존재야."

잔잔하게 이어지는 사준이의 고백에 심장이 더욱 세차게 뛰었다.

맹사준은 정말 첫사랑의 저주에라도 걸린 걸까……. 지금 나를 좋아하는 게 못 이룬 첫사랑에 대한 미련은 아닐까…….

모르겠다.

내가 아는 건 지금 나는 또 그에게 크게 흔들리고 있고, 그때완 달리 곧 무너지고 싶다는 것이다.

송두리째 흔들다 12

어릴 때부터 나는 무슨 '-데이' 붙은 날이 제일 싫었다. 그런 날을 만든 사람들도 유치하고 그걸 이용하는 장사꾼들은 더 유치하다고 생각했다. 그리고 그딴 상술에 속아 그 상품을 사는 사람들 따위 상술의 노예라고 단언할 수 있다.

아침부터 내 책상 위에 쌓여져 있는 장미꽃들을 보고서 나는 오늘이 5월 14일 로즈데이임을 알았다.

"⋯⋯쯧."

귀찮게.

나는 바로 손을 뻗었다. 그리고 그것들을 슥 밀어 바닥으로 떨어뜨렸다.

툭, 투둑—

그랬더니 여기저기서 '어머, 어머' 하는 목소리들이 들려왔다. 아마도 이것들을 놓아둔 여자애들의 것이겠지.

무심하게 고개를 드니 반 여자애들이 나를 노려보고 있는 게 보였다.

"……."

그래서 나도 말없이 그들을 노려보았다.

'뭐? 누가 장미 달래?'

내 강렬한 눈빛에 몇몇은 코를 훌쩍거리며 고개를 돌렸다. 눈에 힘을 풀고 시선을 돌리려는데 그 여자애들 가운데에서 그들과 함께 나를 노려보고 있는 송두리가 눈에 들어왔다. 버릇처럼 그녀를 빤히 바라보며 의자에 털썩 앉았는데 송두리가 갑자기 자리에서 벌떡 일어섰다.

순간 쫄았…… 아니, 놀랐다.

일어선 그녀는 나를 향해 똑바로 걸어왔다. 게다가 그녀의 시선은 올곧게 나만을 보고 있었다.

'뭐, 뭐지?'

또 쓰레기는 쓰레기통에 버리는 거라고 잔소리라도 하려나? 아니면 설마…… 쟤, 쟤도 여기에 자, 장미 놔뒀나?

갑자기 가슴이 두근두근 빨리 뛰기 시작했다. 그 사이 송두리가 내 책상 바로 앞까지 다가왔다. 발을 멈춘 그녀가 팔짱을 끼며 나를 빤히 내려다보았다.

"……."

무슨 말이든 좀 해봐.

"……."

그러나 그녀는 나에게 어떤 말도 하지 않았다. 그냥 조용히 나를 내려다볼 뿐이었다.

"……."

"……뭐? 왜?"

결국 내가 답답해서 물었다. 그러자 이내 송두리가 그 핑크빛 입술을 열었다.

"네가 선물 받은 장미들, 내가 좀 써도 될까?"

"어?"

놀라서 되묻자 송두리는 손가락으로 내가 바닥으로 떨어뜨린 꽃들을 가리켰다.

"이 꽃들."

"아…… 그러든지."

툭 던지듯이 퉁명스럽게 대답했더니 송두리가 나를 향해 싱긋 웃었다.

"고마워."

이 말을 듣는데 문득 그녀가 차라리 화를 내는 게 더 낫겠단 희한한 생각이 들었다.

바닥에서 장미꽃들을 다 주운 다음 송두리는 어딘가에서 페트병을 하나 구해왔다. 그리고 그것을 반으로 잘라 꽃병을 만들어 장미꽃들을 꽂았다.

잠시 후 송두리가 그녀의 행동을 전부 지켜보고 있는 내 앞으로 다시 다가왔다. 송두리의 손에는 그녀가 직접 만든 꽃병이 들

려 있었다. 그녀가 내 앞에 서는 순간 나는 나도 모르게 '잘못했
어.'라고 말할 뻔했다.

"예쁘지?"

송두리가 내게 그 허접한 꽃병을 내밀면서 빙그레 웃었다. 나
는 가까스로 고개만 끄덕였다.

……확실히 송두리 얘는 보통 애는 아니야…….

그리고 나중에 알았다. 그 일로 인해 내가 나한테 꽃을 준 여자
애들에게 욕을 덜 먹었단 사실을 말이다.

송두리를 품에 안은 채 기분 좋게 옛날 생각을 하고 있었는데
갑자기 송두리가 그 분위기를 깨버렸다.

"뱀이 무서워서 안겨 있는 거야."

바닥에 누운 송두리가 내 가슴에 얼굴을 댄 채 이렇게 중얼거
렸던 것이다. 그녀에게 팔베개를 해주고 있던 나는 순간 헛웃음을
터뜨렸다.

얘는 왜 좋은 분위기를 이렇게 무드 없이 막 깨지?

콱 뱀이나 잡아와버릴까 보다. 물론 내가 잡을 수 있다면 말이
지만.

"잠이나 자. 내 가슴에서 속삭이지 말고. 꼭 유혹하는 것처럼
느껴지니까."

내 말에 송두리가 팩 하니 고개를 들었다. 그래서 그녀의 동그
란 눈동자를 마주 보고 있는데 그녀가 자신의 입가를 슬쩍 가렸
다.

"유혹이라니? 뭘 또 그렇게까지 느껴?"

"난 내 마음대로 내가 느끼지도 못하냐?"

"난 그럴 의도가 전혀 없어."

"그럼 내가 있나 보지, 뭐."

"……역시 너랑 한방에 있는 게 아니었어."

내 늑대본능을 감지한 송두리가 자리에서 벌떡 일어나 앉았다. 벽으로 붙으며 경계하듯 팔짱을 낀 그녀가 나를 흘겨보았다. 그 눈빛에 어이가 없어서 물었다.

"넌 나 못 믿냐?"

"못 믿지, 그럼."

찬바람이 쌩쌩 부는 것 같은 그녀의 차가운 태도에 나도 자리에서 몸을 일으켰다. 그러곤 새치름한 송두리의 얼굴을 물끄러미 쳐다보았다.

앤 날 대체 뭘로 보는 걸까. 내가 나에게 마음도 열지 않은 여자의 몸에 손을 댈 남자로 보이는 건가.

"알았어. 그럼 내가 나갈게."

나도 남자다. 할 땐 한다.

"뭐?"

놀란 송두리를 무시하고 벌떡 일어서서 방문을 확 열어젖히자 스산한 바람이 휘몰아쳤다.

에이 씨, 추워.

크게 발 한 번 움직여주니 잽싸게 나를 따라 일어선 송두리가 내 옷자락을 잡아당기는 게 느껴졌다.

"야, 맹사준."

밖은 새까맣다는 표현이 정확할 정도로 어두웠고 시간은 새벽에 가까웠다. 그 말인즉, 난 정말 나갈 마음이 없었단 뜻이다.

미쳤나. 이 야밤에 나가게.

나는 송두리를 돌아보지 않고 차갑게 말했다.

"풀네임 부르지 말랬지."

"사, 사준아……."

평소에 이렇게 얌전하면 얼마나 좋아.

몰랐는데 뱀이란 참 도움이 되는 생물이구나.

몸을 휙 돌려 송두리를 쳐다보았다. 그리고 제법 카리스마 있고 진지하게 말을 시작했다.

"난 남자고 힘이 꽤 세. 너 정도 억지로 어떻게 하려고 하면 충분히 가능해. 그러니까 마음만 있었으면 진즉에 했을 거라는 거야. 그렇지만 난 안 했고, 앞으로도 안 할 거야."

그 순간 나를 보는 송두리의 눈빛이 흔들렸다. 그녀를 지그시 바라보며 두 팔을 교차시켜 팔짱을 낀 후 천천히 이어 말했다.

"물론 네 쪽에서 나를 억지로 어떻게 하려고 한다면, 힘없는 척 정도는 해줄게."

말을 마친 내가 씨익 웃어 보이자 긴장한 듯 보였던 송두리의 얼굴이 조금 풀어졌다. 그래서 그녀에게 다가가며 진중한 어조로 말했다.

"하지만 넌 아직 그럴 생각이 없겠지."

"……."

"그러니까 그냥 옆에서 얌전히 자주겠다고."

몸을 굽혀 다시 자리에 눕고 베개를 고정시킨 다음 내 옆자리를 손으로 툭툭 쳤다.

"누워."

"응."

적응 안 되게 송두리가 얌전해졌다. 다소곳하게 대답한 송두리가 정말 내 옆에 얌전히 눕자 기분이 상당히 들떴다.

"얼른 자."

"응."

강압적으로 말했는데도 말을 잘 듣는다. 나한테도 이런 날이 오긴 오는구나 싶어 감격스러웠다.

그래서 이것도 한번 말해보았다.

"사귀자."

"그건 아직……."

금방 본래의 송두리로 돌아와 나를 거절하려는 그녀 때문에 순간 울컥했다.

"야, 지금 분위기상 그냥 '응'이 맞는 대답 아니냐?"

몸을 반쯤 일으켜 송두리를 노려보았다. 그러자 송두리가 내 시선을 살짝 피하는 게 보였다. 나는 그녀의 말간 얼굴을 내려다보며 계속 투덜거렸다.

"넌 무슨 고무줄이냐? 뭘 그렇게 튕겨?"

"……."

아무 반응 없는 송두리 때문에 열 받아서 몸을 반대쪽으로 홱 돌려 그녀에게 등이 보이게 누웠다.

그런데 잠시 후 등에서 따뜻한 무언가가 느껴졌다.

"……!"

서, 설마 나 지금 배, 백허그 당한 건가? 여자들의 로망이자 남자들도 은근 환장하는 그것?

"사준아."

그런데 목소리가 좀 멀게 들리는 걸 보니 내 등에 얼굴을 댄 것은 아닌 모양이다.

쳇. 기대한 내가 바보지.

"나 등이 성감대거든? 함부로 건드리지 마."

괜히 퉁명스럽게 말했더니 그 따뜻한 것이 내 등을 때렸다.

"장난치지 마."

그 따뜻한 것은 아마도 손인 듯했다. 이내 그 손이 내 등을 톡톡 건드렸다.

"고마웠어."

"뭐가?"

"여러 가지로……. 오늘 일도 그렇고 그날 일도……."

"그날 일? 뭐? 개구리 사건?"

"그것도 그렇고 또……."

송두리의 손이 계속해서 내 등에 닿는 느낌에 기분이 점점 야릇해졌다. 지금 이 순간부터 진짜 등이 성감대가 되어버릴 것만 같았다.

"그날, 빼빼로 준 거……."

작게 들리는 송두리의 목소리에 나는 11년 전 나 역시 상술의 노예가 되어버린 그날을 떠올렸다.

아…… 창피하다.

"그건 그날 말했어야지."

머쓱해져서 퉁명스럽게 말을 내뱉었다. 그랬더니 송두리가 변명하듯이 말했다.

"그날 말할 수 있는 상황이 아니었잖아."

"그래도 했어야지."

"그리고 그날 네가 나만 준 건 아니었잖아."

"내 돈 주고 직접 산 건 너만 줬어."

"……어쩐지 제일 작더라."

송두리의 중얼거림에 나는 순간적으로 고개를 돌려 그녀를 노려보았다.

"그게 할 말이냐?"

난생처음 여자를 위해 돈을 썼었다고, 이 맹사준이!

500원을 주고 빼빼로를 건네받았다. 슈퍼 아줌마가 고작 그거 하나 사냐는 듯 나를 쳐다보는 것만 같았다. 그 탓에 나는 누구 줄 거 아니고 그냥 내가 먹고 싶어서 사는 거라는 떳떳한 표정을 지어 보였다.

슈퍼를 나오자마자 누가 볼세라 잽싸게 교복 재킷 안주머니에 빼빼로를 집어넣었다. 한쪽 가슴만 튀어나온 모습이 되어서 부끄러웠지만, 정작 내가 부끄러워해야 할 건 이게 아니다.

내가, 이 맹사준이, 무슨 '-데이' 붙은 날을 제일 싫어하는 이 사준이가, 상술에 지고 만 것이다. 그걸 부끄러워해야 한다, 나는.

상술의 노예가 되어버린 이 순간을 그 누구에게도 보여주고 싶지 않아서 최대한 걸음을 빨리했다.

경보에 가까운 걸음으로 교실에 도착한 나는 자연스럽게 제일 눈에 띄는 내 자리를 보았다. 당연하다는 듯 내 책상 위에는 듣도 보도 못한 신기한 빼빼로들이 탑을 이루고 있었다.

에이, 저런 상술의 노예들…… 이라고 욕할 수 없는 지금의 내가 싫다.

교복 재킷 안에 있는 빼빼로의 존재를 느끼면서 저벅저벅 걸어가 내 책상 앞에 섰다.

"……."

반년 전 장미꽃처럼 그것들을 손으로 밀지는 않았다. 대신 그것들 중 하나를 집어 들고 반 아이들을 향해 말했다.

"이거 먹을 사람?"

내 목소리에 반 아이들이 모두 내게 집중했다. 그들 사이엔 물론 송두리도 있었다. 그들의 시선을 느끼면서 나는 차분하게 말했다.

"나 과자 별로 안 좋아하거든. 그렇다고 버릴 수도 없고……. 그러니까 먹고 싶은 사람들 있으면 줄게. 이거 준 여자애들도 이해할 거라 생각해."

난생처음 착한 척을 해보았다. 소름이 돋을 뻔했다.

소름을 견디며 나는 내 앞자리에 앉은 아이들에게 먼저 빼빼로를 하나씩 나눠주었다. 그리고 빼빼로들 중 일부를 들고 돌아다니면서 반 아이들에게 빼빼로를 하나씩 건네주었다.

"맛있게 먹어."

"꺅!"

대답을 해. 비명을 지르지 말고.

"맛있게 먹어."

"어머, 어머."

대답을 좀……. 됐다, 됐어.

드디어 원래 목표였던 송두리의 앞에 섰다. 태연한 척해보려 해도 심장이 제멋대로 벌렁거렸다. 교복 재킷 안에 손을 넣어 내가 직접 산 빼빼로를 꺼내 그녀에게 건넸다.

"마, 맛있게 먹어라."

순간 말을 더듬고 말았다. 하지만 나는 그보다 그녀의 반응이 더 신경 쓰였다.

"응? 응."

내 빼빼로를 받아 든 그녀가 한 말이었다.

'응? 응, 이 다야? 내가 널 위해 상술의 노예가 됐는데, 겨우 응? 응? 으응? 으으응?'

왠지 허무해졌다.

내가 고작 '응' 소리 들으려고 상술의 노예로 전락했단 말인가?

그날 난 바로 달려가 슈퍼 아줌마에게 빼빼로를 물러달라고 하고 싶었다. 그렇지만 쪼잔해 보일까 봐 꾹 참았다.

"꺅!"

역시 여자들의 비명 소리는 들어도 들어도 적응이 안 된다. 한창 달콤한 꿈속이었는데, 그 비명 소리에 눈살을 찌푸리면서 눈을 떴다.

"지금 둘이 뭐 하는 거야?"

잠에 푹 빠져 있던 두 눈 중 한쪽 눈만 겨우 떠서 문 쪽을 보았다. 그러자 햇볕을 등진 누군가 서 있는 게 보였다. 그 사람이 또 목소리를 보내왔다.

"설마, 같이 잔 거야?"

아, 내가 알기론 저 사람은…….

"정윤아……?"

그렇다. 정윤아 팀장이 방문 앞에 서 있었던 것이다.

송두리째 흔들다 13

퍼억—

옆에서 누군가 아직 비몽사몽인 내 몸을 세게 밀쳐서 벽과 거칠게 마찰을 하고 말았다. 그 바람에 벽에 머리도 부딪혔다. 굳이 누구냐고 소리칠 필요도 없었다.

"티, 팀장님, 오셨어요?"

꽤 놀란 듯한 송두리의 목소리를 들으면서 나는 천천히 몸을 일으켰다.

"이게, 대체, 무슨 상황이냐면요……."

방금 벽에 찧은 뒤통수를 긁적이다가 적잖게 당황한 송두리의 얼굴을 슥 쳐다보았다. 그러다 곧 다시 시선을 돌려 여전히 놀란 얼굴인 윤아에게 태연하게 말했다.

"설마 이상한 오해하는 건 아니지? 우리가 옷을 벗고 있다면

194

그런 오해도 가능한데…….”

잠시 말을 끊고 고개를 홱 돌려 송두리의 상의를 턱으로 가리키며 이어 말했다.

“단추를 목까지 채운 송두리 씨 좀 볼래?”

정말 이보다 더 단정할 순 없었다. 머리가 좀 부스스해서 그렇지, 송두리는 지난밤 입고 잤던 블라우스와 청바지를 답답해 보일 정도로 단정하게 입고 있었다. 나는 잠결에라도 그녀의 몸에 손을 대지 않았고 그녀 또한 흐트러지지 않았다는 뜻이다.

고로, 우린 아주 떳떳하다. 새벽까지 잠 못 이룬 내 속이야 어떻든 간에.

“그럼 왜 둘이 같이 자고 있어?”

윤아가 다시 던진 질문에 나는 귀찮다는 듯 귀를 후비며 대답했다.

“그럼 구 아저씨가 자기 설득하려고 직원까지 데려왔냐고 묻는데, 뭐라고 하냐? 그냥 여자 친구라고 했지. 그랬더니 한방에서 자라고 하잖아.”

자연스럽고 천연덕스러운 내 설명에 윤아가 조금 납득하는 듯한 표정을 지었다. 속으로 다행이라고 생각하면서 계속 말했다.

“생각해보니까 사귀는 사이끼리 딴 방에서 자는 것도 이상해서 그냥 이 방에서 같이 잔 거야.”

드디어 윤아가 고개를 끄덕였다. 이 상황을 납득한 그녀가 이내 싱긋 웃어 보였다.

“그런 거구나.”

아니. 그런 거 아니야.

그냥 내가 송두리랑 한방에서 자고 싶어서 같이 잔 거야.

……이렇게 말하지 못하는 지금의 내가 싫다. 그렇지만 송두리를 곤란하게 만드는 건 더 싫었다.

"어?"

그때 갑자기 옆에서 송두리가 놀란 목소리를 냈다. 고개를 돌려 그녀를 봤다가 그녀가 보고 있는 방향으로 나도 같이 시선을 옮겼다.

"구, 구 아저씨?"

윤아의 뒤쪽 문밖에서 우리를 빤히 쳐다보고 있는 구 아저씨를 발견하고 깜짝 놀랐다.

"아저씨, 거기 계셨어요?"

자리에서 벌떡 일어나 방문 쪽으로 달려갔다. 아저씨가 다가오는 나를 가늘게 뜬 눈으로 계속 흘겨보았다.

"처음부터 뒤에 있었어."

아, 이런.

그런 아저씨를 향해 어색하게 미소를 지어 보였다.

"그, 그럼 다 들으신 거예요?"

"맹 군 그렇게 안 봤는데, 거짓말을 참 잘하네."

후우, 나 어제 오늘 완전 거짓말쟁이 되는 날이구만.

"실망이야, 자네."

구 아저씨가 몸을 홱 돌려서 가버리자 머리가 지끈거리며 두통이 밀려왔다. 관자놀이에 손을 올려 꾹꾹 누르다가 고개를 거칠게 돌려 윤아를 노려보았다.

"그러게 넌 왜 아침부터 괜한 소란을 피워가지고……!"

원망을 담은 눈빛을 그녀에게 보내자 윤아는 머쓱해하며 내 시선을 피했다.

"이를 어쩐다……"

가만히 중얼거려봤지만 어차피 답은 이미 나와 있었다.

'어쩌긴 뭘 어째? 이왕 이렇게 된 거 정면승부다.'

어차피 구 아저씨에게 계속 거짓말하는 것도 좀 찜찜했고, 이제부턴 정정당당히 그를 설득해보는 게 좋을 것 같았다.

구 아저씨를 쫓아가려고 걸음을 옮기자 그런 내 뒤를 윤아와 송두리가 따라왔다. 그녀들을 슥 돌아보는 순간 윤아가 송두리에게 하는 말이 들려왔다.

"송두리 씨는 먼저 서울 올라가. 여긴 내가 있을게."

뭐? 왜?

곱지 않은 시선을 윤아의 옆얼굴로 보냈다. 그리고 송두리가 미처 무슨 대답을 하기도 전에 내가 먼저 입을 열었다.

"송두리 씨는 나랑 같이 올라갈 거야."

그러자 윤아의 진하게 화장한 동그란 눈이 나를 잡아먹을 듯 쳐다보았다.

"왜?"

"내가 운전하기 싫으니까."

"그럼 내가 운전할게."

뭐? 왜?

내 차를 직접 운전하겠다고 하는 윤아를 향해 서늘하게 물었다.

"그럼 네 찬 어쩌고?"

"그건 송두리 씨가……"

"송두리 씨가 무슨 운전기사야?"

윤아의 말을 자르며 버럭 화를 냈다.

바로 어제 송두리를 운전기사 취급한 주제에, 난 참 얼굴이 두껍다. 윤아도 나와 비슷한 생각인지 얼굴에서 어이없음이 드러났다.

"그게 맹 사장님이 할 말은 아닌 것 같은데?"

날 향한 윤아의 냉소적인 말과 시선을 무시한 채 송두리에게 말했다.

"그러니까 이따 나랑 같이 올라가요, 송두리 씨."

"먼저 가고 싶으면 그냥 가도 돼, 두리 씨."

그러나 윤아는 끝까지 송두리를 보내려고 했다. 고까운 마음이 들어서 윤아를 언짢은 눈빛으로 보고 있는데 갑자기 송두리의 목소리가 우리 사이를 파고들었다.

"괜찮습니다."

윤아와 내 고개가 동시에 그녀 쪽으로 돌아갔다. 우리의 얼굴을 마주한 그녀가 나머지 말을 이었다.

"저, 좋아합니다…… 운전."

어우, 깜짝 놀랐네.

왜 '좋아합니다'랑 '운전' 사이에 텀을 길게 둬서 사람을 설레게 하냐고, 이 아가씨야.

"그러니, 이따 사장님 차 운전할게요."

그런데 송두리가 남겠다고 선언한 건 좀 의외였다. 그리고 내 차를 운전하겠다는 말인즉, 나와 함께 서울에 가고 싶단 의미이기도 했기에 나는 심장이 떨렸다.

"일단, 다 같이 구 아저씨한테 가보자."

하지만 지금은 구 아저씨를 설득하는 게 먼저였다. 그래서 나는 두근거리는 심장을 진정시키고 구 아저씨의 방으로 향했다.

"구 아저씨?"

벽을 향해 앉아서 우리들에게는 등만 보이고 있는 구 아저씨를 조심스레 수줍게 불러보았다. 그러나 아저씨는 고개도 돌리지 않았다.

"죄송해요, 아저씨. 아저씨? 선생님?"

역시나 그에게선 어떤 대답도 없었다. 나는 서슴없이 구 아저씨의 등 뒤로 다가가 무릎을 척 꿇었다. 그러고는 아저씨의 어깨를 애정 담은 손길로 쓸어내렸다.

"제가 아저씨 존경하는 거 아시죠? 아니, 존경을 넘어서 사랑합니다."

"저리 가. 징그러워."

아저씨는 냉정하게 내 손을 밀쳐냈다. 그러나 나는 전혀 개의치 않고 구 아저씨의 어깨를 잡고 가볍게 흔들었다.

"아이, 왜 그러세요, 진짜."

내가 어울리지도 않는 애교까지 부리자 드디어 아저씨가 몸을 빙글 돌려 앉았다. 그사이 송두리와 윤아가 내 양옆으로 와서 무릎을 꿇고 앉았다. 구 아저씨의 뾰족한 시선이 우리들 셋을 차례차례 훑었다. 아저씨의 시선이 마지막으로 송두리에게 머물렀다.

"결국, 직원들 셋이서 날 설득하러 왔단 말이군?"

엄밀히 말하면 난 직원이 아니라고 말하고 싶었지만, 지금은 그게 중요한 게 아니었다.

"죄송합니다."

내 옆에서 나랑 똑같이 무릎을 꿇은 송두리가 머리 숙여 사과를 하자 반대편에서는 윤아가 설득을 시작했다.

"구 선생님이 안 계시니까 샘플실이 엉망이에요. 샘플 모양 가지고 입씨름하는 건 아예 기본이고 납기일도 못 맞출 때가 한두 번이 아니에요."

나도 가만히 있을 수만은 없어서 구 아저씨에게 정수리를 들이밀면서 애절하게 말했다.

"저 샘플 나올 때마다 고민해서 원형탈모증까지 생겼어요. 보실래요?"

그러자 구 아저씨는 상체를 뒤로 젖히면서 진심으로 정색을 했다.

"머리는 감았어? 안 감았으면 저리 치워."

"머리 감을 새나 있었고요? 일어나자마자 삐친 아저씨 달래러 온 거잖아요."

"뭐? 삐쳐? 달래?"

순간 구 아저씨가 나를 강하게 노려보았기에 나는 얼른 내 말을 정정했다.

"화가 나신 구 선생님을 설득하러 왔습니다."

구 아저씨는 나에게 아버지나 다름없는 존재였다. 사업 시작할 땐 아버지보다 더 의지했었다. 그렇기 때문에 언제든 내가 설득하면 결국은 돌아오실 거라 그렇게 당연하게 생각했었다.

그러나 구 아저씨는 훨씬 단호했다.

"이러는 것도 다 쓸데없는 시간낭비니까 그만 돌아들 가. 난 이제 편히 쉬고 싶을 뿐이야."

아저씨의 말에 나는 크게 낙담하고 어깨를 축 늘어뜨렸다. 자연스럽게 이젠 정말 끝이라는 생각이 들었다. 새어 나오려는 한숨을 꾹 잡아 누르며 자리에서 일어서려는데 갑자기 구 아저씨가 다시 입을 열었다.

"마지막으로……."

두 눈 크게 뜨고 구 아저씨의 다음 말을 기다렸다. 잠시 말을 끊었던 그가 이내 나머지 말을 이었다.

"아가씨가 날 설득해봐."

구 아저씨의 눈길은 조용히 앉아만 있는 송두리에게 향해 있었다. 순간 송두리의 눈이 커졌다

"네?"

그녀만큼 놀란 내가 얼른 입을 열었다.

"구 아저씨, 아니 구 선생님, 이 친구는 이제 입사한지 한 달 조금 넘었어요."

송두리가 아직 수습기간도 안 끝난 신입이라는 걸 강조하는 내

옆에서 윤아도 거들었다.

"네, 맞아요. 송두리 씨는 아직 회사 일 잘 몰라요."

"누가 회사 일 설명해달래? 회사 일은 내가 더 잘 알아. 그냥 내 마음을 설득해보라고."

단호한 구 아저씨의 태도에 윤아도 나도 말을 멈추고 상황을 주시했다.

"저는……."

잠시 후 송두리가 그 붉은 빛 입술을 열었고 나는 숨을 죽였다.

그냥 구 선생님이 돌아오셨으면 좋겠다고, 그러면 회사가 더욱 번창할 것 같다고, 그냥 예쁘게만 말해. 그다음은 내가 어떻게든 커버할 테니…….

그때 그녀가 말을 시작했다.

"저는, 구두가 참 좋습니다. 신는 것도 좋고 보는 것도 좋고 만지는 것도 좋고 그리는 것도 좋고. 그런데 이런 감정을 10년간 억누르고 살았습니다. 그랬더니 어느 순간엔 그렇게 참았던 것이 너무 후회가 됐습니다. 남들이 부러워하는, 부모님이 자랑스러워 하는 그런 일이 아니라 내가 좋아하는 일을 한번 해볼걸 하고요. 그래서 더는 후회하고 싶지 않아서 나이 서른에 이 회사 막내 디자이너로 들어왔습니다."

생각보다 길게 이어지는 그녀의 목소리에 나는 묘하게 긴장한 채 가만히 귀를 기울였다. 송두리의 청아한 목소리가 다시 잔잔하게 이어졌다.

"나이 어린 선배님들한테 일 배우고 잔심부름도 많이 하는데,

전혀 힘들지도 않고 매일매일 즐겁고 재미있습니다. 후회도 없어요."

말을 하면서 송두리는 정말 즐겁다는 듯이 빙그레 웃었다. 그녀의 미소에 나도 절로 미소가 지어졌다. 그녀가 웃는 얼굴로 말을 이었다.

"구 선생님도 이 일을 그만두시고 한 번쯤은 후회하셨을 거라 생각이 듭니다. 단 한 번이라도 그런 마음이 드셨다면 더는 후회하지 않게 복직하시는 것도 좋은 생각이라고 감히 말씀드리고 싶습니다."

송두리의 말이 끝나자마자 나는 숨을 길게 내쉬었다. 과하게 집중한 탓인지 숨을 너무 죽이고 있었던 것이다.

"으음."

구 아저씨가 생각에 잠긴 듯한 얼굴 표정을 지었다. 설득당하는 본인도 아닌 나조차도 이렇게 마음이 동했는데, 구 아저씨도 조금은 흔들렸겠지?

"일단, 다들 돌아가."

그러나 송두리의 가슴 울리는 설득으로도 부족했던지 구 아저씨는 우리를 서울로 보내려고 했다. 섭섭한 마음이 들어 꿇었던 무릎을 펴고 편하게 앉으며 그에게 말했다.

"전 안 갈래요."

"너도 가."

"네."

그래도 아저씨가 '일단'이란 표현을 썼으니 다음을 기약해보기로 했다.

결국 다 같이 자리에서 일어섰고, 우리 셋은 곧 구 아저씨 댁을 나왔다.

별 수확 없이 내 차로 돌아온 나는 윤아 보란 듯이 조수석에 올라탔고 송두리는 윤아에게 서울에서 보자고 말하고는 내 차 운전석에 올라탔다.

역시나 베스트 드라이버인 송두리는 여전히 운전을 잘했고 나는 여전히 편안했지만, 그때처럼 잠이 오지는 않았다. 오히려 너무 많은 생각에 머릿속이 복잡해서 두 눈이 말똥말똥했다.

"오늘은 잠 안 자네?"

옆에서 질문을 던지는 송두리에게로 고개를 돌려 그녀의 옆얼굴을 빤히 쳐다보았다. 하얀 얼굴에 유난히 빛나는 붉은 입술과 갈색빛 눈망울을 보면서 입을 열었다.

"네 말 듣고 나도 생각해봤어."

그 순간 송두리의 눈이 힐끔하고 나를 보았다.

"무슨 생각?"

"그동안 후회하고 살았던 게 뭔가 하고."

내 최대한의 진심을 담아 진솔하게 말을 이었다. 이번엔 그녀를 흔들려는 게 아니라, 또 날 받아달라고 칭얼대는 게 아니라, 내가 그랬음을 실토하는 것이다.

"난 역시 너밖에 없더라."

송두리는 아무 말 없이 정면만 보고 있었지만, 그녀를 향한 내 고백은 계속 이어졌다.

"너에게 더 잘해줄걸, 너한테 고백 한 번 더 해볼걸, 널 더 오래 많이 좋아할걸."

재회를 하고 나서 송두리 한번 흔들어보려다가 내가 너무 많이 흔들려서 너덜너덜해졌다. 그런데 그것이 하나도 힘들지 않고 매일매일이 즐거웠다. 예전과 달리 순간순간 진심을 다하고 싶었다.

"그래서 이렇게 너한테 좋아한다고 막 티 낼 수 있는 지금이 행복해. 절대 후회 없어."

내 말을 끝으로 차 안에 무거운 침묵이 흘렀다.

무슨 말이라도 좋으니 짧게라도 해주면 좋으련만 송두리는 그저 묵묵히 운전만 했다. 그래서 나는 고개를 창문 쪽으로 돌려버렸다.

아, 창피해. 나 또 거절당했어.

창문 너머로 눈 마주치는 첫 번째 여자랑 결혼해버릴까? 너무 창피해서 잠시 고민해봤다.

그런데 얼마 지나지 않아 송두리의 목소리가 낮게 들려왔다.

"사준아."

"어……?"

내 이름이 들리자 순간 심장이 뛰었다. 그런 거 보면 내 심장은 참 배알도 없나 보다.

"휴게소에 잠깐 들를게."

"뭐?"

할 말이 고작 그거야?

"……그러든지 말든지."

난 지금 화장실 따위 안 들러도 된단 말이다.

아니, 민망한데 세수라도 하고 와야 하나.

언짢은 얼굴로 앉아 있는데 곧 차가 휴게소로 들어섰다. 그런 차 안에서 나는 자연스럽게 안전벨트를 풀었다. 그런데 그 순간,

"어머, 고양이……!"

끼익—

다급한 송두리의 목소리와 함께 차가 오른쪽으로 급하게 휘었다. 그리고 다음 순간 차는 그대로 가드레일을 들이받았고 안전벨트를 풀었던 나는 요동하는 차 안에서 머리를 세게 부딪히고 말았다.

"괜찮아, 사준아?"

고양이 살리려다가 맹사준 죽일 뻔했다, 이 여자가. 아니, 안전벨트를 먼저 푼 내 잘못인가.

"어떡해……! 사준아? 사준아!"

머리를 부딪혀서 순간적으로 정신이 없었다. 그래서 잠시 눈을 감고 상황을 정리하고 있으니 송두리의 목소리가 점점 크게 들려왔다.

"사준아, 정신 차려봐!"

송두리의 손바닥이 내 볼을 찰싹찰싹 건드렸다. 장난으로 조금 더 기절한 척하고 싶었지만 볼이 너무 아파서 눈을 슬쩍 뜨고 말았다. 그랬더니 송두리의 울 것 같은 얼굴이 보였다.

"야, 너 우냐?"

순간 당황해서 물었더니 송두리가 울먹이는 목소리로 대답했다.

"너 죽은 줄 알았잖아."

"사람은 그렇게 쉽게 안 죽어, 바보야."

말하면서 송두리의 머리를 쓰다듬어주었다. 그런데도 송두리는 뭐가 그렇게 서러운지 눈물을 뚝뚝 흘렸다. 울면서 계속 내게 사과를 했다.

"미안해."

"괜찮아, 나."

"미안해, 정말."

송두리는 손등으로 연신 자신의 눈물을 닦았다. 나는 그녀에게 티슈를 건넸다.

"미안해, 사준아……."

"나 괜찮다니까. 그만 울어."

잠시 후 진정이 된 송두리가 휴게소 주차장에 차를 세웠다.

그런데 차를 세운 송두리는 내릴 생각은 않고 멍하니 앞만 보고 앉아 있었다.

"괜찮아, 너?"

어째 머릴 부딪힌 나보다 송두리의 상태가 더 안 좋은 것 같다. 내가 그녀를 물끄러미 바라보자 그녀가 갑자기 목소리를 보내왔다.

"사실은 나, 후회되는 게 또 있어."

"뭔데?"

천천히 고개를 돌려 나를 보는 그녀를 향해 조심스럽게 묻자 그녀가 대답했다.

"너한테 제대로 고백 한번 못해본 거."

"……!"

무방비 상태에서 뒤통수를 세게 얻어맞은 기분이었다. 예상치도 못한 그녀의 말에 심장이 점점 빨리 뛰었다.

"근데 이제 후회하지 않으려고……."

공중에서 그녀와 눈이 마주쳤다. 그녀의 눈망울은 촉촉했고 그녀의 광대는 붉은 빛을 띠고 있었다.

"널 좋아해."

나는 무슨 환청이라도 들은 듯 정신이 멍해졌다.

뭐라고?

송두리가 지금 뭐라고 한 거지? 내가 제대로 들은 게 맞나?

"널 많이 좋아해, 맹사준."

지금 이 순간 왜 하필 고백의 장소가 고속도로 휴게소인지, 왜 또 내 풀네임을 부른 건지 따위 하나도 중요하지 않았다.

그녀가, 송두리가 나를 좋아한다지 않은가.

학교 다닐 땐 고백도 엄청 들었다.

"좋아해, 사준……."

"나 좋아하는 사람 있어."

상대의 고백이 채 끝나기도 전에 무심하게 내 말을 먼저 던져버렸다. 싸가지 없단 소린 좀 듣겠지만 무슨 주중 행사처럼 듣는 고백엔 이제 이골이 난다.

내 대답에 고백을 하던 상대가 놀란 얼굴을 하더니 이내 그 좋아하는 사람이 누군지 캐내려고 했다. 하지만 나는 절대 말할 생각이 없었다. 그랬더니 얼마 지나지 않아 그에 대한 소문이 쫙 퍼졌다.

"사준이 좋아하는 여자애 있다며?"

내가 근처를 지나가는데도 여자애들은 몰려서 내 이야기를 해 댔다.

아, 진짜 이놈의 인기.

"누군지 몰라도 그 여자앤 좋겠다. 아. 혹시 너 아니야, 희영아?"

아니야, 아니야. 절대 아니야.

"어머, 아니야. 혹시 은진이 아닐까, 서은진?"

혹시 아니야. 걔일 리가 없어.

"아니, 난 것 같아. 아까 사준이가 날 뚫어지게 쳐다봤다니까?"

난 그런 적 없다니까?

"대체 누구지? 사준이가 누구한테 잘해주는 걸 본 적이 있어야 추측을 하지!"

시간이 지날수록 내가 좋아하는 여자애에 대한 소문은 우리 학교 8대 불가사의 중 하나가 되었고, 어느 날부턴가 아이들은 그 상대에 대한 궁금증을 나한테 직접적으로 쏟아붓기 시작했다.

"사준아, 네가 좋아하는 사람이 대체 누구야?"

"내가 그걸 왜 잘 모르는 너한테 알려줘야 하지?"

대체 왜? 와이?

"너 혹시 없는데 있는 척하는 거 아니야?"

"내가 뭐하러?"

할 일 없냐?

"넌 한 번도 누군가를 따뜻한 눈으로 쳐다본 적이 없는 것 같은데, 도대체 누구야?"

"내가 대답할 이유 있냐?"

그리고 꼭 좋아하는 여자앨 따뜻한 눈으로 봐야 돼? 이글거리는 눈빛으로 보면 안 되나?

"두리야, 네가 사준이한테 한번 물어봐."

"……!"

아, 깜짝 놀랐다.

'제발 걘 시키지 마, 쫌.'

결국 여자애들이 제일 만만한 반장 송두리를 물고 늘어졌다. 송두리가 말간 얼굴을 들어 여자애들을 쳐다보았다.

"뭘?"

"사준이가 좋아하는 사람이 누군지."

"뭐? 왜? 왜, 내가……?"

송두리는 진심으로 당황한 듯 보였다. 나도 그녀가 나에게 그 질문을 하는 건 정말 원치 않았기에 내심 그녀가 거절하기를 바랐다.

"우리한텐 대답을 안 한단 말이야."

"빨리 가서 물어봐, 두리야. 응? 넌 반장이잖아."

이 상황에서 반장이 대체 무슨 상관?

그러나 역시 송두리는 송두리였다. 아이들에게 밀려 내 책상 앞으로 온 착해빠진 송두리가 나를 빤히 내려다보며 물었다.

"누구야?"

아, 심장 콩닥거려.

"뭐가."

"네가 좋아한다는 여자애."

너다, 너. 이 눈치 없는 계집애야, 너라고.

"네가 알아서 뭐하게?"

"애들이 궁금해하잖아."

애들만? 너는? 너는?

이 섬세함 결여된 가시나야, 너는 안 궁금해? 아, 흥분하니까 안 쓰던 사투리가 다 나오네.

"나한테만 솔직하게 얘기해봐."

웃기고 있네. 나한테 지금 고백을 하라고?

상체를 살짝 숙인 송두리가 나에게 자신의 귀를 들이밀었다. 그래서 나는 그 작은 귀에다 대고 퉁명스럽게 말했다.

"너 빼고 다."

"뭐?"

"너 빼고 다라고."

"치잇."

입을 삐죽거린 송두리가 나를 흘기며 자신의 자리로 돌아갔다.

돌아간 그녀가 친구들에게 하는 말이 작게 들려왔다.

"말 안 해. 장난만 쳐."

장난을 누가 쳐?

'너 빼고 다.'

너 빼고 다…… 싫다고.

난 너만 좋아, 송두리.

그때도 지금도.

송두리째 흔들리다

　조용한 곳에서 맹사준에게 흔들리는 내 마음을 진지하게 고백 해볼까 하는 생각에 휴게소로 들어섰다. 그런데 그때 차 앞으로 들고양이 한 마리가 튀어나왔고 나는 그 고양이를 치고 싶지 않아서 급하게 핸들을 꺾었다.

　"어머, 고양이……!"

　끼익—

　그런데 사준이가 안전벨트를 풀고 있었을 줄은 정말 몰랐다. 조수석에 앉아 있던 사준이의 몸이 크게 움직이더니 이내 쿵 하는 소리가 났다.

　"괜찮아, 사준아?"

　깜짝 놀라서 그를 돌아보니 머리를 부딪힌 사준이의 몸은 축 늘어져 있었다.

"어떡해⋯⋯! 사준아? 사준아!"

순간 너무 당황스럽고 혼이 나간 것 같은 기분이 들었다.

"사준아, 정신 차려봐!"

그의 볼을 찰싹찰싹 때렸다. 그런데 그는 눈을 뜨지 않았다. 눈이 감겨 있는 그를 보는 순간 겁이 덜컥 났다. 그래서 나도 모르는 사이 눈물이 고였다.

잠시 후 눈을 뜬 사준이는 조금 당황한 얼굴을 했다.

"야, 너 우냐?"

"너 죽은 줄 알았잖아."

난 정말 그가 잘못되는 줄 알았다. 그렇게 생각한 순간 머릿속이 하얘졌다. 이번에도 고백 못하는 줄 알았다.

"사람은 그렇게 쉽게 안 죽어, 바보야."

사준이가 울고 있는 내 머리를 쓰다듬어주었다.

맞다. 난 정말 바보다.

"미안해."

이렇게나 좋아하고 있었으면서⋯⋯ 왜 자꾸 그를 괴롭혔던 걸까.

내 마음을 너무 몰랐던 것에 대해 그에게 미안했다. 고작 그에게 흔들리는 거라고만 생각했던 것이 미안했다.

"미안해, 정말."

그래서 이번엔 절대 후회하지 않도록 사준이에게 고백을 하기로 마음먹었다.

"널 좋아해."

나는 맹사준에게 흔들리는 것이 아니라 그가 좋았다. 많이 좋았다.

"널 많이 좋아해, 맹사준."

송두리째 흔들다 14

"진지하게 묻는 거야."

지금 송두리는 그 어느 때보다 진지했고 나는 그 어느 때보다 심장이 뛰었다.

"너 나랑…… 연애 한번 안 해볼래?"

순간 고등학교 졸업식 날 때처럼 목소리가 안 나오려고 해서 헛기침을 몇 번이나 했다. 아무리 좋아도 말은 더듬지 말자 다짐하며 겨우 입을 열었다.

"그래, 해보지, 뭐."

드디어 내가 그녀를…… 송두리째 흔들었다.

그런데…… 세상이 원래 이렇게 핑크빛이던가? 막 블링블링한데?

집으로 돌아오는 내내 세상은 반짝거렸고 집 안도 핑크빛으로 빛났다.

내 눈이 달라진 건지 세상이 달라진 건지 아직은 확실히 구분
이 되지 않았다.

다음 날 아침.

나는 일어나자마자 휴대폰을 집어 들었다.

"여보세요."

그리고 이른 아침부터 송두리에게 당당하게 전화를 걸었다. 이
런 거 진짜 해보고 싶었다.

"잘 잤어?"

버터라도 바른 것 같은 매끄러운 내 목소리에 내가 놀랐다. 잠
시 후 수줍어하는 듯한 송두리의 목소리가 작게 들려왔다.

-응. 너도 잘 잤어?

이러니까 우리 꼭 사귀는 사이 같다. 아! 우리 사귀는 거 맞지,
참.

이내 방금 전보다 더 부드러워진 내 목소리가 그녀를 향해 흘
러나갔다.

"이상하다. 너 잘 못 잤을 텐데?"

-응? 왜?

"내 꿈에서 나랑 노느라."

-……나 지금 닭살 돋았어.

"알았어. 내가 이따 호- 해줄게."

닭살 돋았다는데 호- 해주겠다는 지나치게 자상한 나란 남자,

매력 있다.

─……이만 끊을게. 이따 보자, 사준아.

훗, 부끄러워하긴.

근데 정말 이상하다. 어제부터 왜 계속 세상이 핑크빛이지? 막 반짝거리는 것 같기도 하고……?

내 주변을 감싸는 공기의 색 변화를 의아해하다가 출근을 하기 위해 집을 나섰다. 곧 도착한 엘리베이터에 몸을 싣고 문이 닫히기를 기다리는데, 닫히기 직전 초등학생 남자애가 급하게 올라탔다. 뛰어 들어온 남자애는 그 반동으로 내 발을 세게, 아주 자신의 몸무게를 제대로 실어 밟았다. 그런데, 이상하게도 전혀 아프지 않았다.

"앗, 죄송해요."

"괜찮아. 이 형, 아니 삼촌인가? 암튼 나는 하나도 안 아프단다. 하하."

오히려 나머지 한쪽 발도 밟아보라고 내밀고 싶을 정도로 나는 고통이 없었고 고로 짜증도 나지 않았다.

그 후 회사 건물에 도착해서 주차를 하는데, 갑자기 내 차 뒤를 통과하려던 차가 뒤 범퍼를 박았다. 그런데 나는 그 순간 짜증은 커녕 너그러운 미소를 얼굴에 띠었다.

"정말 죄송합니다."

"괜찮습니다. 아침에 서두르다 보면 그럴 수도 있죠, 뭐. 하하하."

오히려 나머지 앞 범퍼도 박으라고 안내해주고 싶을 정도로 나는 기분이 좋았다.

게다가 아침부터 여 비서가 내 오른손에 뜨거운 커피를 쏟았는데 그것도 날 기분 상하게 하진 못했다.

"죄송합니다, 사장님!"

"음? 아니, 난 괜찮아. 왼손에도 쏟을래?"

"네? 저, 정말 죄송합니다."

난 정말 아무렇지도 않아서 농담한 건데 여 비서의 얼굴은 하얗게 질려갔다.

"정말 괜찮으세요? 제 부주의로 인해서, 정말 죄송합니다. 병원에 가보셔야 하는 건 아닌지 걱정이네요."

여 비서가 자꾸 고개를 조아려서 나도 난감했다. 난 진짜 괜찮은데 말이다.

"괜찮다니까. 안 뜨거웠어."

"손이 벌겋게 되셨는데요."

"내가 원래 손이 좀 붉어."

"고생이라고는 전혀 모르는 허여멀건 손이시면서 무슨……. 죄, 죄송합니다!"

상당히 빈정 상할 수도 있는 여 비서의 말에도 나는 웃음이 났다.

"하하하! 맞아, 내가 가정학적으로 좀 귀하게 자랐지. 여 비서 자네는 정신학적으로 눈치가 좀 없는 모양이지? 하하하!"

그냥 이렇게 웃어넘겼을 뿐 더 이상 화를 내거나 하지는 않았다.

아니, 그냥 화가 나지 않았다. 화를 내기에 세상은 너무 반짝거리고 핑크빛이었으니까.

학교 다닐 때, 나만큼은 아니었지만 송두리도 꽤 인기가 있었다.

고3 때 옆 반에 나 다음으로 잘생겼다는 소리를 듣는 이상우라는 녀석이 있었는데, 그 녀석이 송두리를 좋아한다는 소문이 찐하게 났던 적이 있었다. 그래서 나는 혼자 그 녀석을 상당히 경계했었다. 지나가다가 우연히 녀석을 발견하기라도 하면 강하게 노려보았고 일부러 어깨를 툭툭 건드린 적도 많았다.

꽤 간이 작은 녀석이었는지, 아니면 그 반대였는지, 그런 내 행동에 녀석은 번번이 배시시 웃기만 할 뿐 별 반응을 보이지 않았다. 그래서 나는 시간이 갈수록 점점 부아가 치밀었다.

나 무시하는 거야, 뭐야? 얼굴은 계집애같이 생겨가지고⋯⋯! 나보다 키도 작은 게⋯⋯! 피죽도 못 얻어먹은 것처럼 삐쩍 말라서는⋯⋯!

녀석에 대한 나의 끝을 알 수 없는 분노가 혼자 그 부피를 키워갈 때쯤 송두리와 단둘이 하교 중인 이상우 자식을 보고 말았다. 결국 내 분노는 극에 달했다.

"야!"

재빨리 달려가서 송두리와 이상우 자식의 앞을 막아섰다. 그러고는 바지 주머니에 양손을 찔러 넣으며 그들을 살벌하게 노려보았다.

"······?"

송두리와 이상우 자식은 갑작스런 내 등장이 의아했던지 눈을 동그랗게 떴다. 그들을 향해 눈썹을 사납게 구기면서 제법 위협적인 표정을 지어 보였다.

"뭐야, 너? 왜 그래, 맹사준?"

"너 나랑 얘기 좀 하자."

내게 말을 거는 송두리를 가볍게 무시하고 이상우 자식을 보며 말했다. 하지만 대답은 송두리 쪽에서 들려왔다.

"무슨 얘기?"

"계집앤 끼어들지 말고."

"넌 무슨 말을 그렇게 해?"

옆에서 앙칼지게 화를 내는 송두리를 계속 무시한 채 이상우 자식의 깡마른 어깨를 꽉 잡아챘다.

"야, 너 유치원 나왔지?"

"어? 어."

"맞네, 맞아."

"뭐가?"

됐다. 유치원만 나왔으면 됐다.

다음 순간 나는 이상우 자식의 팔로 손을 옮겨서 녀석의 몸을 내 쪽으로 거칠게 잡아끌었다.

"나도 유치원을 나왔는데 말이야. 이런저런 이유로 유치원을 좀 자주 옮겨 다녔어."

"그래서? 그게 나랑 무슨 상관인데?"

이상우 녀석은 허여멀건 얼굴을 쳐들며 제법 센 척 나댔지만 녀석의 팔을 잡아챈 내 손을 통해선 미세한 떨림이 전해지고 있었다.

짜식, 쫄긴.

"내가 유치원 다닐 때 '이상우'란 이름을 가진 자식한테 괴롭힘을 당한 기억이 있는 것 같거든. 근데 그게 너인 것 같아서."

나는 정말 유치원을 자주 옮겨 다녔다고 한다. 그건 내가 왕따를 당해서도 아니고 몸이 허약해서도 아니었다. 우리 엄마의 말을 빌리자면, 네가 하도 아이들을 괴롭히고 다니니까 창피해서– 라는 게 그 이유였지만, 그걸 지금 굳이 밝힐 필요는 없지 않은가.

그리고 그 '이상우'란 이름을 가진 녀석은 나에게 제일 괴롭힘을 많이 당했던 아이로 기억한다.

혹 누군가 나에게 왜 거짓말을 하느냐고 정의롭게 따져 묻는다면, 굳이 변명을 조금 해보겠다. 내가 이상우 자식에게 한 말을 다시 보라. '기억이 있는 것 같다'고 했지, 기억이라고는 안 했다. 거짓말 아니다.

"그러니까 너 나 좀 따라와 봐."

순간적으로 손에 힘을 줘서 세게 끌어당기자 녀석의 몸이 휘청거렸다.

"이러지 마. 그거 나 아닐 거야."

겁을 먹은 이상우 자식이 나한테 안 끌려가려고 몸부림을 쳤다. 하지만 그렇다고 못 끌고 갈 내가 아니다.

"하지 마, 맹사준!"

역시 예상대로 송두리가 이상우 자식을 적극적으로 방어하고 나섰다. 암튼 슈퍼우먼 나섰어, 아주.

송두리의 행동에 나는 더욱 화가 나서 이상우 자식의 팔을 더 세게 잡아당겼다. 그 순간 녀석이 목소리를 높여 내게 소리쳤다.

"나 아니라고! 나, 전주에서 유치원 나왔는디?"

뭐?

"나왔는디? 디? 디지게 맞고 싶냐?"

녀석의 팔을 잡지 않은 다른 손을 위로 확 올렸다. 그걸 본 송두리가 급하게 자신의 손을 내게 뻗었다. 다음 순간 그녀의 손이 내 팔목을 붙잡았다.

"그만해, 맹사준! 넌 쭉 서울에서만 살았을 거 아니야? 그럼 유치원 때 너 괴롭힌 애는 전주 살던 상우는 아니지."

"아…… 이상하다. 이름은 똑같은데."

송두리에게 잡힌 내 팔목을 가만히 바라보며 중얼거렸다. 그랬더니 송두리가 그 팔목을 흔들면서 말했다.

"세상에 이름 똑같은 사람들이 얼마나 많은데!"

"난 없거든?"

"아……."

납득하지 마.

"하긴……."

수긍하지 말라고!

"아무튼, 그 아인 상우가 아니니까 상우는 이제 집에 가도 되지?"

송두리가 이상우 자식 쪽으로 고개를 돌려 녀석에게 빨리 가라고 손짓을 했다. 내가 그걸 못 본 척하자 이상우 자식은 뒤도 안 돌아보고 달려가 버렸다. 그런 녀석의 뒷모습을 보면서 나는 혀를 끌끌 찼다.

"암튼 맘에 안 들어. 얼굴은 꼭 기생오라비같이 생겨가지고."

"풋―"

옆에서 송두리가 터뜨린 웃음소리에 내 고개가 빠르게 돌아갔다.

"웃냐? 웃겨?"

그러자 송두리가 얼굴에서 웃음을 거두지 않은 채 내게 대꾸했다.

"내가 보기엔 네가 더 기생오라비같이 생겼는데?"

"뭐? 내가?"

순간적으로 눈썹을 확 구겼다. 난 그런 말 난생처음 들어본다. 어떻게 감히 나한테 그런 막말을……!

"어, 네가 더 잘생겼어."

"야……. 아, 그래?"

화를 내려다가 무안해져 버렸다. 그리고 쑥스러워졌다.

더 기생오라비같이 생겼다는 말이 더 잘생겼다는 의미였어? 그렇구나. 송두리 네 눈에 난 절세미남이구나.

난 그때 태어나 처음으로 내 잘생긴 얼굴에 감사했다.

"앞으론 저 못생긴 애랑 친하게 지내지 마. 어릴 때 나 괴롭힌 것 같은 애랑 이름이 똑같은 거 보면 쟤도 가히 좋은 애는 아니야. 알았지?"

내가 이상우 자식이 사라진 반대편으로 송두리를 잡아끌면서 말하자 송두리는 꼼짝도 않고 선 채 나를 빤히 올려다보았다.

"나 쟤랑 안 친해. 그냥 할 말 있대서 잠깐 같이 걸은 것뿐이야."

"할 말? 무슨 할 말?"

"나한테 호감이 있대."

말간 얼굴을 해서는 아무렇지도 않게 대답하는 송두리 때문에 난 좀 많이 놀랐다. 그래서 얼굴을 굳히며 그녀에게 따지듯 물었다.

"그래서? 그래서 넌 뭐라고 했는데?"

"고맙다고 했지, 뭐."

"그리고?"

"그리고? 무슨 말이 더 필요해?"

정말 궁금하다는 듯이 송두리는 고개를 갸웃거렸다. 애 진짜 바보 아니야?

"사귀자거나 교제라거나, 뭐, 그런 거 있잖아!"

"으ㅡ 그런 걸 왜 쟤랑 해?"

질색을 한 송두리가 갈색빛을 띠는 두 눈동자로 나를 쳐다보면서 너야말로 바보 아니냐는 듯이 말했다.

"그런 건 정말 정말 좋아하는 사람하고만 하는 거야."

그리고 그녀가 마지막으로 작게 중얼거렸다.

"사귄다는 건, 그런 거야."

"아……."

옛날 생각에 잠시 눈시울이 촉촉해졌다. 나 이렇게 행복해도 되는 걸까?

"사귄다는 건, 정말 정말 좋아하는 사람하고만 하는 거야."

"……정말 정말 좋아하는 사람하고만……."

똑똑―

때마침 들려온 노크 소리에 심장이 뛰었다. 오늘 이 시간에 올 사람은 그녀 하나뿐이었던 것이다.

"네, 당장 들어오세……. 흠흠, 들어와요."

순간 긴장해서 헛소리가 튀어나왔다.

거기서 '당장'을 대체 왜 붙이냐, 맹사준. 제발 평소처럼 굴어, 맹사준!

다시 목소리를 가다듬는 사이 문이 열리고 자신이 그렸을 구두 디자인들을 손에 든 송두리가 들어왔다.

"안녕하십니까, 사장님."

그녀는 여전히 일주일에 한 번 자신의 디자인들을 보여주러 내게 오고 있었다. 오늘이 딱 그날이었고 지금이 딱 그 시간이었다.

"이거요, 사장님."

내 책상 앞으로 와서 선 그녀가 디자인들을 내밀었고 나는 바로 손을 뻗었다. 그리고 그것들을 받아 들면서 조금 차갑게 말했다.

"책상에 너무 가까이 붙어 서지 말아요."

"아, 네."

당황한 그녀가 황급히 뒤로 두 발자국 물러섰다. 나는 무안해하는 그녀의 얼굴을 물끄러미 올려다보며 부드럽게 웃었다.

"내 심장 소리가 들릴까 봐."

"네?"

"당신이 들어온 순간부터 심장이 가슴속에서 난리가 났거든. 그게 들리면 쑥스럽잖아."

순간 송두리는 어이없다는 표정을 짓더니 이내 피식 웃음을 터뜨렸다.

"다행히 하나도 안 들립니다. 디자인이나 봐주세요."

그녀를 따라 웃으며 손으로 디자인들을 천천히 넘겨보았다. 그리고 잠시 후 나도 모르게 내뱉었다.

"전혀 안 늘었네."

헛. 여자 친구한테 이 무슨 독설을……!

입을 막아봤지만 이미 늦었다. 이건 정말 어쩔 수 없는 직업병이다.

"그렇습니까?"

송두리의 얼굴에 서렸던 미소가 다소 어색해졌다. 그녀의 입술 끝이 미세하게 파르르 떨리는 게 눈에 들어왔지만 내 입은 멈추지 않았다.

"어, 참신한 게 없어."

누, 누가 내 입 좀 막아봐.

"아, 네. 다시 그려올게요."

무안해진 송두리가 디자인들을 회수하려는 듯 손을 뻗었다. 하지만 나는 그녀를 무시하고 냉정하게 내 말을 이었다.

"다 별론데, 다행히 마지막 장 하난 괜찮네. 근데 이것도 정 팀장이랑 상의해서 수정을 해야 겨우 구두 느낌 좀 나겠어."

이것이 바로 상사가 부하 직원에게 조언하는 당근과 채찍이라는 전략…… 따위 개나 줘버려! 직원이기 이전에 그녀는 내 사랑스런 여자 친구였다.

"아, 네. 감사합니다."

고개를 푹 숙이는 송두리의 가녀린 어깨를 꽉 안아주고 싶었다. 하지만 그녀의 어깨 대신 내 주먹을 꽉 쥐며 참아냈다.

그래도 네가 이해해야 돼, 송두리. 나같이 공사 구분이 분명한 남자를 사랑하게 된 건 너니까…….

"그럼 전 나가 보겠습니다."

내게서 디자인들을 뺏어 든 송두리는 그대로 몸을 돌렸다. 사장실 문을 향해가는 송두리의 뒷모습을 물끄러미 바라보았다. 그녀는 매정하게도 뒤를 한 번도 돌아보지 않았다.

'혹시 삐친 건가? 그렇지만 난 그런 남자니까, 사과 따윈 하지 않…….'

그런데 그 순간 사장실 문을 열려던 송두리가 갑자기 몸을 획 돌려 나를 보았다.

"근데요, 사장님!"

"미안해. 화났니?"

자리에서 벌떡 일어나며 뱉어낸 내 사과에 송두리의 눈이 동그랗게 커졌다.

"네? 뭐가요?"

"방금 전 독설이 너무 심했던 것 같아서……."

사실 난 공사 구분 따위 모른다. 그런 걸 왜 구분해야 하는지도 모르겠다.

그 순간 송두리의 입가에 옅은 미소가 걸렸다. 그 미소에 나는 조금 안심이 되었다.

"예전에 비하면 엄청 부드러워지신 건데요? 그렇다고 사과까지 하시다니, 전 사장님이 그렇게 공사 구분 못하시는 분인 줄은 몰랐어요."

배시시 웃는 송두리를 보니 나도 그제야 미소가 지어졌다. 미소를 지으며 다시 자리에 앉는 사이 송두리가 내 앞으로 걸어왔다.

"사장님, 개인적인 질문 하나 드려도 돼요?"

"어. 그렇지만 서로 바쁘니까 짧은 듯 길게 부탁해."

그런데 송두리는 뭔가 쑥스러운지 잠시 뜸을 들였다. 그녀의 질문을 기다리다 고개를 돌려 벽시계를 보니 어느새 점심시간이 다가오고 있었다. 송두리랑 단둘이 밥이나 먹을까 생각하는 내 귀로 그녀의 목소리가 들려왔다.

"정 팀장님이랑은 회사 차릴 때부터 알고 지낸 거야?"

꽤 뜸 들인 질문치곤 시시했다. 쑥스러워하면서 뜸을 들이기에 솔직히 난, '나 사랑해?' 라도 물어보는 줄 알았다. 여자들은 원래 그런 질문 자주 한다지 않은가.

"아니, 그 전부터. 나 동대문에서 장사할 때부터 알고 지냈으니까 한 5년 넘었어."

"흐음."

그 순간 송두리의 표정이 미묘하게 굳었다. 그래서 나는 혹시나 해서 물었다.

"혹시 질투해?"

그럴 리 없겠지만 그냥 한번 물어보았다. 물어보는 나 자신도 좀 어이가 없어서 코웃음이 났다. 그런데 송두리의 대답이 굉장히 의외였다.

"응."

"응? 으응? 으으응?"

얘가 지금 나한테 '응'이라고 대답한 거 맞지? 무, 무슨 여자가 이렇게 솔직해?

당황해서 어정쩡하게 다시 자리에서 일어서고 말았다. 내 앞으로 더욱 가까이 다가온 그녀가 집요한 시선으로 내 얼굴을 뚫어지게 응시했다.

"내가 원래 좀 집착하는 성격이야. 그게 싫으면 지금이라도 그만둬도 좋아."

다부지게 말하는 송두리에게 난 좀 섭섭한 기분이 들었다. 그만둔다는 표현은 그때가 언제든 절대 함부로 내뱉어서는 안 되는 말이기 때문이다.

내가 아무 말도 않고 그녀를 바라보자 송두리가 자신의 말을 이었다.

"그렇게 되면 이번엔 내가 널 흔들게."

"……!"

"나한테 흔들려줘."

순간 피식 웃음이 났다. 역시 내가 좋아하는 송두리는 날 실망시키지 않는다.

나는 송두리에게로 더욱 가까이 다가서면서 일부러 고개를 갸웃해 보였다.

"참 이상한 애야. 이미 네 앞에 드러누워 있는 남자를 뭐하러 흔들어?"

내 대답이 꽤 마음에 들었는지 송두리의 얼굴에 예쁜 미소가 걸렸다. 가만히 그녀의 얼굴을 보던 나는 결국 참지 못하고 그녀에게 손을 뻗었다. 송두리의 어깨를 부드럽게 잡아 끌어안자 그녀가 상체를 비틀며 작은 반항을 시도했다. 하지만 나는 팔에 더욱 힘을 줘서 그녀를 꼼짝도 못하게 만들었다.

"사준아."

그녀가 부르는 소리에 천천히 힘을 풀고 그녀의 얼굴을 빤히 내려다보았다. 눈에 들어온 송두리의 광대는 발그레 붉은빛을 띠고 있었다.

"누가 들어오기라도 하면 어쩌……!"

바로 손을 올려 손가락으로 송두리의 작은 턱을 잡고 입술을 겹쳤다. 갑작스런 내 행동에 송두리의 뒷말은 모두 내 입속으로 사라져야 했다. 이 순간만 기다렸다는 듯이 내 혀는 송두리의 입술을 간단히 열고 그 안으로 들어갔다. 그리고 그녀의 혀를 찾아 휘감으며 그녀의 안을 유영했다.

더 깊게 하고 싶었지만 더 이상 했다가는 이곳이 내 사장실이라는 사실조차 잊고 그녀를 눕혀버릴 것만 같아서 초인적인 힘을 발휘해서 참았다. 대신 그녀의 입술 위에 내 입술을 맞추고 그 위에서 속삭였다.

"밥 같이 먹을래?"

"점심?"

"응, 같이 먹자."

좋다는 의미를 담아 고개를 끄덕이던 송두리가 이내 조금 걱정스런 표정을 지었다.

"근데 단둘이? 직원들이 이상하게 생각하지 않을까?"

아무래도 송두리는 신입사원인 자신의 위치 때문에 직원들의 시선이 꽤 신경 쓰이는 듯 보였다. 나는 내심 아쉬웠지만 어쩔 수 없었기에 하나의 의견을 제시했다.

"그럼 여 비서도 같이 먹지, 뭐."

"여 비서님은 괜찮을까?"

내가 아는 그는 전혀 걱정할 필요가 없었다. 확신에 찬 나는 바로 고개를 끄덕였다.

"여 비서는 정신학적으로 눈치가 없어서 괜찮을 거야."

"그래?"

"응. 이따 여 비서 보낼게. 같이 내려와."

송두리가 사장실을 나가고 얼마 안 있어 다시 노크 소리가 났다.

똑똑─

당연히 여 비서일 거라고 생각했는데 아니었다. 문이 열리고 익숙한 얼굴의 그녀가 빠끔히 얼굴을 내밀었다.

"같이 점심 먹자."

갑작스러운 윤아의 등장과 당연하다는 말투에 미간을 슬쩍 구기며 대답했다.

"선약 있어."

"누구랑?"

"여 비서랑 송두리 씨랑 셋이서."

내 대답을 들은 윤아의 눈빛이 순간적으로 안 좋아졌다. 그녀는 뾰로통한 눈빛으로 나를 뚫어버릴 듯 응시했다.

"나도 가면 안 돼?"

내 책상 앞으로 걸어오면서 묻는 윤아에게 나는 시선조차 주지 않았다. 대신 자리에서 일어나면서 짧게 대답했다.

"응, 안 돼."

지가 거길 왜 껴? 생각 같아서는 여 비서도 밀어내고 싶구만, 쯧.

못마땅하단 얼굴로 서 있는 윤아를 스쳐 지나가면서 빠르게 말했다.

"그리고 앞으로 밥 정도는 알아서 좀 먹어라. 친구나 동료 없냐?"

"싸가지 없긴."

내 어투가 기분 나빴는지 윤아는 나를 새치름하게 노려보았다.

그래서 나도 노려보았다.

"설마 이제 알았냐?"

그럴 리 없을 텐데?

송두리째 흔들다 15

"여기 앉으십시오, 사장님."

제일 먼저 사내식당으로 들어선 여 비서는 나를 구석으로 안내하고는—상석이라고 생각한 모양이다— 척 하니 송두리의 옆자리를 꿰차고 앉았다.

"저는 여기 앉을게요. 사장님은 거기 편히 앉으세요."

여기 하나도 안 편한데?

아! 역시 예상대로 여 비서는 정신학적으로 눈치가 없어도 너무 없었다.

그는 내가 왜, 그 많고 많은 여직원들 중에서 송두리를 콕 찍어서 같이 밥 먹자고 했는지, 송두리를 보면서 슬쩍슬쩍 미소 짓고 있는지에 대해 전혀 이상하게 생각하지 않는 듯 보였다.

'……그래, 정면으로 보는 것도 나쁘진 않지, 뭐.'

결국 마음을 넓게 써서 정면에 송두리가 보이는 이 자리에 만족하기로 했다.

"맛있게 먹어요."

정면으로 보이는 송두리의 하얀 얼굴을 보면서 말했지만 대답은 여 비서 쪽에서 들려왔다.

"네, 사장님도 맛있게 드세요."

쟤 뭐지?

내 시선이 별로 곱지 않을 텐데도 여 비서는 히죽거리며 줄곧 웃는 얼굴이었다. 숟가락을 들어 국을 한 번 떠먹은 여 비서가 감탄한 목소리를 냈다.

"이야, 오늘은 국이 정말 시원하고 맛있네요. 두리 씨도 많이 먹어요."

여 비서가 송두리 쪽으로 몸까지 틀며 쓸데없는 오지랖을 떨자 송두리는 그를 향해 싱긋 웃어보였다. 그 미소에 작은 질투의 불씨가 피어오르는 듯했으나 꾹 참아 꺼버리고 조용히 밥을 먹었다.

잠시 조용히 이어지는 식사 분위기가 어색했던지 여 비서가 다시 입을 열었다.

"근데 두리 씨는 꽤 미인인데 남자 친구 없어요? 어젯밤에도 회사에서 야근하는 것 같던데. 제가 제 친구라도 소개시켜드릴까요?"

뭐지, 쟤는?

눈치가 없어도 저렇게까지 없어도 되나? 좀 걱정될 정도로 없는데?

순간 송두리가 내 눈치를 보더니 곧 여 비서를 향해 조심스럽게 대답했다.

"저 남자 친구 있어요."

"에이, 거짓말하지 마시구요."

대체 무슨 근거로 송두리가 거짓말을 하고 있다는 건지 여 비서는 장난스럽게 눈을 빛냈다. 그리고 어이없게도 송두리의 어깨를 자신의 팔꿈치로 찌르면서 능글맞게 웃었다.

"회사에서 야근 자주 하는 여직원들 중에 남자 친구 있는 직원 못 봤거든요? 그러지 말고 이상형이나 말해봐요. 제가 소개시켜줄게요."

뭐지, 쟤? 쟨 그냥 미쳤나?

숟가락을 든 채 부들부들 떨고 있는 내가 보이지도 않는지 여비서는 시종일관 자기페이스였다. 이에 송두리는 조금 답답하다는 듯이 목소리를 높였다.

"저 진짜 남자 친구 있어요. 남자 친구가 야근하는 걸 잘 이해해줘서 그래요."

그야 당연히 남자 친구가 그 회사 사장이니까.

그러나 여 비서는 여전히 믿지 못하겠다는 듯 껄껄 웃었다. 그 호탕한 웃음소리에 나는 하마터면 식탁을 엎을 뻔했다.

"에이, 그런 남자가 세상에 어디 있어요? 남자는 자기 야근하는 것도 싫지만, 여자 친구 야근하는 건 더 싫어하는 법이거든요."

"난······."

결국 입을 열고 말았다. 갑자기 내가 목소리를 내자 여 비서와 송두리가 동시에 고개를 돌려 나를 주시했다. 나는 옆으로 길게 쭉 찢어진 여 비서의 눈을 지그시 응시하며 나머지 말을 이었다.

"여 비서가 야근을 그렇게 싫어하는 줄 몰랐네?"

"네? 아니, 사장님, 그게 아니라……."

"실망이야, 여 비서."

탁- 소리 나게 숟가락을 내려놓았다. 그러고는 눈에 힘을 빡 줘서 여 비서의 마른 얼굴을 뚫어지게 바라보았다. 황급히 내 시선을 피한 그가 이내 고개를 푹 숙였다.

"제가 그렇다는 말은 아니었어요, 사장님. 전 이제 조용히 하는 게 좋겠네요. 얼른 식사 마저 하세요."

그제야 나는 다시 숟가락을 들었다. 이제 드디어 조용하게 식사를 할 수 있을 것 같아서 송두리를 향해 싱긋 웃었다. 그녀도 나와 눈을 마주치고 작게 웃었다.

'사내에서 송두리랑 밥 한번 같이 먹기 되게 힘들구만.'

그런데 그런 조용한 분위기도 얼마 못 가 여 비서가 다시 목소리를 내는 바람에 깨졌다. 이 친구는 아무래도 밥 먹을 때 고요한 걸 못 참는 성격인 듯했다.

"그럼 송두리 씨 남자 친구는 어때요?"

그러나 이번엔 그의 입을 막을 수가 없었다. 나도 송두리의 입에서 나오는 나에 대해 궁금했기 때문이다.

"네? 뭐가요?"

송두리는 쑥스러운 듯 어색한 미소를 지으면서 되물었고 여 비서는 호기심 가득한 눈빛으로 대답했다.

"그냥 뭐, 여러 가지로요. 어떤 사람이냐고요."

아무도 모르게 슬그머니 마른침을 삼키며 그녀의 목소리를 기다렸다. 곧 그녀의 청아한 목소리가 내 귀를 타고 들려왔다.

"좀 위트 있고 센스 있고 귀여운 남자예요."

어? 잠깐, 이 말 예전에 어딘가에서 들은 적이 있는 것 같은데, 언제 어디서였지? 그냥 단순한 데자뷰인가?

어쨌든, 송두리의 입에서 나온 내 평가는 그동안 내가 가장 많이 들었던 잘생겼다거나 멋있다거나─내 입으로 직접 말했다고 뻔뻔하다고 여기는 사람들이 있을 수도 있겠으나 어쨌든 팩트는 팩트니까.─ 하는 그런 말들이 아니었다.

그게 좀 의외여서 피식 웃음이 나버렸다.

"얼굴은 못생겼다는 뜻이에요?"

여 비서의 질문은 내 미소를 그대로 굳어지게 했다. 나는 바로 고개를 돌려 그를 쳐다보았다.

쟤도 참 시종일관 캐릭터 뚜렷해서 좋다. 예능 나가면 성공하겠어.

"아니에요. 굉장히 잘생겼어요. 근데 얼굴이 다는 아닌 남자예요."

송두리의 빠른 반박은 날 또다시 미소 짓게 했고 여 비서도 용서하게 만들었다.

"하하하. 송두리 씨가 남자 친구를 굉장히 좋아하는 모양이군. 하하하."

순간 호탕하게도 웃어젖히는 내가 이상했던지 여 비서의 작은 눈이 나를 빤히 쳐다보았다. 그리고 잠시 후 그의 눈빛은 초롱초롱하게 빛나기 시작했다.

그래, 이 정도면 제발 눈치 좀 채고 그래라. 그리고 눈치껏 이 자리에서 빠져, 어서.

그때 여 비서가 나직하게 목소리를 낮춘 채 내게 말했다.

"그렇게 웃으시는 걸 보니 꼭……."

송두리 남자 친구 같지?

"영화배우 같으시네요."

쟤 뭐지? 심각한데?

"……밥이나 먹어."

결국 다 체념한 채 다시 식사를 시작했다. 그런데 그 순간 거짓말처럼 송두리가 이상형을 말했던 그때가 떠올랐다. 그때 그녀는 분명히,

"난 좀 위트 있고 센스 있고 귀여운 남자 좋아해."

……라고 했었다. 그렇다면, 고3 때부터 난 그녀의 완벽한 이상형이었단 말인가?

하긴, 생각해보면 그때 내 곁엔 늘 송두리가 있었다. 물론 내가 항상 그녀를 찾아다니기도 했지만 그렇지 않았던 때에도 그녀는 언제나 내 근처에 있었다.

그런데 그땐 왜 알아차리지 못했을까.

내 감정이 너무 커서 그녀의 감정은 무시하고 있었던 건 아닌지 마음이 쓰였다. 그때의 나는 좀 바보 같은 구석이 있었으니 말이다.

우리 학교는 유난히 경사가 심한 언덕 위에 위치해 있어서 겨울이면 늘 쿨한 등교가 불가능했다.

"으헛—"

또 한 명의 희생자가 발생했다. 가파른 경사가 진 언덕에 눈이 쌓이면 그때부터 남학생들은 바지 주머니에 양손을 찔러 넣은 상태로는 학교에 올라가지 못하게 된다.

"으헉!"

저렇게 넘어지기 때문이다. 주머니에 손 넣고 똥폼 잡았다가는 엉덩방아 찧기 십상이다. 차라리 눈이 쌓여 있을 때는 그나마 괜찮다. 이게 녹기 전에 얼어버리면 그게 제일 큰일이다.

방금 전에 넘어진 녀석이 얼굴을 붉히며 교문을 향해 쏜살같이 달려 들어갔다. 보통 창피한 게 아닐 것이다. 그래서 나는 착하게 그것을 못 본 척해주었다. 가끔은 무관심이 예의일 때도 있는 법이니까.

"꺅!"

"엄마야!"

그리고 그 문제는 비단 남자애들만의 것은 아닐 터.

미끄러운 바닥 때문에 넘어진 여자애들이 교복 치마를 붙잡으며 울상을 지었다. 그러나 나는 그저 묵묵히 내 길을 걸을 뿐이었다. 넘어지지 않게 조심하면서.

"방금 사준이가 내 치마 속 본 것 같지?"

"어머! 그런 것 같은데?"

순간적으로 들린 목소리에 짜증나고 억울해서 고개를 홱 돌렸다. 수군거리던 여자애들이 내 강렬한 눈빛에 재빨리 입을 다무는 게 보였다.

너희들 치마 속은 보여도 두 눈 질끈 감을 거다.

쯧 하고 혀를 차며 고개를 돌렸는데 그 근처에 서 있던 송두리와 눈이 마주쳤다.

그래, 쟤 치마 속이라면…….

"엇!"

음흉한 생각을 했더니 바로 벌을 받았다. 한 발 디뎠던 곳이 단단히 얼어 있었던 모양인지 몸이 크게 비틀하며 넘어졌다.

"으윽……!"

바닥으로 엉덩이부터 떨어져서 제대로 엉덩방아를 찧고 말았다. 찌르르하고 밀려오는 통증에 아파할 새도 없이 그보다 더 거대한 창피함이 휘몰아쳤다.

아오, 나 맹사준인데……! 여자애들이 하트 눈으로 쳐다보는 그 맹사준인데!

"괜찮니?"

그 순간 창피한 나를 향해 하얀 손이 뻗어왔다. 고개를 들어 물끄러미 그 손을 쳐다보았다. 그리고 바로 그 손의 주인 얼굴도 확인했다.

"됐어."

나를 징그럽게도 쫓아다니는 서은진이었다. 2학기도 끝나가는 이 시점이면 포기할 때도 됐을 텐데, 애가 참 끈질기다. 집요한 서은진은 내게 자신의 손을 더 길게 뻗으며 말했다.

"잡고 일어나."

미쳤나?

"저리 비켜."

눈썹을 사납게 구기면서 바닥에서 몸을 일으켰다. 그리고 서은진을 본 척도 않고 앞으로 걸음을 옮겼다.

빨리 교실로 들어가고 싶다. 오직 그 생각뿐이었다. 그래서 성큼성큼 걸음을 옮기다가 교문을 바로 코앞에 두고 투명하게 얼어 있는 곳을 밟고 말았다.

휘청―

또 넘어지겠군 하는 정확한 예감이 들었다.

"으엇!"

젠장. 또 엉덩방아다.

허리를 강타하는 통증에 이를 악물며 손으로 허리를 짚었다. 상당히 아프다. 하지만 아픔보다 충격이 크다.

이 맹사준이 하루에 두 번이나 넘어지다니!

하루 종일 아이들 입에 오르락내리락할 내 이름을 생각하니 절로 골이 아파왔다.

"괜찮아?"

그런데 또다시 하얀 손이 뻗어왔고 나는 신경질을 버럭 냈다.

"아, 꺼지라……!"

고개를 팍 들었다가 입이 얼은 듯 붙어버렸다.

'소, 송두리?'

이번 하얀 손의 주인은 검정 목도리로 목과 턱을 칭칭 감은 송두리였던 것이다. 그녀의 눈이 동그래졌다.

"뭐라고?"

"아니, 나, 허릴 삐끗했나 봐."

재빨리 말을 돌렸다. 손으로 짚은 허리를 조금씩 움직이면서 그 고통을 표정으로 여실히 드러내고 있는 내게 송두리가 걱정스런 목소리로 물었다.

"정말? 어떡하지?"

역시 예상대로 어쩔 줄 몰라 하는 착한 송두리를 향해 허리에 있던 손을 내밀었다. 그리고 나직하게 말했다.

"손 좀 잡아줘."

순간 송두리는 놀란 얼굴을 하더니 이내 망설이는 듯한 표정을 지었다.

하지만 이게 어디 망설일 일인가? 넘어져서 허리가 아픈 불쌍한 친구를 일으켜 세워주는 아주 훌륭한 일인 건데.

"못 일어나겠어서 그래."

미간을 살짝 찡그리며 내가 재촉하자 송두리는 결국 내 손을 잡았다. 나는 그녀의 손을 꼭 붙잡고 몸을 일으켰다. 그리고 그 손을 놓지 않은 채 교문을 향해 걸어갔다. 놀란 송두리가 황급히 자신의 손을 빼내려고 하는 게 느껴졌기에 나는 손에 힘을 주며 그녀를 돌아보았다.

"나 또 넘어지면 이번엔 정말 크게 다칠 것 같아서 잡고 있는 거야."

내 말에 송두리의 움직임이 멈췄다. 얌전해진 송두리에게 나는
강압적인 어조로 부탁했다.

"그러니까 놓지 마. 알았지?"

그날 잡은 송두리의 손은 작고 부드러웠으며 말랑거렸고 두근
거렸다.

그런데,

"야, 은진이랑 두리랑 싸웠대."

"뭐? 왜? 둘이 절친이잖아?"

고작 그딴 일로 서은진이 송두리에게 싸움을 걸었을 줄은 정말
몰랐다.

"몰라. 맹사준 넘어진 것 땜에 싸운 것 같다던데?"

"응? 사준이 넘어진 것 땜에 지들이 왜 싸워?"

그날 방과 후에 우연히 본 송두리는 울고 있었다. 당시 나는 그
녀가 우는 걸 처음 본 터라 그 자리에 우두커니 서서 꼼짝도 하지
못했었다.

"다 너 때문이야……."

"뭐……?"

그날 송두리는 울면서 나를 원망했었다. 그리고 나는 그녀의
우는 모습에 가슴이 찢어지는 것처럼 아팠다.

"다 너 때문이라고……."

지난밤 꿈자리가 별로 좋지 않았다. 평소 그런 걸 신경 쓰는 타

입은 아니었으나 꿈에서 본 송두리의 우는 얼굴은 괜히 신경이 쓰였다.

꿈자리가 사나웠던 탓에 잠이 일찍 깨서 평소보다 30분 정도 일찍 출근을 했다.

회사 엘리베이터 안에 혼자 올라타서 문이 닫히기만을 기다리는데 밖에서 누군가 달려오는 소리가 들렸다. 그래서 친절히 버튼을 누르고 그 상대를 기다렸다.

"감사합니다."

씩씩하게 감사의 인사를 하며 들어온 이는 송두리였다. 아침에 맞이하게 된 우연한 만남에 절로 미소가 피어올랐다.

"일찍 출근했네?"

말을 걸면서 손으론 빠르게 닫힘 버튼을 눌렀다. 내 발 빠른 대처능력으로 엘리베이터 안에는 송두리와 나 단둘만이 타게 되었다. 날 본 송두리의 표정에도 반가운 기색이 엿보였다.

"네. 사장님도 일찍 나오셨네요."

아침부터 송두리와 단둘이 엘리베이터를 타게 될 줄이야. 지난밤 꿈이 길몽인가? 하긴, 우는 꿈은 길몽이라고 어디서 들은 것도 같다.

고개를 돌려 내 옆쪽에 서 있는 송두리의 옆얼굴을 지그시 내려다보았다.

아침부터 예쁘네. 감탄하며 천천히 내 얼굴을 그쪽으로 가져갔다. 내 입술이 그녀의 볼에 닿기 직전 내 움직임을 눈치챈 송두리가 자신의 얼굴을 뒤로 빼버렸다.

"어머? 뭐 하시는 거예요?"

입술이 허공에서 할 일을 잃고 민망해져 버렸다. 그런 입술을 삐죽거리며 짧게 대답했다.

"뽀뽀."

"미쳤나 봐!"

"왜? 하면 안 돼?"

얼굴을 붉히는 송두리에게 태연하게 묻자 그녀는 사람도 없는 엘리베이터 안을 둘러보면서 말했다.

"여긴 회사잖아."

"저번엔 키스도 했으면서?"

"그건 네가 강제로……!"

"강제로? 난 그런 비매너적인 행동을 하는 남자가 아니야."

얼마 전 사장실에서의 키스를 말하는 거라면 그건 절대 강제가 아니었다. 물론, 시작은 다소 그런 느낌이 있었을지는 모르겠으나 키스를 나누던 순간은 분명 서로 같은 마음이었다. 그걸 그녀도 부정할 순 없는지 송두리는 한 발자국 물러서는 태도를 보였다.

"암튼, 회사에선 이제 하지 마."

"왜? 난 사내에서 뽀뽀하지 말라는 룰을 정해놓은 기억이 없는데?"

"난 이 회사 오래오래 잘 다니고 싶단 말이야."

"그렇다면 더 뽀뽀를 해야지. 내가 이 회사 사장이니까."

"어머? 이 남자 좀 봐?"

권력을 이용해서 뽀뽀 협박을 하는 남자를 송두리가 새치름하게 흘겨보았다. 그런 그녀를 아랑곳 않고 나는 **뻔뻔**하게 오른쪽 볼을 내밀었다. 힐끗 본 그녀의 눈에서 망설임이 읽혀졌다.

띵–

하지만 아쉽게도 그 순간 엘리베이터가 도착해버렸다. 송두리가 먼저 도망치듯 엘리베이터에서 내리면서 말했다.

"그럼 수고하세요, 사장님."

쯧. 넌 오늘도 야근일 줄 알아, 송두리.

그녀를 향해 입술 끝을 억지로 끌어 올려 거짓 미소를 지으며 대답했다.

"그래, 송두리 씨도."

그런데 바로 달려가 버릴 줄 알았던 송두리가 다시 엘리베이터 안으로 들어왔다. 그리고 내 볼에 쪽 소리 나게 **뽀뽀**를 남기고 다시 뛰쳐나갔다.

음? 방금 뭔가 지나갔는데?

얼떨떨한 기분으로 손을 올려 볼을 슥 만져보았다. 방금 그녀의 입술이 다녀간 자리였다.

……귀엽긴.

피식 웃음이 나서 고개를 살짝 숙이며 웃었다.

'이것이 바로 비밀사내연애의 묘미인가? 참 감질만 나네.'

내가 볼을 손으로 슥슥 만지면서 변태웃음을 짓고 있던 그때였다.

스륵–

"앗……!"

나도 내려야 하는데 엘리베이터 문이 닫혀 깜짝 놀랐다. 다시 문을 열려고 했지만 엘리베이터는 이미 1층으로 향하고 있었다.

"아…… 이런."

덕분에 나는 나름 일찍 회사에 왔는데도 엘리베이터를 두 번 타느라 그게 별로 티가 나지 않은 채 사장실로 들어와야 했다.

똑똑-

잠시 후 내가 있는 사장실에 노크 소리가 나자 나는 바로 고개를 들어 올렸다.

"네, 들어오세요."

곧 문이 열리고 손에 흰 종이를 한 장 든 윤아가 들어왔다. 사장실 문을 닫고 그 앞에 선 윤아가 예의 그 화장으로 인해 강렬한 눈을 크게 뜨고 물었다.

"잠깐 개인적인 질문해도 돼?"

"아니. 하지 마."

"할게."

단박에 하지 말라고 거절했는데도 윤아는 막무가내였다. 언짢은 기분이 들어 그녀에게서 시선을 거둬버렸다. 그러자 곧 그녀의 목소리가 들려왔다.

"예전에 맹 사장 고등학교 이름 말해준 적 있었잖아? 이름이 불금이라고 해서 난 한참 웃었고."

갑자기 기억도 흐릿한 예전 일을 굳이 꺼내는 윤아가 이상하게 느껴졌다.

"어. 그런데 갑자기 그건 왜?"

퉁명스럽게 질문을 던지며 윤아를 힐끗 올려다보았다. 그 순간 내 안에선 안 좋은 예감이 슬쩍 고개를 들었다.

"내가 재미있는 걸 봤지 뭐야?"

정말 재미있다는 듯이 윤아는 싱긋 웃었지만 나는 무표정한 얼굴을 유지한 채 나직이 물었다.

"뭘?"

"송두리 씨 이력서."

아까부터 손에 들고 있었던 흰 종이를 윤아가 나 보란 듯이 팔랑 흔들었다.

"같은 불금고네?"

"……."

나는 그저 송두리가 그렇게 다니고 싶었다던 우리 회사에 무사히 잘 다니길 바랐을 뿐이다. 그런 마음으로 여태껏 윤아에게 자세한 얘기를 하지 않았던 것인데, 윤아는 지금 꽤 충격이 큰 모양이었다.

윤아가 곱지 않게 뜬 눈으로 나를 바라보며 계속 물었다.

"네가 전에 말했던, 11년을 알고 지낸 좋아한다는 여자가 송두리 씨 맞지?"

아…….

역시 지난밤 내 꿈은 흉몽이었나 보다.

송두리째 흔들리다

"배신자."

열아홉 평생 그런 단어는 처음 들어보았다. 나는 늘 무리할 정도로 친구들에게 친절했고 그들의 부탁이라면 거절 한 번 하지 않고 다 들어주었다. 그러지 않으면 마음이 불편했기 때문이다.

그런데 그런 나에게 돌아온 '배신자'라는 단어는 꽤 많이 충격적이었다.

"그게 무슨 말이야, 은진아?"

나를 노려보는 낯선 은진이의 눈빛에 나는 목소리마저 떨리고 있었다. 은진이는 내가 제일 친하다고 여겼던 친구였다.

"어떻게 네가 사준이 손을 잡고 등교할 수가 있어?"

"그건, 사준이가 넘어져서 허릴 다쳤기에 내가 도와주느라 그런 거야!"

"핑계 대지 마. 꼭 손이 아니어도 됐잖아! 그리고 도와준답시고 그렇게 오랫동안 손을 잡고 있는 건, 사준일 좋아한다고 너한테 입이 닳도록 말했던 나에 대한 예의가 아니지."

은진이가 맹사준을 좋아하고 있다는 건 아주 잘 알고 있는 사실이었다. 그러니 이번 일은 내 부주의였고 내 잘못이었다. 그래서 사과하고 싶었다. 하지만 화가 난 은진이는 내 말을 전혀 듣지 않았다.

"아님, 너 일부러 나 보란 듯이 손잡은 거야? 날 싫어하는 사준이가 네 손은 잡았다고 자랑하려고?"

"아니야, 은진아. 그럴 리가 없잖아."

"널 못 믿겠어. 너 사실은 그냥 네가 사준이 손을 계속 잡고 있고 싶었던 거 아니야?"

"그런 거 아니야. 아니라고!"

아무리 반박을 해도 소용이 없었다. 차갑게 식은 은진이의 눈빛이 서늘하게 나를 옭아맸다.

"사실은 너 사준일 좋아하고 있는 거지? 맞지?"

"아니야. 안 좋아해."

갠 내가 좋아하면 안 되는 아이잖아.

순간 알 수 없는 서러움에 복받쳐 눈물이 볼을 타고 뚝뚝 떨어졌다.

나는 맹사준을 안 좋아한다. 좋아하고 싶지 않다. 절대 안 좋아할 거다.

"난 맹사준 정말 안 좋아해."

무엇보다 그 마음을 인정해서 진짜 배신자가 되고 싶진 않았다. 그때의 나는.

송두리째 흔들다 16

"그동안 꽤 이상하긴 했어. 송두리 씨 환영회 때 송두리 씨가 '맹사준'이라면서 이름 막 부르던 것도 조금 과하다 느껴졌고, 직원들한테 별 관심도 없던 맹 사장이 유독 송두리 씨한테만 여러 가지 상관하는 것도 어쩐지 좀 이상했고……. 정말 좋아하는 여자가 송두리 씨야?"

눈을 날카롭게 뜨고 있는 윤아를 보면서 천천히 몸을 일으켰다. 그리고 그녀를 향해 저벅저벅 걸음을 옮겼다.

잠시 후 윤아의 앞에 멈춰 선 나는 그녀에게 딱 한마디를 뱉어 주었다.

"맞아."

그 순간 윤아가 허— 하는 헛숨을 터뜨렸다. 어이없다는 표정을 짓는 그녀에게 단호한 어조로 말했다.

"나 송두리 씨 많이 좋아해. 근데? 그게 너랑 무슨 상관이 있나? 아무 상관도 없는 네가 두 눈 부릅뜨고 날 노려보니까 난 좀 기가 막힌데 말이야."

말없이 한참을 자신의 윗니로 아랫입술을 짓이기던 윤아가 갑자기 목소리를 높였다.

"내가 널 얼마나 좋아하는지 알면서……!"

"그러니까, 네가 혼자 날 좋아해놓고 마치 우리가 무슨 대단한 관계라도 되는 양 따지고 드는 꼴이 난 어처구니가 없단 말이야."

나는 특별히 목소리를 높이거나 하지는 않았다. 내가 듣기에 내 목소리는 지나칠 정도로 차분했다. 물론 상대가 듣기에는 차분보다는 차가움에 가까웠겠지만 말이다.

"내가 너한테 조금이라도 여지를 줬다거나 잠깐이라도 착각하게 행동한 적이 있다면 인간 맹사준이 아니다. 내 말 틀려?"

인간 맹사준의 삶이란 늘 이렇다. 착하게 살려고 해도 그렇게 살 수가 없다. 착하게 살기에 이 세상은 너무 제멋대로인 인간들이 많기 때문이다.

순간 윤아의 눈에 눈물이 고이는 게 보였다. 그래서 나는 나답게 말해줬다.

"울 거면 나가서 울어."

잠시 입술을 꾹 다물고 눈물을 참던 윤아가 갑자기 눈빛을 달리하더니 나를 빤히 쳐다보았다.

"혹시 말이야."

이렇게 서두를 꺼내는 윤아를 나는 아무 표정 없이 바라보며 팔짱을 꼈다. 곧 그녀의 말이 이어졌다.

"디자인 공모전에서 송두리 씨 디자인에 표를 준 것도 사심이 었어?"

어이가 없어서 순간 헛웃음이 터졌다. 물론 '송두리'의 이름이 전혀 영향을 주지 않았다고 말한다면 거짓말일 것이다. 하지만 무엇보다 디자인이 좋지 않았다면 나는 절대 표를 던지지 않았을 것이다.

"날 그렇게 수준 떨어지게 보지 마."

"그럼 송두리 씨가 공모전에 당선되게 해달라고 부탁한 게 아니라고?"

"내가 송두리 씨와 재회한 건 그녀가 입사하고 난 다음이야. 그리고 송두리 씬 내가 자기 디자인에 표를 준 사실도 몰라."

"그걸 내가 어떻게 믿지?"

"야, 정윤아."

서로의 날 선 눈빛이 공중에서 맞부딪쳤다. 그렇게 불편한 시간이 흐르고 얼마 후 윤아가 먼저 내게서 시선을 거뒀다.

"여기에 너무 오래 있었다. 가서 일해야지. 나 갈게."

말을 마친 윤아는 그대로 몸을 돌렸고 나는 그런 윤아의 등 뒤에 대고 하고 싶은 말을 던졌다.

"오늘 이 일로 인해 그녀에게 피해가 가는 일은 없었으면 좋겠다."

걸음을 한 걸음 떼려던 윤아의 행동이 그대로 멈췄다. 그 순간 나는 진심을 담아 내 마음을 덧붙였다.

"송두리 씨는 내가 사랑하는 여자니까."

윤아에게 내 진심이 통하기를 진정으로 바랐다. 아무 말 없이 문을 열고 나가는 윤아를 향해 마지막으로 목소리를 높여 말했다.

"물론 네가 그런 유치한 사람은 아닐 거라 믿어."

이쯤 되면 잘 알겠지만, 난 어릴 때부터 싸가지가 없었다. 그 사실은 학교 내에서도 유명해서 나에게 말을 거는 이는 거의 드물었다.

그런데 그날따라 같은 반이긴 해도 말 한번 해본 적 없는 여자애가 내 책상 앞으로 와서는 이상한 소리를 했다. 목소리가 하도 작아서 잘 들리지는 않았지만 귀를 기울여서 겨우 한 단어를 알아들었다. 그 유일하게 알아들은 단어를 콕 집어서 반문해보았다.

"주번?"

"응."

안경을 낀 그 여자애는 아주 조그마한 목소리로 대답하며 시선을 아래로 내렸다. 그래서 나는 그녀의 안경 너머 눈꺼풀을 보면서 다시 물었다.

"너랑 나랑?"

"응."

우리 반의 주번은 일주일간 남자 한 명, 여자 한 명 이렇게 짝을 이뤄서 맡고 있었다. 그동안은 나랑 주번을 하게 된 여자애들이 알아서 혼자 주번 일을 했기 때문에 별 신경을 쓰지 않았었는데, 이번 여자애는 일부러 그걸 알려주러 나에게 온 것이다.

나한테 주번이라고 알려준 패기는 꽤 높이 살 만한테 그런 여자애치고는 내 눈도 못 쳐다보는 게 특이하긴 했다. 용감한 건지 소심한 건지 알 수 없는 어중간한 아이였다.

"나 주번 하기 싫은데."

아무튼, 그 여자애가 용감하든 소심하든 상관없이 나는 주번을 하기가 너무 싫었다.

대체 내가 왜 칠판 따위를 지워야 하지? 분필가루 날리는데! 그 거 숨 쉬다가 코에라도 들어가면 콜록콜록 기침이나 할 텐데! 가루가 머리에라도 쌓이면 비듬처럼 보이기나 할 텐데!

"너 혼자 해."

내 얼굴을 쳐다보지도 못하는 여자애를 향해 툭 뱉어내고 책상 위에 엎드려버렸다. 그렇게 엎드리고 얼마 안 있어 잠이 들고 말았다.

"야, 맹사준!"

갑자기 누군가 우렁차게 부르는 목소리에 몸을 움찔하며 잠에서 깼다. 눈살이 저절로 찡그려져서 인상을 구긴 채 상체를 일으켰더니 허리에 두 손을 척 얹고 화난 얼굴로 나를 내려다보고 있는 송두리가 보였다. 순간적으로 내가 자다가 침은 안 흘렸는지 신경이 쓰여서 입가를 손으로 가렸다.

다행이다. 축축한 느낌은 없다.

"왜 미란이 혼자 칠판을 지우고 있어?"

아직도 살짝 몽롱한 내게 송두리가 알아듣지도 못할 말을 던졌다. 그래서 나는 고개를 갸웃하며 되물었다.

"미란이가 누구야?"

순간 송두리의 입과 눈이 동그랗게 벌어졌다.

표정 귀엽네. 그러나 지금은 그런 태평한 생각이나 할 때가 아닌 듯 했다.

"너랑 같이 주번인 여자애 이름이잖아! 이제 2학기도 끝나가는데 어떻게 같은 반 친구 이름도 몰라?"

"그걸 꼭 알아야 되냐, 내가?"

난 이래서 안 된다. 꼭 말을 못되게 해서 점수를 깎는 타입이다. 한마디로, 말버릇이 고약하다.

그때 두 눈에 힘을 잔뜩 준 송두리가 나를 노려보면서 손을 뻗어왔다.

'혹시 한 대 치려나? 어깨? 머리? 설마, 뺨?'

내심 두려웠지만 애써 태연한 척 그녀의 행동을 가만히 지켜보았다. 그랬더니 그녀가 그 손으로 내 팔뚝을 덥석 잡았다.

"이번 주에 너랑 같이 주번인 여자애 이름이 김미란이야. 알았으면 가서 미란이 칠판 지우는 거 도와줘. 너도 주번이잖아."

내 팔을 꽉 잡은 송두리가 그것을 앞으로 잡아당겼다. 그러거나 말거나 나는 고개를 슥 빼서 칠판을 지우고 있는 김미란이란 여자애를 쳐다보았다.

설마 쟤, 내가 송두리한테 약한 거 알고 일부러 송두리에게 이른 건 아니겠지? ……에이, 설마. 내 눈도 못 쳐다볼 정도로 소심해 보였는데.

"나 졸리니까 그만 가라."

자리에 꼼짝도 않고 앉아서 나직하게 뱉어냈는데도 송두리는 막무가내였다. 이번엔 그녀가 내 팔을 두 손으로 잡았다.

"칠판 지우고 와서 자."

"그럼 쉬는 시간이 다 지나가잖아."

"주번이니까 그 정도 수고는 해야지. 미란이 혼자 칠판 지우는 거 안 보여?"

송두리의 턱이 칠판지우개를 손에 든 김미란을 가리켰다. 마침 김미란은 그걸 들고 복도로 나가고 있었다.

"미란이 지우개 털러 간다. 빨리 가서 도와줘."

고집 센 송두리는 좀처럼 물러설 생각을 안 했고 결국 나는 혀를 쯧 하고 차며 자리에서 일어섰다. 그제야 송두리가 안심한 듯 내 팔을 놓았다.

"다녀와, 사준아."

이럴 때만 맹사준 아니고 사준이냐, 쳇.

주머니에 두 손을 찔러 넣으며 복도로 나가보니 김미란이 복도 창문을 열고 칠판지우개를 털고 있는 게 보였다.

"야."

나직이 김미란을 부르며 다가서자 그녀가 어깨를 움츠리면서 나를 돌아보았다. 나는 그녀의 앞으로 오른손을 내밀었다.

"내놔."

김미란의 안경 너머 작은 눈이 나를 빤히 응시했다. 잠시 후 내게서 쌩하니 시선을 거둔 김미란이 차갑게 말했다.

"아니야. 내가 할게."

"내놓으라고."

"나 혼자 할 수 있어. 지금까지 쭉 그랬고."

결국 나는 김미란의 몸 쪽으로 손을 뻗었다. 칠판지우개를 든 그녀의 팔뚝을 잡아채자 김미란의 눈썹이 크게 꿈틀 하며 구겨졌다. 그래도 나는 꿋꿋하게 말했다.

"좋은 말로 할 때 내놓으라고."

"됐다니까⋯⋯!"

퍼억–

김미란의 팔이 내 손을 거칠게 쳐내던 순간 그녀의 손에 있던 칠판지우개가 내 얼굴로 날아왔다.

'뭐야, 지금?'

일부러 그런 거였는지 실수였는지 모르겠지만, 어쨌든 난 그 칠판지우개 때문에 분필가루를 뒤집어쓰고 말았다. 손을 들어 하얗게 분필가루가 묻은 앞머리를 거칠게 털어냈다.

"야, 너⋯⋯!"

신경질적으로 고개를 들었더니 김미란이 방금 전과 달리 겁을 잔뜩 먹은 얼굴을 해서는 어깨를 바들바들 떨고 있었다.

"미, 미안해, 사준아. 정말 미안해."

너무 겁먹은 얼굴이었기에 나는 화를 내는 것도 잊어버리고 그녀를 바라보았다. 그때 김미란이 울먹이며 말했다.

"때리지만 마. 미안해. 정말 미안해."

"야, 야. 안 때려. 내가 설마 여자애를⋯⋯."

'때리겠냐?'라는 뒷말은 김미란이 울음을 터뜨리는 바람에 입 밖으로 나올 수조차 없어졌다.

"흐윽…… 으허어엉……."

순간 너무 황당했다. 지금 이 상황에서 울어버리는 김미란을 도저히 이해할 수가 없었다.

내가 도대체 뭘 어쨌다고?

"너 지금 대체 왜 우냐?"

정작 울고 싶은 건 나구만!

자기가 던진 칠판지우개에 맞은 나도 안 우는데 가해자인 지가 대체 왜 우냔 말이다.

"야, 맹사준. 너 지금 뭐 하는 거야?"

그때 뒤에서부터 송두리의 목소리가 들려왔고 나는 순간 한숨이 터졌다. 하여튼, 무슨 일만 터지면 나타나는구나. 슈퍼우먼이 따로 없다니깐.

우리 쪽으로 쪼르르 달려온 송두리가 버럭 화를 냈다.

"너 지금 미란이 울린 거야?"

여자애 한 명이 고개를 숙인 채 엉엉 울고 있고 전교생 중에 제일 성격이 못됐다고 유명한 맹사준이 그 앞에 서 있으니 그렇게 오해할 만도 했지만, 난 정말 억울했다.

"내가 안 울렸어."

이 와중에도 송두리한테 머리에 분필가루 묻은 모습을 보여주기 싫어서 빠르게 털고 있는 내가 바보같이 느껴졌다.

"그럼 미란이가 대체 왜 울어?"

"나도 그게 알고 싶다. 쟤한테 물어봐서 좀 알려줄래?"

"네가 뭔가 잘못을 했겠지."

"잘못은 무슨! 나야말로 지금 쟤한테 지우개로……."

여기까지 말했다가 그냥 뒷말을 삼켜버렸다. 이 이상 말해봐야 무슨 소용이냐 싶었고 괜히 다 말해서 소심하게 보이는 것도 싫었다.

"됐다, 됐어."

내가 사실을 말하는 걸 포기하고 고개를 돌려버리자 송두리는 김미란을 다독이기 시작했다.

"울지 마, 미란아. 왜 울어? 응?"

그래도 김미란은 울음을 멈추지 않고 그렇게 한참을 울었다. 결국 송두리의 시선이 다시 나에게로 향했다.

"빨리 미란이한테 사과해, 맹사준."

"내가 왜?"

"미란이 울잖아."

"내가 울린 거 아니라니까!"

아오! 저 송두리, 좋아하는 계집애만 아니면 진짜……!

송두리는 끝까지 내 말을 믿지 않았고 나도 오기가 생겨서 끝까지 사과를 하지 않았다. 그도 그럴 것이 사과할 이유가 단 한 개도 없지 않은가?

"사준이 너한테 정말 실망이야."

그러나 역시 좋아하는 쪽이 늘 약자다. '사준이'라는 말 한마디에 나는 끓어오르는 화를 억누르고 김미란의 옆으로 가까이 다가

섰다. 그리고 한참 동안 한숨을 푹푹 내쉬다가 겨우 말했다.

"앞으로 주번 활동은 나 혼자 할게. 됐지?"

그리고 그대로 시간은 흘러 정말 나중에 안 사실이지만, 김미란이란 여자애는 송두리와 반 1, 2등을 다툴 정도로 공부를 아주 잘하는 아이였다고 한다. 그 좋은 머리로 내가 유일하게 송두리한테 약하다는 걸 꿰뚫고 송두리를 이용해서 나를 주번 활동을 하게 만들었다고 생각하니 소름이 돋았다.

－나중에 대학 와서 미란이한테 들었어. 자기가 실수로 너한테 칠판지우개를 던졌는데, 네가 화를 낼까 봐 미리 울어버린 거라고 하더라고.

수화기 너머 송두리의 목소리에 나는 미간을 살짝 찌푸렸다. 김미란에 대한 기억은 내게 그다지 유쾌한 축에 끼지는 못한다.

"아…… 그 여자애 얘긴 꺼내지 말아줄래? 트라우마로 남아 있거든."

나는 그때 이후로 안경 낀 눈이 작은 여자들을 무서워한다. 일종의 트라우마다. 마음이 아닌 머리를 써서 사람을 이용하는 여자들은 무섭다. 차라리 다소 드세고 시끄럽긴 해도 마음을 다하는 송두리 같은 여자가 훨씬 좋다, 나는.

－아무튼, 그 얘길 듣고 나니까 네가 다시 보이더라. 나한테 그 사실 끝까지 말 안 했잖아, 너.

"내가 그런 남자야."

흠흠, 괜히 머쓱해서 헛기침을 두어 번 했다. 그때 당시 남자답

게 사실대로 다 말하지 않은 나 자신에게 토닥토닥 칭찬을 해주고
싶다.

뿌듯한 미소를 지으며 전화기를 고쳐 잡았다. 그리고 연인 같
은 대화를 시도해보았다.

"뭐 해?"

-그냥 있지, 뭐. 너는 뭐 해?

"나는, 네 생각."

-……넌 진짜 생긴 거랑 다르게 은근히 닭살스런 표현 잘하더
라?

송두리의 목소리를 듣는데 갑자기 그녀의 얼굴이 너무 보고 싶
어졌다. 그녀야 항상 늘 보고 싶지만, 지금 이 순간 당장 보고 싶
었다. 그래서 나는 웃는 얼굴로 나직이 말했다.

"지금 우리 집 비었어."

잠깐. 보통 이런 말은 여자 쪽에서 하지 않나? ……에이, 무슨
상관이람. 이거야말로 남녀차별의 선입견이다.

두근두근하며 송두리의 대답을 기다리고 있는데, 곧 그녀의 목
소리가 차분하게 들려왔다.

-너희 집 늘 비어 있잖아.

나 혼자 살고 있는 집임을 상기시켜주는 냉정한 그녀에게 나는
비릿한 웃음을 날려주었다.

"무드 없는 소리 그만하고, 올래?"

-응? 으음, 글쎄…….

내심 좋으면서 겉으론 망설이는 척하는 내숭쟁이 송두리에게

나는 진심을 전했다.

"보고 싶어."

휴대폰 너머 송두리의 고민이 더 깊어지는 게 느껴졌다. 나같이 매력 철철 넘치는 남자 친구가 보고 싶다는데 얼마나 달려오고 싶을까.

그러나 여자의 프라이드를 버리기도 쉽진 않겠지. 이해한다. 그래서 나는 그녀의 고민을 덜어주고자 얼른 말했다.

"아님, 내가 보러 갈까?"

그러나 이번에도 송두리의 목소리는 들리지 않았다.

고민을 너무 오래 하는데……? 무언은 곧 긍정이라고 내 맘대로 이해해도 되려나?

내가 슬슬 초조함을 느끼기 시작했을 때 드디어 그녀의 목소리가 들렸다.

-아니야. 이번엔 내가 갈게.

"이번엔?"

-네가 늘 나한테 먼저 다가왔으니까, 이번엔 내가 가겠다고.

"아…… 응."

이런 기분이구나. 사랑을 받는다는 건.

나는 늘 사랑은 주는 거라 생각했고 지금까지 그렇게 해왔지만, 받는 사랑도 이렇게 행복하고 기쁘다는 걸 지금 이 순간 깨달았다.

잠시 멍하니 있는 사이 전화는 끊어졌지만 나는 그 끊어진 전화에 대고 작게 중얼거렸다.

"고마워."

이런 기분을 느끼게 해줘서.

세팅은 완벽했다.

하지만 송두리는 장미를 꽂은 화병을 식탁 한가운데에 두고 달달한 스파클링 와인을 준비해놓은 식탁을 다소 어색해했다.

"이쪽으로 앉아."

부끄러움을 타는 그녀를 자리에 앉히고 부드러운 미소를 지으며 와인을 권했다. 긴장한 듯 보이는 송두리가 천천히 와인 잔을 입으로 가져가는 것을 보며 나 역시 와인 잔을 들었다.

그녀를 위해 준비한 와인이라서 꽤 달달한 맛이 입안 가득 퍼졌다. 목을 타고 넘어가는 와인을 음미하며 고개를 들었더니 송두리가 다 마신 와인 잔을 내려놓고 있었다.

저걸 한 번에 다 마시다니, 엄청 긴장했나 보군.

"훗."

긴장한 그녀를 향해 영화배우 같은 미소를 지어 보였다. 그러면서 손으론 와인 병을 들어 그녀의 잔을 다시 채워주었다. 그녀는 다소 멍한 시선으로 내 얼굴과 내 손, 그리고 와인으로 다시 채워진 자신의 잔을 쳐다보았다. 그런 송두리를 지그시 바라보며 이보다 더 달달할 순 없을 정도로 달콤하게 속삭였다.

"천천히 마셔. 밤은 이제 막 시작됐을 뿐이니까."

그녀의 잔에 내 잔을 쨍 소리가 나게 부딪치자 송두리의 눈이 나를 보았다. 공중에서 서로의 애틋한 시선이 얽혔고 그 순간 나는 그녀에게로 손을 뻗었다. 내가 막 그녀의 손을 잡으려던 그때 송두리의 입술이 열렸다.

"야, 맹사준. 똥폼 잡지 마."

또, 똥폼? 이 좋은 분위기에서 나올 단어는 절대 아니지 않나? 게다가 맹사준? 풀네임?

"그래, 맹사준. 너 그렇게 웃으면 멋있어. 배우 같아. 근데 너 원래 그렇게 안 웃잖아. 그렇게 웃으니까 완전 느끼해."

분위기를 좀 잡고 부드러운 미소 한 번 지었다고 똥폼에 느끼 하단 소리까지 들어야 되나, 내가?

"너 설마 취했냐?"

도저히 그렇게밖엔 설명이 안 된다. 내 말에 송두리는 피식 웃기만 했지만 그게 대답인 것 같았다.

갑자기 편두통이 밀려오는 듯해서 관자놀이를 손으로 짚었다. 그리고 피식거리며 웃고 있는 송두리에게 다시 물었다.

"너 설마 술 되게 약하냐?"

지난번 회식 때부터 짐작을 했었어야 하는데. 송두리에게 술은 독이라는 것을.

무섭게도 송두리가 또다시 입술을 열었다.

"그리고 넌 네가 잘생긴 걸 너무 잘 알아. 그래서 재수 없어."

적당히 해, 송두리.

입술을 비집고 한숨이 절로 새어 나왔다. 후우, 송두리는 취하면 나에 대한 독설이 더 심해지는구나.

그때 갑자기 송두리가 의자에서 벌떡 일어섰다.

"어, 야, 왜?"

화들짝 놀라서 나도 따라 일어섰더니 그녀가 내 쪽으로 다가왔다. 내 앞에 선 그녀가 조금 풀린 눈으로 나를 올려다보았다.

"싸가지도 없고, 지 잘생긴 걸 너무나 잘 알고 있어서 재수도 없고, 또 똥폼도 드럽게 잡고, 거짓말쟁이에다가 완전 제멋대로 고……."

그렇게 주욱 나열하니까, 나 완전 인간 망종인데?

내가 내 자신에게 자괴감을 느끼기 시작했을 때쯤 송두리가 손을 뻗어 내 허리춤을 잡았다.

"……?"

"그런 너를……."

인간 망종을 앞에 둔 사람치곤 송두리의 미소가 너무나 맑았다. 곧 그녀가 궁금한 뒷말을 이었다.

"사랑해."

순간 정신이 멍해졌다. 앞에서부터 계속 강한 충격을 주다가 더 강한 충격을 뒤에서부터 가한 느낌이었다. 그러니까, 짱돌로 계속 이마를 맞다가 바위로 정수리를 찍힌 느낌이랄까?

암튼 고백 한 번 강렬하게 한다, 송두리.

다음 순간 예고도 없이 송두리가 내 품에 쏙 안겼다. 온갖 험담에 사랑 고백까지 들어버려서 정신이 없는 나를 송두리는 두 팔로 꼭 안았다.

"이제 어디에도 가지 마. 내 거야, 너."

싸가지도 없고, 재수도 없고, 똥폼도 드럽게 잡고, 거짓말도 하고 완전 제멋대로인 남자를 송두리는 누가 데려갈 세라 더욱 꽉 끌어안았다. 저절로 미소가 지어지려는 입술을 꾹 잡아 멈추게 하고 짐짓 굳은 얼굴로 그녀를 내려다보며 말했다.

"답답하다. 좀 놔봐."

"아…… 미안."

무안해진 송두리가 얼른 두 팔을 풀고 내게서 한 발자국 물러섰다. 시무룩한 표정으로 고개를 숙이는 그녀를 내려다보면서 나는 씨익 웃었다.

"얼굴이 안 보이니까 답답하잖아."

그제야 송두리가 얼굴을 들어 날 보았다. 그녀의 말간 눈동자와 불그스름한 광대, 그리고 그보다 더 붉은 입술을 천천히 두 눈으로 훑어 내렸다. 다시 그 시선을 올리자 나를 보고 있던 송두리의 눈동자가 정면으로 보였다. 서로의 눈이 마주친 순간 우리는 누가 먼저랄 것도 없이 서로를 끌어안고 입술을 탐했다.

내 혀는 그녀의 것과 만나 말로는 형용하기 힘든 강한 야릇함을 이끌어냈고 내 손은 그녀의 여린 몸을 더듬어 흔적을 만들어내려 했다.

그녀의 허리에 있던 손을 올려 봉긋하게 솟아오른 가슴 위에 얹었다. 그리고 그것을 부드럽게 애무하는 순간 내가 입을 맞추고 있는 그녀의 입술 사이로 달콤한 신음이 흘러나왔다.

"하아…… 사준아……."

얼굴을 내려 그녀의 목에 깊게 입을 맞추었다. 그리고 입술을 더욱 내려서 그녀의 쇄골에도 입을 맞추었다. 그와 동시에 한 손으로 그녀의 블라우스 단추를 풀고 다른 한 손으론 그녀의 치마를 끌어 올리려 하자 송두리가 급하게 손을 뻗어왔다.

"저기, 사준아, 있잖아……!"

"쉿."

그녀의 가슴 위로 고개를 숙인 나는 그녀에게만 들리도록 아주 작게 속삭였다.

"이미 늦었어. 내가 이 순간을 10년 넘게 기다렸는데, 멈출 수 있을 거라 생각해?"

솔직히 나는 지금 그녀가 운다 해도 멈출 자신이 없었다.

다음 순간 내 팔뚝을 잡고 있던 송두리의 손에서 힘이 점점 빠지는 게 느껴졌다. 곧 그녀의 목소리가 내 귀를 타고 들려왔다.

"나도 뭐…… 멈추라고 막은 건 아니야."

"응, 무서웠구나."

나직하게 속삭이며 그녀의 몸을 들어 식탁 위에 앉혔다. 수줍게 웃은 송두리가 두 팔을 내 목에 둘렀다. 그런 그녀의 이마에 가볍게 키스를 하며 나는 말했다.

"걱정 마. 사랑에 빠진 남자는 절대 사랑하는 여자를 아프게 하지 않아."

또다시 우리 둘의 입술이 겹쳐지고 우리의 손은 서로를 거칠게 탐했다. 부드러운 속살이 내 손에 휘감겼고 자연스럽게 서로의 몸이 밀착했다. 우리 사이에 조금의 틈도 용납하고 싶지 않았고 그녀와 떨어지고 싶지 않았다. 그래서 나는, 아니 우리는 계속 서로를 갈구했다.

"사랑해."

행위를 나누면서 나는 송두리에게 몇 번이나 이 같은 고백을
했다.

"사랑해, 사랑해."

앞으로 몇 번이나 더 말해야 이 마음을 다 표현할 수 있을까.
이 세상이 끝나는 그날까지 계속 말하면 다 전해지려나, 이 내 마
음이.

우리 회사 구두 브랜드가 올 가을에 백화점 입점을 앞두고 있
어서 오늘은 아침부터 정신이 없었다.

백화점 입점 장소를 둘러본 다음 담당자와 점심 식사를 마치고
회사로 돌아왔는데, 숨 돌릴 틈도 없이 바로 임원 회의가 나를 기
다리고 있었다. 그래도 들어가는 길에 디자인팀에 들러서 송두리
의 얼굴이나 한 번 보고 가려고 했는데, 여 비서가 시간이 없다며
나를 재촉하는 바람에 그것마저 포기해야 했다.

1층 로비에서 엘리베이터를 기다리고 있는데, 여 비서가 갑자
기 뭐 마려운 강아지처럼 내 주변을 서성거렸다.

"왜 그래?"

신경이 쓰여서 물었더니 여 비서가 입을 달싹거리며 말하기를
주저하는 듯한 표정을 지었다. 내가 한 번 더 묻자 그제야 여 비서
가 대답했다.

"사장님, 저 식당에 좀 들러도 되겠습니까?"

대답 대신 이마를 찡그렸다.

시간 없다고 나는 디자인팀에도 못 들르게 하면서 자기는 어딜 들르겠다고?

그런데 그 뒤에 이어지는 여 비서의 말은 더 가관이었다.

"식권이 다 떨어졌습니다."

"시간 없다고 3층에 있는 디자인팀에도 못 가게 하면서 여 비선 지금 지하 식당엘 가겠다는 거야?"

절로 미간이 구겨졌다. 여 비서의 태연한 면상을 불편한 얼굴로 바라보면서 팔짱을 척 꼈다. 그럼에도 여 비서는 여전히 천진난만한 얼굴로 팔을 길게 뻗어 계단 쪽을 가리켰다.

"여기 계단 몇 개만 내려가면 되잖습니까?"

이 비서 녀석 뻔뻔한 것 좀 봐.

순간 어이가 없어서 말문이 막혀버렸다. 그랬더니 그 무언을 여 비서는 긍정으로 받아들인 모양이었다.

"금방 다녀오겠습니다."

내게 꾸벅 인사를 한 여 비서가 빠른 걸음으로 계단을 내려가는 것을 보면서 호구처럼 저걸 기다려야 하나 말아야 하나 잠시 고민했다.

'에이, 저걸 뭐 하러 기다려?'

결국 냉정히 내 갈 길 가려고 몸을 돌렸는데, 갑자기 계단 밑에서부터 우렁찬 목소리가 들려왔다.

"사장님!"

날 부르는 그 소리에 깜짝 놀라서 계단 쪽으로 빠르게 다가가

목을 빼고 밑을 내려다보았다. 날 부른 이는 뻔뻔한 여 비서였다. 그가 나를 향해 손을 붕붕 흔들고 있었다.

"맹 사장님!"

"뭐야?"

다급하게 부르기에 난 또 무슨 큰일이라도 난 줄 알고 계단을 두 칸씩이나 뛰어 내려갔다. 그런데 그런 내가 호구였다.

"저 돈 좀 빌려주십시오. 지갑을 차에 두고 왔습니다."

여 비서가 황급히 계단을 내려온 나를 보자마자 하는 말에 나는 두 주먹을 불끈 쥐고 말았다.

이 자식, 뭐 하는 자식이지?

"지갑이 없었으면 애초에 식권을 살 생각을 말았어야지."

"아, 몰랐습니다. 지금 보니까 없네요."

그냥 이걸 확 잘라버릴까? 백수로 만들어버려? 실업급여 받게 해줘?

"죄송합니다, 정말."

헤헤- 웃어버리는 여 비서를 향해 한숨을 폭 내쉬며 끓어오르는 화를 다스려보았다. 일단 여긴 회사고 여 비서는 눈치가 없어서 그렇지 근본이 나쁜 놈은 아니었기에 가까스로 화를 참을 순 있었다.

"자, 빨리 사와."

결국 나는 지갑에서 5만 원짜리 지폐 한 장을 꺼내 여 비서에게 내밀었다. 환하게 웃으며 그것을 받아 든 여 비서가 내게 말했다.

"감사합니다. 내일 갚을게요."

"오늘 갚아."

"아, 네. 이따 차에서 지갑 찾으면 갚겠습니다."

나에게 계단을 뛰어내려오게 만들고 5만 원까지 **뺏**어간 여 비서는 싱글거리는 얼굴로 식권을 사러 갔다. 그의 발랄한 뒷모습에 쓴웃음이 지어졌다.

젠장. 나도 참 착해졌어. 옛날 같았으면 저 녀석의 명치를 팔꿈 치로 가격했을 일인데 말이야.

무법자였던 옛 시절을 떠올리며 식당 안을 무심하게 슥 둘러보 았다. 점심시간도 거의 끝나가는 시간이었기 때문에 식당 안에서 밥을 먹는 직원들은 매우 적었다. 그들의 얼굴을 무심코 하나하나 훑어보던 그 중, 아주 익숙한 얼굴이 눈에 확 들어왔다.

"송두리……?"

왜 이 시간에 점심을 혼자 먹고 있지?

이상하네. 고개를 갸웃하며 그녀 쪽으로 걸어갔다. 그녀가 혼 자 밥을 먹고 있는 식탁 앞에 멈춰 선 나는 나직하게 목소리를 냈 다.

"송두리 씨."

"아…… 사장님."

송두리가 고개를 들어 나를 발견하고는 어색하게 웃었다. 한산 한 그녀의 주변을 슥 둘러보며 송두리에게 물었다.

"왜 혼자 이 시간에 먹어?"

"심부름을 좀 다녀오느라고요."

순간 눈썹이 꿈틀했다.

"점심시간에 심부름을 다녀왔다고?"

"아뇨. 점심시간 조금 전에 나갔다가 차가 막혀서 한 10분 전에 돌아왔거든요. 사장님은 점심 드셨어요?"

"응, 먹고 들어왔어."

아무래도 송두리가 밥 먹는 동안은 곁에 있어주는 게 좋을 것 같았다. 그래서 내가 막 그녀의 반대편에 앉으려고 의자를 빼는 순간 뒤에서부터 큰 목소리가 들려왔다.

"사장님, 저 식권 다 샀습니다!"

어쩌라고?

식권 다 샀으면 알아서 혼자 올라갈 일이지, 왜 또 아는 척이야?

다소 불만 어린 얼굴로 고개를 돌리자 여 비서가 내게로 성큼성큼 다가왔다. 바로 내 옆으로 바짝 다가와 선 여 비서가 송두리를 발견하고는 그녀에게 가볍게 목례를 보냈다. 그런 다음 그는 손바닥을 펴서 식당 입구를 가리키며 말했다.

"가시죠."

이대로 가면 또 송두리 혼자 밥을 먹게 될 텐데.

송두리와 입구를 번갈아 쳐다보며 머뭇거리는 내게 여 비서는 단호하게 말했다.

"사장님, 이러실 시간 없습니다. 3분 뒤에 회의가 있습니다."

왜 이 녀석은 꼭 이럴 때만 비서처럼 구는 뭘까. 그리고 왜 3분밖에 안 남게 된 게 자기 탓이라고는 절대 생각하지 않는 걸까.

"가셔야 합니다, 사장님."

계속되는 여 비서의 재촉에 결국 나는 어쩔 수 없이 송두리에게 아쉬운 인사를 보내야 했다.

"그럼, 맛있게 먹고 들어가."

식당에서 혼자 밥을 먹고 있는 송두리를 두고 나오는데 괜히 마음이 쓰였다. 그래서 몇 번이고 뒤를 돌아보았다. 그럴 때마다 송두리는 나와 눈을 맞추며 싱긋 웃었다. 그런데 그게 묘하게 더 마음이 쓰였다.

송두리째 흔들리다

이런 일이 처음은 아니다. 그때도 그랬다.

그 일은 고3도 거의 끝나가던 때 터졌다. 고3의 최종 종착역이라고도 할 수 있는 대학수학능력시험도 끝나고 겨울방학식을 코앞에 둔 나는 주위의 미묘한 변화를 눈치채고 말았다. 모르려면 모를 수도 있는 아주 미묘한 변화였다.

"부반장!"

예전 같았으면 무조건 '반장'을 불렀을 여자애들이 이젠 나보다 부반장을 찾는 일이 많아졌다. 노골적이지도 않게 반 여자아이들은 교묘히 나를 무시했고 전처럼 일부러 친한 척을 하거나 과하게 말을 거는 일도 없어졌다.

하지만 그건 미치도록 괴로울 정도의 따돌림도 아니었고 곧 겨울방학도 시작된다고 생각하니 견딜 만했다.

게다가 나는 주변에 친구도 없지 않았다. 오직 나와 친한 친구들하고만 웃고 떠들면 그런 생활도 그럭저럭 버틸 만했다. 하지만 그 친한 친구들 중에 은진이는 없었다. 은진이는 교묘히 나를 무시하는 여자아이들과 친하게 지내고 있었던 것이다.

내가 은근한 따돌림을 당하는 이유가 맹사준 때문이라는 걸 모르지 않았지만, 굳이 그 아이의 탓이라고 원망하고 싶지도 않았다. 그냥, 다 나 때문인 것만 같았다. 맹사준이 나를 좋아하고 있다는 걸 어렴풋이 알고 있었으면서도 그와의 관계를 확실히 하지 못한 내 탓이다. 결국은 다 내 탓인 것이다.

어느 집단에서건 무리를 이루고 싶어 하는 인간들 사이엔 늘 따돌림이란 것이 존재하고 웬만한 의지가 아니고서는 그걸 뿌리째 뽑아버리기 힘들다는 걸 잘 알고 있다.

그때는 그걸 알고 있어도 아무것도 하지 않았지만, 지금의 나는 내가 겪고 있는 이 원인을 알 수 없는 따돌림에 맞설 준비가 되어 있다. 그때와 달리 나는 나를 소중히 여기고 싶다. 나를 사랑하고 내가 사랑하는 사람이 지금 내 곁에 있으니까.

송두리째 흔들다 17

"수고하셨습니다."

오전 회의가 꽤 길어져서 점심시간이 되어서야 끝이 났다. 의자에 앉은 채 완전 녹초가 된 몸을 축 늘어뜨리고 있는데 그런 내 근처로 여 비서가 다가왔다. 답답하게 목을 조이고 있던 넥타이를 느슨하게 푸르고 있는 내게 그가 물었다.

"오늘도 사내식당에서 드실 예정이십니까?"

후우, 하는 긴 한숨을 내쉬고 그를 힐끔 올려다보았다.

"어. 왜? 또 식권 없나?"

"아닙니다. 오늘은 많습니다."

주머니에서 자랑스럽게 식권 3장을 꺼내서 보여주는 여 비서에게 나는 비릿한 웃음을 날려주었다.

"참 많다, 많아."

내 말을 액면 그대로 받아들였는지 여 비서는 아주 흐뭇한 미소를 지었다. 그가 다시 자신의 주머니에 식권을 집어넣으며 내게 말했다.

"그러니 오늘은 제가 사내식당에서 밥 사겠습니다."

"됐으니까 5만 원이나 갚아."

"헛!"

대체 빌려준 지가 언젠데 아직도 갚을 생각을 안 하냔 말이다. 사장 주제에 직원한테 돈 갚으라고 말하는 것도 추잡스러운 것 같아서 그냥 준 걸로 생각하고 있었는데, 여 비서가 얼토당토않게 밥을 사겠다는 헛소리를 하는 바람에 나도 모르게 돈이나 갚으라는 말이 튀어나왔다.

"사장님, 제가요, 안 갚으려고 한 게 아니라, 정말 까맣게 잊어버려가지고……!"

당황한 여 비서가 안절부절못하며 자신의 뒷머리를 긁적거렸다.

이 어수룩한 친구 같으니라고. 내가 아무리 사람 냄새 나는 친구를 뽑은 거라지만 이 친구는 그 냄새가 너무 지독했다.

"내일은 꼭 갚겠습니다. 오늘은 현금이 없어서요. 아, 혹시 카드도 받으시는……?"

"받겠냐?"

순간적으로 소리를 버럭 질렀더니 여 비서가 또다시 당황한 기색이 역력한 얼굴로 어색한 웃음소리를 냈다.

"하하, 안 받으시는구나. 아니, 못 받으시죠. 사장님이 무슨 카드단말기도 아니고……. 하하. 죄송합니다."

살이 없는 마른 얼굴을 붉히며 머쓱해하는 꼴이 조금 안쓰러워서 나는 결국 그를 봐주기로 했다. 그래서 그를 향해 툭 뱉듯이 말했다.

"됐어. 안 갚아도 돼."

"아, 정말입니까? 존경합니다, 사장님."

여 비서가 입사한 지 1년이 넘었지만 존경한다는 소릴 처음 들었다. 갑자기 확 밝아진 여비서의 얼굴에선 광채가 나는 듯했다.

"이쪽입니다, 사장님."

5만 원을 안 갚아도 된다니까 갑자기 더 친절해진 여 비서가 내 앞길을 과도하게 확보하고 나섰다. 덕분에 걷다가 누구랑 부딪칠 일은 없었지만, 다른 직원들이 보면 둘이 대체 무슨 짓을 하는 건가 의문을 품을 만한 행동이었다. 솔직히 나는 보디가드처럼 주위를 경계하면서 전진하는 여 비서 때문에 살짝 창피했다.

하지만 그만하라고 말려도 소용이 없었다. 악의는 없는 친구인지라 좋게 좋게 생각하려고 했지만, 그래도 점점 샘솟는 짜증을 막기는 힘들었다.

"조금 전에 대걸레질을 한 모양인지 바닥이 미끄럽습니다, 사장님. 조심하십시오."

"……그냥 평소대로 해."

식당으로 가는 내내 여 비서는 나를 과잉보호하는 행동을 취하며 귀찮게 굴었다. 직원들도 우릴 힐끔힐끔 쳐다보면서 사장이랑 비서랑 둘이서 무슨 스타와 경호원 놀이라도 하는 건가 신경을 쓰는 것 같아 마음이 불편했다.

"전방에 모기 발견. 이쪽은 위험합니다. 저쪽으로 가시죠."

"여 비서, 그냥 평소대로……."

"전방에 파리 발견."

"평소대로 하라고, 인마!"

결국 왕년의 성격이 나와버렸다. 깜짝 놀란 듯 여 비서의 옆으로 긴 눈이 동그래졌다. 주변에서 직원들의 시선이 느껴졌기에 나는 얼른 여 비서에게서 시선을 거두고 다시 걸음을 옮겼다. 그제야 여 비서가 말없이 얌전히 나를 따라왔다.

사내식당에 도착을 해서 안으로 들어선 다음 자연스럽게 주욱 늘어서 있는 직원들 뒤로 줄을 섰다. 그런 내 뒤를 따라 선 여 비서가 다시 나를 귀찮게 굴었다.

"앉아 계십시오. 제가 식판 가지고 가겠습니다."

"오버하지 마. 평소대로 하라고."

"괜찮습니다."

"내가 안 괜찮아서 그래."

또다시 '인마' 소리를 듣고 싶진 않았던지 여 비서는 얌전히 고개를 끄덕였다. 그를 통해 5만 원의 파워를 제대로 느낀 나는 헛웃음이 터져버렸다. 가볍게 웃으면서 무심코 시선을 돌렸는데 그런 내 시선 끝에 송두리가 보였다.

"어……?"

순간 반가워서 함박웃음을 짓다가 테이블에 그녀 혼자만 앉아 있는 걸 확인하고는 웃음이 멈췄다. 며칠 전과 같이 또 혼자 밥을 먹고 있는 송두리 때문에 마음이 조금 무거워졌다.

오늘도 심부름을 다녀왔나?

"어? 송두리 씨다."

뒤에 있던 여 비서도 그녀를 발견한 듯 반가운 목소리를 냈다. 그러다 곧 의아하다는 듯이 작게 중얼거렸다.

"오늘도 혼자네. 혹시 송두리 씨 은딴가?"

순간 눈썹이 확 구겨졌다.

남의 소중한 여자 친구한테 무슨 말을 하는 거람, 이 비서 자식이?

고개를 팩 하니 돌려서 여 비서에게 따지듯이 물었다.

"은따? 송두리 씨가?"

"네. 어제도 밥 혼자 먹던데요."

이 눈치 없는 여 비서한테 당장 사직서를 작성하라고 말해버릴까 잠시 고민했다. 다음 주부터 월요병을 앓을 필요가 없게 만들어줄까 말까 계속 고민하다가 겨우 차분하게 말을 시작했다.

"바쁘다 보면 그럴 수도 있지. 우리 회사에 따돌림 같은 게 있을 리가 없잖아? 여 비서는 그런 거 신경 쓰지 말고 5만 원이나 갚아."

"어? 아까까진 안 갚아도 된다고 하셔놓고……."

감히 우리 송두리한테 은따? 입에서 나오면 다 말인 줄 아나, 쯧.

어리둥절해하는 여 비서를 무시하고 몸을 돌렸다. 혼자인 송두리를 물끄러미 바라보고 있는데 뒤에서 여 비서가 또다시 말을 걸었다.

"근데요, 사장님."

"왜?"

기분이 언짢아서 굳은 얼굴로 고개를 돌렸더니 여 비서 녀석이 나를 향해 어색한 미소를 지어 보였다.

"5만 원이요, 내일모레 월급 나오면 갚으면 안 됩니까?"

"안 돼. 내일 당장 갚아."

다시 송두리에게로 시선을 돌려 그녀를 보고 있는데 뒤에서 여 비서가 더 바짝 다가서는 게 느껴졌다. 그래서 피하듯 앞으로 한 걸음 옮겼다. 그 순간 그가 또 나를 불렀다.

"근데요, 사장님."

"또 왜?"

정말 귀찮아서 이번엔 얼굴을 돌리지도 않고 대답했다. 그랬더니 그의 목소리가 나직하게 들려왔다.

"왕따는 어딜 가나 있어요."

"뭐?"

깜짝 놀라서 저절로 고개가 그의 쪽으로 돌아갔다. 내 눈을 마주한 여 비서가 의미심장한 말을 던졌다.

"우리 회사라고 아예 없진 않을 거라고요."

나는 어릴 때 싸가지가 없고 거칠긴 했어도 남을 왕따 시키는 짓을 하는 아이는 아니었다. 하지만 그렇다고 왕따 시키는 애들을 혼낼 정도로 정의로운 아이도 아니었다. 그냥 무관심, 딱 그 정도였다.

새 학기가 시작되면 늘 그렇듯 친한 무리가 몇 덩이씩 생겨난다. 그리고 시간이 좀 흐르면 그 무리에 끼지 못하는 아이들이 서너 명 정도 남게 된다. 그들은 보통 두 종류로 나뉘는데, 하나는 극도로 소극적인 성격의 아이들과 또 하나는 나처럼 아웃사이더에 가까운 아이들이다.

그런데 고3땐 처음으로 그렇게 두 부류로 나뉘지 않았었다. 그냥 남는 아이가 나 혼자였다. 나만이 유일하게 그 반에서 겉돌았었다. 그러니까 그때 반에 왕따는 없었던 것이다.-난 왕따는 아니다. 어딜 가나 꼭 있는 아웃사이더일 뿐.- 왕따의 싹이라도 생기려고 하면 송두리가 나서서 그걸 싹둑 잘라냈었기 때문이다. 처음엔 그게 그렇게 거슬릴 수가 없었다.

그날도 송두리는 한 왜소하고 말이 없는 아이를 비아냥거리며 놀리는 남자애들에게 일장연설을 늘어놓았었다.

"말이 없다고 감정도 없다고 생각해? 너희들 유진이가 저번 중간고사에서 몇 등 했는 줄이나 알아? 15등이야. 너희들보다 훨씬 좋은 등수라고. 머리가 좋은 아이란 뜻이야. 그러니까 너희들이 그렇게 유진이 놀리고 있을 때 유진이는 그거 전혀 개의치 않고 공부를 한 거야. 너희들이 하는 행동이 쓸데없는 행위라는 걸 잘 알고 있으니까."

선생님과도 같은 송두리의 잔소리에 교실 맨 뒷자리에서 멀찍이 그녀를 지켜보던 나는 코웃음이 났다.

쟤는 뭐, 전생에 홍길동 부인이라도 됐었나, 임꺽정 딸이라도 됐었나, 왜 저렇게 정의로운 척이야?

"야, 송두리! 너 지금 우리들 공부 못한다고 무시하냐?"

오호. 저놈들 세게 나오는데? 하긴, 등수 얘긴 내가 들어도 좀 기분 나쁘더라.

그냥저냥 좋게 넘어가던 전과 달리 분위기가 조금 심각해졌다. 그도 그럴 것이 왕따를 주도하던 녀석들은 '일진'이란 허세 가득한 타이틀을 등에 업은 놈들이었기 때문이다. 아무래도 저놈들은 사회에 나가면 아무 쓸모도 없는, 오히려 짐이 될 수도 있는 그 타이틀을 뽐내기 위해서라도 송두리에게 세게 나가고 싶었던 모양이다.

"누가 너희들 무시한대? 너희들의 행동이 잘못됐다고 말하는 거잖아, 나는."

"정의로운 척 약한 친구 도와주면서 우리같이 공부 못하는 놈들 무시하는 거지, 너 지금?"

무리들 중 덩치가 제일 큰 한 명이 송두리의 앞으로 위협적이게 다가서는 게 보여 눈살이 찌푸려졌다.

오호. 남자답게 조그만 여자애에게 겁을 주겠다는 건가. 전형적인 잔챙이 스타일이네.

"무시한 적 없다고. 그렇게 들었다면 그건 너희 열등감이야. 난 단지 유진이가 너희들보다 더 많은 노력을 하고 있다는 걸 강조한 것뿐이야.

"웃기고 있네. 역겨우니까 정의로운 척 좀 그만해, 송두리. 너 그러는 거 전부터 되게 거슬렸거든?"

오호. 그 생각은 나랑 똑같군. 찌찌뽕.

서로 같은 말을 해서 찌찌뽕 상태가 되면 상대방의 몸을 가볍게 터치해주는 것이 기본 중의 기본.

나는 찌찌뽕 행위를 해주기 위해 자리에서 일어나 교실 한구석에 몰려 있는 그들에게로 다가갔다. 그 와중에도 송두리는 참 시끄러웠다.

"정의로운 척하는 게 아니라 잘못된 걸 잘못됐다고 말하는 거야. 같은 반 친구를 괴롭혀서 너희들한테 대체 무슨 이익이 있는데?"

"재수 없어, 진짜. 야, 너 닥쳐."

오호. 잔챙이 터프하네.

다가가면서 듣게 된 살벌한 음성에 피식 웃음이 터졌다. 입술 끝을 올려 얼굴 가득 미소를 띠면서 두 주먹은 꽉 쥐었다. 그사이 송두리의 목소리가 또 들려왔다.

"잠깐 시시덕거리면서 웃고 떠드는 거? 그게 그렇게 재미있니? 내 눈엔 그냥 한심해 보이는데."

"이게 진짜, 닥치라고……!"

파앗-

눈앞에서 덩치 큰 녀석이 팔을 확 들어 올렸기에 나는 바로 손을 뻗어 녀석의 팔뚝을 잡아챘다.

"찌찌뽕."

내가 그들에게 오게 된 제일 큰 이유였던 '찌찌뽕'을 외치자 나를 보는 녀석들의 얼굴이 꼭 벌레 씹은 듯한 표정으로 바뀌었다.

"나도 송두리가 너무 시끄러워서 닥치라고 하고 싶었거든."

내가 설명을 덧붙이자 그곳에 모여 있던 녀석들은 모두 송두리를 쳐다보았고 송두리는 나를 노려보기 시작했다.

"뭘 봐? 너 시끄러운 건 사실이잖아. 그렇지 않니, 친구야?"

송두리에게서 시선을 거두며 내가 팔을 잡고 있는 덩치 큰 녀석을 돌아보았다. 당황한 그 녀석이 주저하면서 대답을 못하는 것 같았기에 나는 웃는 얼굴로 말했다.

"왜 대답이 없어, 친구야? 방금까진 그렇게 시끄럽게 잘 떠들어놓고. 쌍욕은 정말 네이티브 수준이던걸?"

그 순간 녀석이 내게서 팔을 빼내려는 듯 힘을 주는 게 느껴졌다. 그래서 나는 그 팔을 그대로 꺾어버렸다.

"아악!"

순간 비명을 내지른 녀석이 자신의 팔을 부여잡으며 바닥을 나뒹굴었다. 그런 녀석을 무심하게 내려다보면서 손가락을 뚝뚝 소리 나게 꺾었다.

"너, 너 지금 뭐 하는 짓이야, 맹사준?"

옆에서 깜짝 놀라서 목소리를 높이는 송두리도 무시하고 나는 반 아이들을 둘러보면서 입을 열었다.

"앞으로 내 앞에서 쌍욕 하는 놈들은 다 이렇게 만들어준다. 이 반에서 유일하게 욕해도 되는 놈은 나뿐이야. 알겠어?"

반 아이들의 대부분은 내 시선을 피해서 고개를 돌려버렸다. 더러는 아예 교실에서 나가기까지 했다. 왕따를 주도하던 녀석들도 내 눈치를 슬슬 보며 자리를 떴다.

"야, 맹사준!"

다음 순간 송두리가 내 팔뚝을 잡아채며 화난 얼굴을 내게 보였다. 자기 도와준 건데 얘는 대체 왜 화를 내는지 모르겠다. 오히려 화를 낼 사람은 나다. 이유는 모르겠는데 그냥 화를 내고 싶다.

"이게 뭐 하는 짓이야? 네가 깡패야?"

방금 덩치 큰 녀석의 팔을 좀 꺾었다고 깡패 소리를 해대는 송두리를 살벌하게 노려보면서 말했다.

"너야말로 뭐 하는 짓이야? 지금 히어로물 찍냐? 아님, 그냥 정의감 넘치는 반장 코스프레 해?"

"뭐래는 거야."

송두리는 코웃음을 치며 어이없어했지만, 나는 아까부터 묘하게 화가 나 있는 마음을 달래기가 힘들었다.

"네가 뭔데, 네가 뭐라고 나서? 너도 고작 조그만 여자아이일 뿐이면서 뭐가 대단하다고 나서냐고!"

시답잖은 욕이나 들으면서, 위협이나 받으면서 대체 왜! 저 새끼가 진짜 한 대 쳤으면 어쩌려고⋯⋯!

"같은 반 친구니까 도와주는 건 당연한 거지."

턱까지 쳐들며 당당하게 대답하는 송두리를 보는데 속이 막 답답하고 화가 났다. 아니, 열불. 열불이 치솟는다는 표현이 정확할 수도 있겠다.

"그러다 네가 다음 왕따 타깃이 될걸? 대부분의 아이들은 그렇게 될까 봐 무서워서 안 도와주는 거야."

"고작 그런 이유로 어떻게 친구를 안 도와줘?"

그렇게 따지고 드는 송두리의 눈빛은 나를 잡아먹을 듯이 형형

하게 빛났다. 말이 안 통하는구만. 순간 머리가 지끈거려서 이마를 부여잡고 한숨을 터뜨렸다.

"너 같은 생각을 하는 아인 아마 이 세상에 없을 거다."

"무슨 소리야? 왜 이 세상에 없어?"

송두리의 목소리에 나는 이마에서 손을 치우고 그녀의 작고 말간 얼굴을 내려다보았다.

"내가 있잖아. 내가 있으면 이 세상에 한 명은 있는 거잖아."

……뭐, 이런 애가 다 있지? 나랑은 정말 안 맞는 애다. 지가 무슨 원더우먼 한국판이야, 뭐야.

그땐 진짜 뭐, 저런 계집애가 다 있나 싶었는데, 생각해보면 그때 그 순간 나는 송두리에게 더 반했던 것 같다.

아까 점심시간에 여 비서한테 들은 이야기 때문에 하루 종일 기분이 심란했다. 하지만 애써 그 생각을 떨쳐내고 고개를 들어 시간을 확인했다. 퇴근 시간에 가까워져 있는 벽시계를 보고 나는 바로 송두리에게 전화를 걸었다.

그러나 신호음이 길어지는데도 송두리의 목소리는 들을 수가 없었다. 그녀와 저녁 식사를 함께하고 싶었는데 그녀는 그 뒤로도 통화가 되지 않았다. 나는 그녀에게 문자를 남길까 잠시 고민하다가 자리에서 일어섰다. 아무래도 직접 찾아가 얼굴을 보는 게 안심이 될 것 같았기 때문이다.

사장실을 나와서 성큼성큼 엘리베이터를 향해 가는 나를 여 비서가 바짝 뒤따라왔다.

"퇴근하십니까?"

"아니. 디자인팀에 가려고."

"아, 정 팀장님 만나러 가십니까?"

고개를 슥 돌려 여 비서의 눈치 없는 얼굴을 빤히 쳐다보았다. 여 비서는 이제껏 내가 디자인팀과 송두리에 유난히 애착을 쏟는 다는 걸 전혀 눈치채지 못한 듯 보였다. 이 정도까지 둔한 내 비서의 모습에 나는 오히려 오기가 생겨버렸다. 그래서 그냥 내 쪽에서 뱉어보기로 했다.

"아니, 송두리 씨."

이래도 모르겠냐?

"아아, 또 디자인 제출하라고 하시려고요?"

엘리베이터 앞에 서며 팔짱을 끼는 내게 여 비서가 또 질문을 던졌다. 그래서 나는 쓴웃음을 지으며 대답했다.

"아니. 얼굴 보러 가는 거야."

이래도? 이래도 모를 거야?

"아아, 얼굴 보러 가시는……. 네?"

그제야 여 비서의 얼굴 근육이 조금 다른 양상을 띠었다. 전보다 훨씬 커진 그의 눈이 나를 뚫으게 응시했지만 가볍게 무시하고 눈앞에 도착한 엘리베이터 안으로 올라탔다.

"소문이 사실이었군요!"

그런데 그때 내 등 뒤에서 여 비서의 놀란 음성이 들렸고 나는 바로 어깨를 틀어 그를 돌아보았다.

"뭐가?"

얼른 나를 따라 엘리베이터로 올라탄 여 비서가 목소리를 낮추며 심각한 얼굴로 말했다.

"저도 자세히는 모르는데요, 사내에서 사장님이랑 송두리 씨랑 이상한 소문이 돈다고 하더라고요."

"그게 뭔데?"

정윤아가 우리의 사이를 알았을 때부터 예감했어야 하는 상황이라 나는 생각보다 크게 놀라지는 않았다.

"저도 정말 자세히는 모릅니다."

그때 엘리베이터가 도착했음을 알렸고 나는 바로 걸음을 옮겼다. 디자인팀으로 가는 복도로 막 들어섰는데 그런 내 앞에 구두 상자를 쌓아 두 손 가득 든 여직원의 뒷모습이 보였다.

굳이 그녀의 얼굴을 확인하지 않아도 나는 그녀가 누군지 알 수 있었다. 허리 라인, 다리 모양, 뒤통수만으로 나는 그녀가 누군지 확신했기 때문이다.

재빨리 걸음을 옮겨 그녀의 앞으로 걸어갔다.

"송두리 씨."

그녀의 이름을 부르고 앞을 막아서자 송두리가 고개를 상자 옆으로 빼며 나를 쳐다보았다.

"아, 안녕하세요, 사장님."

별로 안녕치는 못해서 대답 없이 굳은 얼굴로 그녀가 한 아름 들고 있는 구두 상자를 천천히 훑어보았다. 품 번호를 보니 재작년에 생산된 것들이었다.

"이거, 재고 남은 구두들 아니야?"

"네, 맞아요."

"창고에 있어야 하는 것들이 왜 지금 송두리 씨 손에 들려 있지?"

"팀장님이 확인할 게 있다고 해서요."

순간적으로 울컥 화가 치밀었다. 하지만 화를 억누르면서 최대한 차분하게 말을 시작했다.

"정 팀장이 직접 가서 확인하면 되잖아. 창고가 멀면 얼마나 멀다고."

겨우 지하 2층에 있는 건데, 왜 굳이 사람을 시켜서 이 많은 구두들을 들고 오라고 한 거지? 생각하면 할수록 화가 치밀어 올랐다.

"팀장님이 일이 많아서요. 곤란해하시기에 제가 가져온다고 한 거예요."

송두리의 설명에도 나는 전혀 마음이 풀리지 않았다. 그리고 그녀의 말도 쉽게 믿을 수는 없었다.

"정말이야?"

"네, 그럼요."

후우, 하고 노골적으로 한숨을 길게 내쉬었다. 그런 다음 송두리가 들고 있는 구두 쪽으로 두 손을 뻗었다.

"내가 들게."

"아니에요. 이러지 마세요."

내 손을 피하듯 송두리는 재빨리 몸을 뒤로 뺐다. 그 바람에 그녀의 몸이 휘청거리며 넘어질 뻔했다. 하지만 그녀는 곧바로 허리를 세웠고 그 반동으로 내게 꾸벅 인사까지 했다.

"저 먼저 가볼게요."

송두리는 그렇게 도망치듯 황급히 가버렸다. 혼자 남겨진 나는 잠시 어안이 벙벙했다가 이내 화가 났다.

'대체 뭐가 어떻게 돌아가고 있는 거야?'

미간을 살짝 찡그리면서 내 뒤쪽에 서 있을 여 비서를 향해 돌아섰다.

"여 비서."

"네, 사장님."

나와 눈이 마주친 여 비서가 바로 내 곁으로 다가왔다. 가까이 온 그를 슥 쳐다보면서 나직하게 물었다.

"아까 나랑 송두리 씨랑 어떤 소문이 돈다고 했었지?"

"네."

지금 여 비서의 표정이 나보다 더 심각했다. 나는 애써 여유로운 척 미소를 지으며 빠르고 단호하게 말했다.

"그거 자세히 좀 알아봐."

해마다 수능 날은 갑자기 추워지곤 했었다. 내가 수능을 치르던 그 해 역시 꽤 추웠다.

"겁나 춥네."

두 손으로 코트를 여민 나는 수능 시험을 보기로 배정된 학교로 가기 위해 아침 일찍 집을 나섰다. 어제 한번 가보긴 했지만 낯선 학교라 헤맬 수도 있으니까 일부러 일찍 나선 것이다…… 라고 나답지 않게 착실한 척 씨불여보았지만, 사실은 어제 나랑 같은 학교로 배정을 받은 송두리를 얼핏 봤었다. 그래서 조금이라도 일찍 가면 시험 전에 그녀의 얼굴을 한 번이라도 볼 수 있지 않을까 하는 생각에 아침잠도 줄이고 나온 것이다.

'시험 시작 전에 우연이라도 송두릴 보면 수능 정말 잘 볼 것 같은데…….'

괜한 기대에 차서 부푼 마음으로 고개를 들었는데, 건너편 인도에 교복을 입은 여학생이 한 명 보였다. 잘록한 허리 라인과 가늘고 하얀 다리, 작지만 다소 납작한 뒤통수를 보자마자 나는 심장이 뛰었다.

말도 안 돼.

"정말 송두리……?"

나 오늘 왠지 수능 만점 받을 것 같군.

갑자기 기분이 좋아져서 입가에 웃음이 떠나지를 않았다. 그녀에게 가기 위해 눈앞에 있는 신호등이 바뀌기만을 기다리고 있는데, 송두리가 갑자기 어딘가로 달려가기 시작했다.

"어?"

안타까운 마음에 눈으로 그녀만 좇고 있는데 다행히 그녀가 곧 멈춰 섰다. 그녀가 멈춰 선 곳엔 할머니가 한 분 계셨는데, 그 할머니는 전봇대 근처에 놓여있던 종이박스를 손으로 힘겹게 접고 계셨다. 송두리가 할머니에게 뭐라고 말하더니 할머니가 접고 있던 상자를 자기 손으로 가져갔다. 그러고는 그것을 바닥에 대고 운동화 신은 발로 꽉 밟았다. 그 바람에 그녀의 교복 치마가 날려서 하얀 허벅지가 살짝 드러났다.

"쟤, 뭐 하는 거야?"

순간 울컥해서 소리쳤지만 거리가 꽤 있어서 그녀에겐 들리지 않은 듯했다. 그사이 가슴속 심장은 쿵쾅쿵쾅 아주 난리가 났다.

그런데 송두리는 치마가 날리는 걸 전혀 개의치 않고 계속 발로 상자를 밟아 작게 접어갔다. 그렇게 순식간에 상자를 다 정리한 송두리가 그것들을 할머니의 손수레에 차곡차곡 실었다. 마지막으로 할머니의 손을 꼭 잡아준 다음 송두리는 다시 학교 쪽으로 걸어갔다.

나는 그녀의 뒷모습을 보면서 손목시계로 시간을 확인했다. 정말 일찍 나왔었는데 지금은 시간상 그렇게 여유가 있는 편은 아니었다. 그래도 지금 가면 교과서 한 번 정도는 보고 시험을 치를 수 있겠다 싶어서 얼른 걸음을 뗐다.

그런데 내가 잠깐 시간을 계산하는 사이 송두리의 뒷모습이 사라졌다. 분명 그 학교에 가려면 이 길을 쭉 올라가야 하는데, 이 길 위쪽에 송두리의 모습이 보이지 않았던 것이다.

"송두리……!"

나는 황급히 고개를 돌리며 사라진 송두리를 찾기 시작했다. 그녀를 찾아 거의 달리다시피 걷다가 우연히 오른쪽으로 뻗어 있는 골목길을 발견하고 내 시선이 멈췄다. 그리고 곧 내 시야로 송두리의 뒷모습이 들어왔다.

"……!"

드디어 송두리를 찾았지만 그 골목길에 그녀는 혼자가 아니었다. 네다섯 살 정도 되어 보이는 남자아이의 손을 잡은 채 송두리는 어딘가로 부지런히 걸어가고 있었다.

"저 바보가, 진짜!"

안타까움에 짜증이 절로 솟구쳤다. 당장 달려가서 송두리의 손을 낚아채고 학교로 끌고 가고 싶었지만, 송두리가 부지런히 가고 있는 곳이 어딘지 짐작이 갔기 때문에 차마 그렇게 하지는 못했다.

역시 예상대로 송두리는 그 꼬마아이를 데리고 파출소로 들어갔다. 수능 날 아침에 길 잃은 아이를 파출소에 데려다주는 송두리도 송두리지만, 아무 말 없이 그녀를 따라온 나도 참 나다.

그 파출소 앞에서 계속 손목시계를 확인하면서 5분쯤 기다리자 송두리가 나왔다. 그녀를 본 순간 나는 한걸음에 그 앞으로 달려가 그녀의 손목을 덥석 잡아챘다. 이제 딴짓 못하도록 말이다. 이렇게까지 하지 않으면 우린 정말 지각할지도 모른다.

"어? 맹사준?"

내 등장에 정말 깜짝 놀란 듯 송두리는 눈을 크게 뜨고 손으로 입가를 가렸다. 그런 그녀의 팔을 잡아당기며 소리쳤다.

"야, 뛰어!"

"어? 왜?"

"늦었다고, 너랑 나!"

송두리의 손을 잡고 뛰면서 나는 그녀에게 아까부터 따지고 싶었던 것들에 대해 소리쳤다.

"보통 수능 날 아침엔 파지 줍는 할머니 도와줄 생각 안 하지 않냐?"

"잠깐 도와드린 거야. 그거 5분도 채 안 됐어."

"그리고 길 잃은 아이 파출소에 데려다 줄 여유까지 있냐? 덕분에 너랑 난 이렇게 뛰고 있잖아!"

"그럼 길 잃은 아이를 무시해?"

"누가 무시하래? 근처에 아무 어른이나 잡고 파출소에 데려가 달라고 하면 되잖아? 넌 수능 보러 가야 된다고 하고."

"요즘 세상이 얼마나 무서운데 아무 어른한테나 애를 맡겨?"

"그 꼬마 입장에선 너도 아무 어른이거든?"

우리는 그 배정된 학교로 가는 길 내내 달리면서 계속 싸웠다. 하지만 그게 지금까지 재미있는 추억으로 남아 있긴 하다.

"야, 송두리!"

"왜?"

"수능 끝나고 오뎅 국물 한잔할래?"

"나 친구들이랑 만나기로 했는데."

"……그냥 한번 해본 말이야. 나 사실 오뎅 되게 싫어해. 길어서 되게 싫어해."

끝이 좀 안 좋게 끝나서 그렇지.

"사장님과 고등학교 동창인 송두리 씨가 디자인 공모전에 당선되게 해달라고 사장님께 부탁을 했고, 그렇게 송두리 씨 디자인이 대상으로 당선이 되어 입사하게 되었다는 소문이 파다합니다."

"다들 바보들이야?"

여 비서의 말을 가만히 듣다가 울컥 화가 나서 입을 열었다.

"내 표랑 정 팀장 표랑 임원들 표 다 합해서 열 표가 넘어. 근데 고작 내 표 하나로 대상 당선이 가능하다고 생각해?"

"그렇긴 한데 두 분이 동창인 것도 사실이고, 처음에 송두리 씨가 그 사실을 밝히지 않았던 게 의심을 키웠던 것 같습니다."

후우, 절로 한숨이 터져 나왔다. 하여튼 인간이란 족속들은 참 어렵다.

'그럼 송두리가 입사하자마자 나 사장님이랑 동창이에요, 그것도 굉장히 껄끄러운! 그렇게 자기소개라도 대대적으로 했어야 한다는 건가?'

마음이 너무 무거웠다. 그래서 꽤 늦은 시간이었지만 송두리의 얼굴을 보면서 꼭 이야기를 나누고 싶었다.

[너희 집 앞이야. 나올 때까지 기다릴게.]

송두리의 집 앞에서 기다린다는 문자를 남기고 차 안에서 그녀가 나오기만을 무작정 기다리는데, 의외로 그녀는 쉽게 모습을 드러냈다.

"사준아."

그녀의 모습을 발견하자마자 나는 차 문을 열고 내렸고 그녀는 웃는 얼굴로 내게 다가왔다.

"이 밤중에 무슨 일이야?"

나를 향해 싱긋 웃는 송두리를 보는데 묘하게 가슴이 아팠다. 그녀의 미소가 가슴 아프긴 처음이었다.

나는 그저 말없이 그녀를 두 팔로 끌어안았다. 내 가슴에 얼굴을 댄 송두리가 '너 오늘 이상해.'라고 작게 중얼거렸고 나는 그 말에 웃지도 못하고 말했다.

"미안하다."

"갑자기 무슨 소리야?"

"나 다 알아."

그 순간 송두리가 내게서 자신의 몸을 떨어뜨렸다. 그녀의 눈빛에서 혼란스러움이 느껴졌다.

"뭘?"

"너한테 요즘 일어나는 일."

나를 보던 송두리의 얼굴이 딱딱하게 굳어졌다. 잠시 자신의 아랫입술을 윗니로 짓이기던 그녀가 천천히 입을 열었다.

"아……. 벌써 위쪽에까지 소문이 다 난 거야?"

"내가 당장 직원들한테 설명할게."

"그러지 마. 더 복잡해져."

단박에 송두리는 그러지 말라며 나를 만류했다. 그녀의 어두워진 표정에 나는 마음이 더 무거워졌다.

"이제 직원들은 사실을 알고 싶은 게 아니야. 내 실력을 알고 싶은 거지. 정말 공모전에서 대상을 받을 만한 디자이너인지, 낙하산 타고 내려온 디자이너는 아닌지."

진지한 송두리의 음성을 들으면서 나는 묵묵히 고개를 끄덕였다. 언제나 그렇듯 그녀의 말은 옳았다. 이제 그들은 사실보다 송두리에게 더 집중을 할 것이다.

"결국은 내가 노력하면 인정받을 거야. 그러니까 네가 미안해하지 않아도 돼. 근데 만약에, 이런 경우라면 미안해해야지."

"이런 경우?"

"네가 내 공모전 디자인을 처음 봤을 때, 정말 사심 없이 내 디자인만 보고 순수하게 표를 던진 게 아니라면 미안해해야지."

그 순간 나는 가슴이 갑갑해졌다. 낮게 한숨을 내쉬는 사이 송두리가 내게 차분한 목소리로 물었다.

"내 이름은 보지도 않고 디자인만 보고 표를 준 거 맞지?"

그녀에게 거짓말을 하고 싶진 않았다. 다소 오해의 소지가 있을지라도 나는 진실을 전하고 싶었다.

"네 이름이 전혀 영향을 주지 않았다면 거짓말이야. 그렇지만 우선적으로 네 디자인이 마음에 들었기 때문에……!"

"그만."

송두리는 내게 손바닥을 들어 보이며 말을 멈추게 했다. 그녀는 말없이 나를 노려보더니 이내 크게 한숨을 내쉬었다.

잠시 후 송두리가 나를 향해 서슬 퍼렇게 말했다.

"그런 거라면 직원들이 날 왕따 시켜도 내가 할 말 없는 거 아니야?"

"그럼 내가 어떻게 네 이름에 반응을 안 해? 첫사랑 이름인데! 그렇지만 디자인이 대상감이 아니었다면 난 절대 네 디자인에 투표하지 않았어. 너 내 성격 몰라?"

나는 지금 이 상황이 그저 안타까웠다.

"모르겠어. 지금은 그냥 혼자 있고 싶어."

송두리는 결국 날 남겨두고 혼자 돌아섰다. 그녀의 가녀린 뒷모습이 너무 아프게 느껴졌다. 나는 그렇게 한참을 그녀의 뒷모습에서 시선을 떼지 못한 채 서 있었다.

송두리째 흔들리다

며칠 전부터 직원들이 내 뒤에서 수군거리는 느낌이 계속 들었다. 처음 겪는 일은 아니었지만 그렇다고 익숙한 일도 아니었다.

점심을 혼자 먹게 되거나 무리한 심부름을 하게 되기도 했지만, 이런 게 사회생활이니까 막내니까 이런 생각으로 버텼다.

하지만 화장실에서 내 뒷담화를 우연히 듣게 됐을 땐 정말이지 당황스러웠다.

"잘 몰랐는데, 송두리 씨 약간 여우과인 것 같아."

"맞아. 그 소문도 그렇고."

그 소문?

화장실 칸 안에서 그 대화를 듣자마자 나는 문을 세게 열어버렸다. 그 문이 옆문과 부딪쳐 큰 소리가 나자 세면대에 서 있던 여직원 둘이 나를 돌아보았다. 그들은 내 얼굴을 확인하고는 표정을 딱딱하게 굳혔다.

"김 대리님, 미주 선배."

그녀들을 부르며 나는 천천히 앞으로 걸어갔다. 그리고 그녀들의 앞에 서며 서늘하게 말했다.

"할 말이 있으시면 얼굴 보고 직접 해주세요."

이렇게 된 이상 며칠 전부터 시작된 미묘한 따돌림의 원인과 나를 향한 뒷이야기들을 전부 알아내고 싶었다.

김 대리님이 나를 보며 잠시 주저하는 듯한 표정을 지었다. 하지만 얼마 지나지 않아 새치름한 얼굴로 내게 물었다.

"송두리 씨 정말 사장님이랑 동창이야?"

결국 이거였나. 이번에도 역시 맹사준인가.

"아…… 네."

성격상 거짓말을 할 순 없었다. 그리고 무엇보다 할 이유도 없었다.

"어머, 웬일이니."

"어쩐지."

어쩐지?

맹사준 사장님이 동창인 나를 공모전에 당선시켜준 거라는 소문이 돈다는 걸 듣고 나는 잠시 어안이 벙벙했다.

그건 모두 맹사준 성격을 몰라서 하는 말이다. 맹사준이 얼마나 철저하고 싸가지가 없고 공사가 분명한 인간인데, 여자 친구 디자인에도 독설을 퍼붓는 그런 남잔데. 그는 절대 그런 짓을 할 성격이 아니란 말이다.

은근히 무시당하고 자질구레한 심부름을 하는 건 얼마든지 견딜 수 있었다. 하지만 내가 아닌 맹사준을 욕하는 건 정말 참기가 힘들었다.

"사장님 정말 실망이야."

"그러게. 낙하산 태워주는 분인 줄은 몰랐어."

"완전 권력남용 맹 사장님."

그러다 오늘은 정말 속이 상해서 정 팀장님의 방에 문을 두드리고 말았다. 얼마 전부터 내게 냉정해진 정 팀장님에게 나는 당당하지만 예의를 갖추어 말했다.

"팀장님, 제 디자인이, 낙하산 소리를 들을 정도로 형편없었나요?"

정 팀장님은 자리에 앉은 채 아무 말 없이 나를 가만히 올려다보았다. 나는 지고 싶지 않다는 생각에 주저하지 않고 계속 말했다.

"만약 그렇다면 전 지금 당장 회사를 그만두겠습니다."

10년 가까이 해보고 싶어서 꿈에서조차 그리던 구두 디자인이었지만, 내가 떳떳치 못하고 사랑하는 이에게 피해를 주면서까지 계속 하고 싶진 않았다.

그때 정 팀장님이 드디어 입을 열었다.

"회사생활에선 팩트, 즉 사실만이 존재하는 건 아니야. 거짓이어도 그게 흥미로울 땐 직원들 사이에서 만들어진 사실이 되기도 하거든."

팀장님의 말에 나는 뒤통수를 얻어맞은 듯한 기분이 들었다.

"결국 실력으로 인정받을 수밖엔 없단 말이야."

결국엔 반대로 보면 내가 실력만 갖추었으면 이런 일도 없었단 말이 된다. 나는 죽도록 노력해서 그들에게 만들어진 사실 따위 진실이 아니라는 걸 꼭 증명하고 싶었다.

송두리째 흔들다 18

　사내에 공공연히 퍼져 있는 나와 송두리에 대한 소문을 어떻게 해결해야 하나 고민하고 있는데, 갑자기 책상 위에 놓아둔 휴대폰이 울렸다. 천천히 손을 뻗어 발신자를 확인해보니 '구 아저씨'였다.

　　'구 아저씨가 무슨 일이시지?'

　중요한 일이 아니고서는 절대 연락을 하지 않는 분이었기에 나는 잽싸게 전화를 받았다. 그랬더니 구 아저씨의 목소리가 밝게 들려왔다.

　─맹 군, 오랜만이야.

　"네, 아저씨. 잘 지내셨죠?"

　─응, 당연하지.

　아무래도 지금 내가 심적으로 지쳐 있어서 그런지 구 아저씨의 목소리가 그렇게 반가울 수가 없었다. 그래서 조금 감성적이게 말했다.

"뵙고 싶어요, 아저씨."

-지금 당장 1층 로비로 나와. 보여줄 테니.

"네?"

화들짝 놀라서 휴대폰을 손에 꼭 쥔 채 1층으로 달려 내려갔다. 로비 한가운데에서 뒷짐을 지고 서 있는 아저씨를 발견하자 절로 얼굴 가득 미소가 지어졌다.

"구 아저씨!"

그를 부르며 달려가는 사이 구 아저씨가 나를 돌아보고 씨익 웃었다. 그의 앞에 멈춰 선 나는 웃는 얼굴로 물었다.

"여기까지 어떻게 오셨어요? 무슨 일 있으세요? 아, 혹시 복직하시려고요?"

"숨차다, 숨차. 일단 밥부터 먹자."

신이 난 나를 웃는 얼굴로 타박한 아저씨가 먼저 사내식당으로 걸음을 옮겼다. 그를 따라가면서 나는 계속 말했다.

"근데 진짜 어떻게 오셨어요? 미리 연락 주셨으면 제가 모시러 갔을 텐데요."

"번거롭게 뭐하러 그래? 서로 귀찮게. 근데 오늘 메뉴는 뭔가?"

사내식당으로 들어선 아저씨는 제일 먼저 메뉴부터 살폈다. 가만히 곁에서 그를 지켜보고 있는데 갑자기 아저씨가 툭 던지듯 내게 말했다.

"그 아가씬 잘 있지?"

나는 바로 그 아가씨가 송두리란 걸 알아채고 아저씨를 향해 어색한 미소를 지으며 대답했다.

"네, 그럼요."

"잠깐 식당으로 나오라고 해. 얼굴이나 좀 보게."

갑작스런 아저씨의 말에 나는 조금 당황하고 말았다.

"여기로요? 지금?"

그런 내 표정을 지그시 응시하던 구 아저씨가 눈을 가늘게 뜨며 되물었다.

"왜? 싸웠어?"

"아뇨. 그런 건 아니지만……."

아직 소문에 대한 어떤 해결책도 없는 상황인데 괜히 그녀를 이곳에 불러내서 더 곤란하게 만들고 싶진 않았다.

그때 아저씨가 내 얼굴을 지그시 바라보며 말했다.

"잘해줘. 좋은 아가씨잖아."

"네, 알아요. 잘할 거예요."

"내가 복직을 결심한 것도 그 아가씨의 영향이 크다구."

구 아저씨가 던진 뜻밖의 말에 나는 절로 눈이 커졌다.

"아……! 정말 복직하시는 거예요, 아저씨?"

구 아저씨는 대답 대신 나를 향해 씨익 웃어 보였다. 아무래도 구 아저씨는 지난번 강원도에서 송두리가 했던 말에 마음이 크게 움직인 모양이었다. 그녀 생각에 나는 또다시 마음이 무거워졌다.

식사를 마치고 구 아저씨는 디자인팀과 샘플실에 다녀오겠다며 가버렸고 나는 사장실로 돌아왔다. 그런데 그러고 30분도 채 지나지 않아 구 아저씨가 내 방문을 벌컥 열어젖혔다.

"야, 맹 군!"

어느 정도 예상을 했었던 일이라서 나는 태연한 얼굴을 한 채 그를 소파로 안내했다.

"들으셨어요? 일단 앉으세요."

지금 사내에 퍼져 있는 나와 송두리에 대한 소문을 들은 듯한 아저씨는 화난 얼굴로 비서가 가져다준 물을 벌컥벌컥 들이켰다. 잠시 후 탁 소리 나게 컵을 내려놓은 아저씨가 입을 열었다.

"내가 없는 사이에 대체 무슨 일들이 벌어진 거야? 안 그래도 무성하던 맹 군 소문들은 더 나쁘게 퍼져 있고 회사 분위기도 어수선하고."

"죄송합니다."

우리 회사에 대한 구 아저씨의 애정을 잘 알고 있었기에 나는 바로 머리를 조아렸다.

"나한테 뭐가 죄송해? 자네 회산데. 망해도 자네 회사고 흥해도 자네 회사잖아."

마음이 무거워지니 입도 같이 무거워졌는지 나는 아무 말도 하지 못했다. 구 아저씨는 진지한 얼굴로 다시 질문을 던졌다.

"정말 송두리 씨 낙하산 태워준 거 아니지?"

"그건 정말 아니에요. 제 성격 잘 아시잖아요?"

"알아. 아니까 하는 말이야. 아니까 실망스러운 거고."

가슴이 답답해서 탁자 위로 시선을 내렸다. 그런 내 귀로 아저씨의 목소리가 계속 들려왔다.

"지금까지완 다른, 그런 류의 소문이 난 거 보면 뭔가 빌미를 제공한 게 있었겠지. 아니야?"

후우, 하고 한숨을 길게 내쉬자 아저씨가 나를 쏘아보는 게 느껴졌다.

"다 인기 많은 제 탓이죠, 뭐."

여기서 정윤아 얘기를 꺼내서 더 비겁해지고 싶진 않았다. 그냥 다 내 탓이라고 생각하고 싶었다. 그런데 그 순간 아저씨의 눈빛이 더욱 살벌해졌다.

"농담이 나와? 해결책도 없는 놈이."

혀를 끌끌 차던 구 아저씨가 문득 생각에 잠긴 듯 미간을 찡그렸다. 잠시 후 아저씨가 나직한 목소리로 내게 말했다.

"나한테 좋은 생각이 하나 떠올랐는데 말이야."

10년 전 어느 날.

편의점 문을 열고 들어서다가 알바생이랑 눈이 딱 마주쳤다. 그 알바생은 그 특유의 갈색 눈동자로 나를 빤히 쳐다보았다.

"왔어?"

어색했다.

그도 그럴 것이 그 알바생은 내가 지난주 졸업식 날에 고백을 하고 차인 송두리였기 때문이다.

"어. 컵라면 좀 먹으려고."

어떤 미친놈이 편의점에서 컵라면 하나 먹겠다고 두 정거장이

나 달려온단 말인가. 하지만 그렇다고 네 얼굴 보러 왔다고 말하기엔 자존심이 너무 상했다. 더 이상 상할 자존심이 있겠냐마는 그래도 마지막 남은 자존심이 1g 정도는 있었다.

"컵라면은 저쪽에 있어."

송두리가 친절하게 컵라면이 진열된 장소를 알려주었다. 이미 알고 있는 방향이라 스스럼없이 걸어갔다.

나도 정말 이런 내가 싫지만 짝사랑하는 남자니까 어쩔 수 없다. 보고 싶은 걸 어찌할 도리가 없으니 그냥 행동하는 거다.

컵라면을 하나 집어 와서 송두리에게 건네자 그녀가 그것을 받아 바코드를 찍었다. 조용한 공간에 삐- 소리가 울리는 순간 나는 그녀에게 천 원짜리 한 장을 내밀었다. 그러면서 어색한 분위기를 깨기 위해 말했다.

"잔돈은 됐어. 너 가져."

"……어, 고마워."

고마워하지 마! 맞받아쳐! 동전을 던지라고! 평소대로 해, 제발……!

송두리가 고맙다고 인사를 해버리는 바람에 분위기는 더욱 어색해졌다. 그래서 나는 그냥 조용히 컵라면을 들고 구석으로 갔다.

컵라면에 뜨거운 물을 붓고 나무젓가락을 챙기는 사이 또다시 편의점 문이 열리고 교복을 입은 남학생이 한 명 들어왔다. 그 남학생은 척 보기에도 '나 양아치입니다!' 라고 자기소개라도 하듯이 폭이 매우 좁은 바지에 손에는 일명 일수 가방을 들고 있었다.

"안녕, 이쁘니."

송두리를 향해 겁나 발랄하게 인사를 건네는 일수 가방 녀석을 물끄러미 쳐다보았다. 그러면서 손으로는 나무젓가락을 반으로 갈랐다. 녀석에게서 시선을 떼지 않은 채 컵라면 뚜껑을 곱게 접어 깔때기 모양으로 만들었다. 그럼 다음 그것에 라면 면발을 집어넣었다. 아직 면이 덜 익은 느낌이었지만 그건 그거대로 특유의 맛이 있다.

"우리 이쁘니, 오늘은 알바 몇 시에 끝나? 오빠가 맛난 거 사줄게."

별 미친놈 다 보겠네.

송두리에게 집적대는 일수 가방 녀석을 노려보면서 면발을 후후 불었다. 고양이 혀라 뜨거운 걸 잘 못 먹는 탓이다. 라면을 먹으면서도 언제든 송두리에게 달려갈 수 있도록 발꿈치는 엣지 있게 세워뒀다.

그런데 얼핏 보니 송두리의 얼굴엔 비웃음이 걸려 있었다. 굳이 내가 안 나서도 그녀의 선에서 해결이 가능할 듯 보여서 나는 그냥 라면을 입안에 넣었다.

아, 근데 아직도 좀 뜨겁다. 이놈의 고양이 혀.

"그만 좀 집적댈래? 나 남자 친구 있거든?"

결국 송두리는 거짓말로 녀석을 쫓아버리려고 결심한 모양이었다.

"에이, 거짓말 마. 요 몇 주 동안 내가 너 남자랑 있는 꼴을 못 봤는데 무슨."

하지만 일수 가방 녀석은 눈치 빠르게도 그녀의 말을 전혀 믿지 않았다.

짜식, 보기보다 똑똑한데?

나는 무슨 드라마 보듯이 그들의 대화를 지켜보면서 라면을 먹었다. 그때 다시 송두리의 목소리가 들려왔다.

"거짓말 아니야. 내 남자 친구 저기서 라면 먹고 있어."

"컥……!"

면발이 목구멍에 걸려버렸다. 황급히 고개를 들어 내 주변을 살펴보았지만 이 안에서 라면을 먹고 있는 건 나뿐이었다.

너무 놀라 면발을 제대로 씹지도 않고 그냥 삼켜버렸다. 어리벙벙한 시선을 들자 송두리와 일수 가방 녀석이 나를 보고 있는 게 보였다. 나는 억지로 입술 끝을 당겨 웃으며 송두리에게 손을 흔들어 보였다.

"나 불렀어, 자기야?"

이때가 아니면 대체 언제 송두리를 '자기'라고 불러보겠는가 싶어서 일단 저질렀다.

"뭐야, 진짜였어?"

어리둥절해하는 일수 가방 녀석을 향해 눈썹을 구기며 살벌한 눈빛을 보냈다. 곧 녀석은 헛기침을 하며 편의점을 나가버렸다.

"도와줘서 고마워."

녀석이 나가자마자 송두리는 딱딱하게 인사를 건넸다. 뭐, 그런 걸 가지고 고마워하냐고 난 당연히 해야 할 일을 했을 뿐이라는 상투적인 대답을 해주고 싶었는데, 괜히 얼굴이 화끈거리고 심장이 거칠게 뛰어서 아무 말도 하지 못했다.

지난밤 꿈은 내 씁쓸했던 송두리 짝사랑 시절 중 유일하게 행복한 기억으로 남아 있는 추억이었다. 꿈 덕분에 기분 좋게 잠을 깬 나는 오늘의 결전을 위해서 조금 일찍 회사로 향했다.

"다 모이셨습니까?"

아침부터 오랜만에 디자인팀 전원을 한자리에 모아놓고 회의를 시작했다. 20명 정도 수용이 가능한 회의실에 30명 이상의 직원이 모였기 때문에 10명 정도는 뒤에 서 있을 수밖에 없었다. 서 있는 직원들 중엔 송두리도 있었다.

회의실 상석에 구 아저씨와 나란히 앉은 나는 직원들의 얼굴을 지그시 바라보며 입을 열었다.

"오늘 여러분을 모이라고 한 이유는, 내년 봄에 출시할 신상품 건 때문입니다. 그 신상품의 디자인을 디자인팀 직원들로부터 공모해서 선정할까 합니다."

갑작스런 공지에 직원들은 다소 놀란 듯한 표정을 지었다. 나는 그런 직원들을 향해 변함없이 차분한 어조로 이어 말했다.

"선정 방식은 블라인드 테스트이기 때문에 디자인 제출 시 이름을 기입하지 않으셔도 됩니다."

여기까지 말한 순간 놀란 직원들이 웅성대기 시작했다. 하지만 나는 말을 멈추지 않았다.

"심사는 공개심사로 저와 구영찬 총괄부장님이 맡을 것이며, 제출 기간은 내일부터 3주 동안입니다. 디자이너들은 가장 자신

있는 디자인을 구상해서 제출해주시기 바랍니다."

직원들의 동요는 쉽게 멈추지 않을 것처럼 보였다. 그래서 나는 웅성거리는 그들을 가만히 지켜보다가 잠시 후 다시 입을 열었다.

"혹시라도 요즘 사내에 퍼져 있는 얼토당토않은 소문으로 이상한 염려를 하실까 봐 말씀드립니다만, 저는 그 기간 3주 동안 회사에 출근하지 않을 예정입니다."

어제 구 아저씨는 송두리의 실력을 공개적으로 검증해주자며 블라인드 테스트 형식의 신상품 디자인 공모를 제안했다. 그리고 공정성을 위해서 내가 그 제안에 3주 동안 출근을 하지 않겠다고 덧붙인 것이다.

"업무는 모두 제 집에서 보겠습니다. 제 결재가 필요한 경우는 여 비서를 통해 전달해주십시오."

이 정도면 송두리의 의혹도 자연스럽게 풀릴 것이다. 아, 물론 송두리의 디자인이 신상품으로 선정되었을 경우에 한해서지만 말이다.

"아, 그리고 맹사준 사장님은 회사에 자신의 휴대폰도 두고 가실 예정입니다."

'음?'

갑작스런 구 아저씨의 발언에 나는 눈이 조금 커지고 말았다. 그건 전혀 듣지 못한 얘기였다. 그러나 우리를 집중하고 있는 직원들의 눈을 생각해서 나는 전혀 당황한 티를 내지 않았다. 그리고 태연한 얼굴로 선언했다.

"네, 여기 회의실 탁자 한가운데에 두고 갈 겁니다."

개인적인 연락은 전혀 받지 않겠다는 나의 의지를 읽은 직원들은 적잖게 당황한 눈치였다.

직원들도 이 신상품 디자인 공모는 송두리의 실력을 검증하기 위한 일임을 잘 알고 있을 것이다. 고로 난 그녀의 실력을 검증해 주기 위해서라도 철저히 공정하게 심사에 임할 것이다.

"아, 그리고……."

나는 이참에 나에 대한 소문들도 정리하고 싶었다. 그래서 여기 모인 직원들을 향해 웃으며 말했다.

"저에 대한 소문들이 참 많던데, 이 자리를 빌려 그걸 좀 정리하고 싶습니다."

직원들의 얼굴이 다소 어색하게 굳어졌다. 그동안 어떤 소문이 나도 늘 무관심했던 사장이 갑자기 이렇게 나오니 다들 좀 놀란 모양이다.

"저는 원래 제 소문 따위 관심 없는 편이고 사람들이야 워낙 남의 말 하기 좋아하니 그냥 말하게 놔뒀었는데 말이죠. 제 소중한 사람이 주변이 시끄러운 남자를 싫어하기 때문에 깔끔하게 정리를 하려고 합니다."

동요한 여직원들 몇 명이 웅성대기 시작했지만 나는 꿋꿋하게 말을 이었다.

"우선 제가 알고 있는 소문들은, 얼굴로 사장이 됐다는 설이랑 게이설이랑 저희 부모님 CEO 혹은 디자이너설, 뭐, 이 정도인데요."

잠시 말을 끊었다가 직원들의 얼굴을 하나하나 살피면서 말을 이었다.

"첫 번째 설이야 사장은 그 회사의 얼굴이고 제가 또 어디 내놔도 꿀린 외모는 아니기 때문에 그냥 얼굴값이었다고 생각하겠습니다. 하지만 좀 불쾌한 건 사실이네요. 그리고 게이설은 제가 고등학교 때부터 쫓아다닌 여자 친구가 한 명 있는데 그 친구가 들으면 콧방귀를 뀔 소문이구요, 그리고 저희 부모님은 울산에서 소를 키우고 계십니다. 뭐, 이 정도면 소문 정리는 된 것 같네요."

직원들은 이제 웅성거림도 멈추고 조용해졌다. 그래서 말하기가 더욱 수월해졌다.

"앞으로도 이런 근거도 없는 소문이 퍼진다면 저한테 바로 알려주세요. 아니면 아니라고, 맞으면 맞다고 분명하게 말씀드릴 테니."

나직하게 말을 던지고 마지막으로 질문을 덧붙였다.

"아, 혹시 저한테 궁금한 거 있으신가요?"

그때 디자인팀 대리 설희 씨가 손을 번쩍 들고는 나를 향해 물었다.

"그 고등학교 때부터 쫓아다녔다는 여자 친구랑은 지금 어떻게 되셨어요?"

그래서 나는 직원들 사이에 숨은 송두리의 얼굴을 바라보면서 대답했다.

"아까 말씀드린 소중한 사람이 그 여자 친구입니다. 지금은 서로에게 아주 소중한 사람이 되었죠."

휴대폰을 회의실 탁자에 두고 나왔기 때문에 송두리에겐 공중전화
로 전화를 걸었다. 그녀는 그 전화를 받고 바로 집 밖으로 나왔다.

"마지막으로 얼굴 보러 온 거야."

송두리를 보자마자 나는 작게 미소를 지으며 말했고 우리는 서
로를 애틋하게 바라보았다.

잠시 후 내가 먼저 그녀를 향해 입을 열었다.

"열심히 해. 난 너의 낙하산 누명을 벗겨주기 위해 널 3주 동
안 못 보는 고통도 참아내는 거니까."

"……."

그러나 송두리는 입을 꾹 다문 채 말이 없었다. 침묵이 가라앉
은 어색한 분위기를 전환하기 위해 나는 웃으며 말했다.

"전화나 문자는 못해도, 메일은 보내도 되지?"

그제야 송두리가 피식 웃음을 터뜨렸다. 그녀의 웃음에 나는
안심이 되어 그녀를 따라 웃었다. 잠시 서로를 말없이 바라보고
있는데 이번엔 그녀 쪽에서 입을 열었다.

"넌 날 믿어?"

그녀의 질문에 나는 즉답했다.

"아니."

내 즉답에 송두리는 조금 당황한 듯 헛웃음을 터뜨렸다. 그러
더니 그녀는 곧 고개를 끄덕였다.

"역시, 그렇구나."

그래서 나는 진지하게 내 본심을 전했다.

"난 널 안 믿어. 날 믿을 뿐. 내 눈을 믿을 뿐."

송두리의 갈색 눈동자가 나를 빤히 보았기에 나도 그녀의 눈을 지그시 응시하며 계속 말했다.

"처음 네 디자인을 뽑은 내 훌륭한 안목만 믿을 거야."

"……역시 맹사준답네."

고맙게도 송두리는 나를 향해 미소를 지어 보였다. 그래서 나는 그녀에게 진심을 담아 말했다.

"그러니까 넌 안심하고 네가 그리고 싶은 디자인을 그려서 내면 돼."

내 말에 송두리는 고개를 아래위로 끄덕였다. 그러더니 한 발자국 가까이 다가와 내 손을 조심스럽게 잡았다.

"한 가지 고백할게."

"응."

갑작스런 그녀의 말에 내가 고개를 끄덕이자 송두리가 말을 이었다.

"저번 공모전에서 네가 정말 내 이름만 보고 내 디자인에 표를 던졌다고 해도, 난 절대 너한테 실망하지도 네가 싫어지지도 않았을 거야."

그녀의 말은 꽤 의외였지만 상당히 기뻤다. 하지만 내 기쁨은 거기서 끝이 아니었다. 송두리의 달콤한 목소리가 또다시 이어졌던 것이다.

"널 사랑하니까."

송두리째 흔들리다

사준이가 그만둔 편의점 아르바이트 자리를 내가 이어받아 하게 된 지 한 달 정도 되었을 때 은진이가 불쑥 나를 찾아왔다.

"안녕, 두리야?"

수능이 끝나고 졸업을 할 때까지 은진이와 서먹한 사이였기 때문에 나는 그녀의 등장이 솔직히 좀 부담스러웠다.

"이거 얼마야?"

은진이는 초콜릿을 2개 집어서 내게 건넸고 나는 그것을 계산해주었다. 계산을 마친 은진이가 그 2개 중 하나를 내게 내밀었다.

"먹어. 내가 사는 거야."

그녀가 준 초콜릿을 어색하게 톡톡 잘라서 먹고 있는데 은진이가 내 눈치를 보는 게 느껴졌다. 그런 그녀를 가만히 응시하고 있으니 은진이가 조심스럽게 내게 물었다.

"졸업식 날, 사준이가 고백했지?"

역시 은진이는 그걸 확인하기 위해 일부러 내가 아르바이트를 하고 있는 편의점까지 찾아온 것이었다. 이번엔 그녀가 확신하는 듯한 어조로 물었다.

"고백받았지, 너?"

"……그걸 왜 물어?"

"원래 졸업식 날 고백 많이 하고 많이 받으니까 혹시나 해서. 역시 사준이가 너 좋아하는 거 맞지?"

나는 그저 조용히 고개를 끄덕였다. 그러자 은진이의 조금 격앙된 목소리가 내 귀를 타고 들려왔다.

"그래서 뭐라고 했어? 걔 받아줬어?"

이번엔 고개를 좌우로 저었다.

"정말?"

순간적으로 밝아지는 은진이의 목소리에 나는 미간을 살짝 찡그렸다. 잠깐이지만 조금 불쾌한 감정이 들었던 것이다.

"고마워!"

부담스럽게 은진이는 두 손을 뻗어 내 손을 덥석 잡았다. 내 앞에서 은진이는 정말 기쁜 듯 환하게 웃었다.

"역시 넌 날 배신하지 않았구나."

그녀에게 꽉 잡힌 손을 내려다보면서 나는 조금 씁쓸하게 웃고 말았다. 그녀는 그 추운 겨울날 맹사준이 내 손을 잡았다는 이유로 그날부터 졸업 전까지 내게 말 한마디 걸지 않았었다.

"대학 가서도 친하게 지내자, 우리."

그러나 그녀의 뻔뻔한 제안을 나는 거절하지 못했다. 정말 나는 좋은 사람 콤플렉스가 있는지도 모르겠다.

그날 나는 환하게 웃고 있는 은진이에게 묻고 싶은 게 하나 있었다. 그래서 한참을 망설이다가 겨우 물었다.

"사준이한테 고백할 거야?"

"어, 해야지."

당연한 걸 묻는다는 듯 은진이는 웃으며 고개를 끄덕였다. 나는 그녀의 어깨를 부드럽게 토닥여주었다.

"응, 잘해봐."

사실은 아니다. 거짓말이다. 나는 조금도 그녀가 맹사준과 잘되길 바라지 않았다.

그런데 그렇게 말하지 못했다. 겁쟁이였다. 거짓말쟁이였다. 그때의 나는.

그래서 이제는 무슨 일이 있어도 거짓말을 하고 싶지 않다. 뭐든지 솔직하게 말하고 싶다.

"한 가지 고백할게."

나를 바라보는 사준이의 까만 눈동자에 심장이 두근거렸다.

"저번 공모전에서 네가 정말 내 이름만 보고 내 디자인에 표를 던졌다고 해도, 난 절대 너한테 실망하지도 네가 싫어지지도 않았을 거야."

의외라는 듯 사준이의 눈썹이 치켜 올라갔다. 그래서 나는 두

근거리는 심장을 느끼면서 진심으로 고백했다.

"널 사랑하니까."

맹사준을 사랑하니까.

송두리째 흔들다 19

송두리를 못 본 지 3일 정도가 지나자 금단증상처럼 가슴이 갑갑해왔다.

생각해보니 회사에만 안 가면 되지, 송두리의 디자인만 안 보면 되지, 왜 굳이 송두리까지 만나지 않아야 하는지 이해가 되지 않았다.

그래서 황급히 외출을 위해 옷을 갈아입는데, 현관에서 문 열리는 소리가 들렸다.

잠시 후 손에 서류봉투를 든 여 비서가 집 안으로 들어왔다. 덕분에 나는 셔츠의 단추를 채우던 손을 잠시 멈춰야 했다. 나를 보자마자 그가 물었다.

"어디 가십니까?"

"알아서 뭐하게?"

여 비서를 경계하면서 나는 셔츠의 나머지 단추를 채웠다. 그러자 그는 내 앞으로 다가와 머리를 숙이며 정중하게 말했다.

"제가 모시겠습니다."

"됐어. 퇴근해."

"지금 출근했는데 섭섭하게 무슨 말씀이십니까?"

퇴근하라는데 섭섭할 건 또 뭐람.

황당해하는 여 비서에게서 무심히 시선을 거두며 습관적으로 휴대폰을 찾았다. 소파랑 탁자 아래위를 살펴보는 내게 여 비서가 물었다.

"뭐 찾으세요?"

"휴대폰."

"회의실에 놔두셨잖아요."

"아……!"

그 순간 여 비서가 피식 웃으면서 나를 바보냐는 듯이 쳐다보았다. 저 눈치 바보가 말이다.

"근데 휴대폰은 대체 왜 찾으십니까? 중요한 업무 연락은 다 저한테 오기로 되어 있는데요."

대답 없이 나는 그저 시선을 돌리며 헛기침을 했다. 어떻게든 저 여 비서를 집 밖으로 내보내야겠다고 생각하고 있는데 갑자기 그가 내게로 가까이 다가왔다.

"사장님, 설마, 송두리 씨한테 전화하시려고요?"

뭐야. 왜 이럴 때만 눈치가 빨라?

놀란 내가 아무 대답도 못하자 여 비서는 재빨리 두 팔을 벌려 내 앞을 막아섰다. 그가 내 얼굴을 향해 단호하게 말했다.

"안 됩니다. 절대 안 됩니다."

"……절대 안 될 건 또 뭐야?"

순간적으로 감정이 욱했다. 내가 내 애인 만나러 가겠다는데 대체 왜 그걸 비서가 막느냐 말이다.

"송두리 씨와 만나는 건 반칙입니다."

"반칙?"

내가 눈썹을 확 구기면서 그를 차갑게 노려보는데도 여 비서는 전혀 굴하지 않고 두 팔을 더 길게 뻗으며 목소리를 높였다.

"공정한 심사를 위해 3주 동안 안 만난다고 하셨잖습니까?

"내가 언제 송두릴 안 만난다고 했어? 회사엘 안 가겠다고 했지."

"그게 그거잖습니까? 그럼 제가 두 분이 만나시는 걸 회사 직원들한테 고자질해도 됩니까?"

"뭐라고, 인마?"

결국 내 입에서 또다시 '인마' 소리가 나와버렸다. 그런데도 여 비서는 끝까지 고개를 다부지게 저었다.

"절대 안 됩니다. 가시려면 저를 밟고 가십시오."

"당장 누워. 밟게."

"가시면 안 됩니다, 정말. 말씀하신 건 지키셔야지요."

"너나 말한 건 지켜. 누워."

그러나 여 비서는 누울 생각이 전혀 없어 보였고 나는 결국 그를 밀치기로 했다. 손으로 그의 가슴을 미는 순간 여 비서가 내게

소리쳤다.

"진짜 왜 이러십니까, 사내자식이!"

"뭐? 사내자식? 너 말 다 했냐?"

"말실수였습니다. 죄송합니다. 근데 정말 안 됩니다."

마침내 여 비서가 내 몸에 손을 대기까지 했다. 내 어깨를 잡고 말리는 액션을 취하는 그를 살벌하게 노려보았다.

"야, 너 팔꿈치로 인중 맞아본 적 있냐? 경험해볼래?"

"네. 차라리 제 인중을 치고 집에 계십시오."

갑자기 머리가 지끈거리며 두통이 밀려왔다. 그와 동시에 속도 부글부글 끓었다. 그래서 나는 결국 이마에 손을 짚으며 작게 중얼거렸다.

"알았으니까 비켜."

큰맘 먹고 외출을 포기한 나는 욕실로 들어가 찬물로 세수를 했다.

잠시 후 욕실에서 나오자 소파에 내 노트북을 켜놓은 상태로 신문들을 정리하고 있는 여 비서의 뒷모습이 보였다. 그 움직임은 꽤나 신나 보였다. 콧노래까지 부르던 그가 인기척에 나를 돌아보고는 아주 밝게 웃었다.

"여기 앉으십시오. 처리할 업무가 아주 산더미입니다."

나를 집에 묶어둔 여 비서의 표정은 나라를 정복한 장군을 떠올리게 했다. 어쩔 수 없이 나는 장군, 아니 여 비서의 옆에서 일을 시작했다.

그렇게 여 비서가 나를 마크하는 시간은 흘러 어느덧 일주일이

지났다. 아침에 눈을 뜨자마자 송두리가 그리워진 나는 그녀에게 애틋한 메일을 보냈다. 아주 짧게. 그러나 메시지성은 뚜렷하게.

[보고 싶다.]

그로부터 정확히 일주일 후 매우 짧은 답장이 왔다.

[나도.]

그 두 글자에도 나는 행복을 느꼈다. 사랑에 빠진 남자니까.

10년 전 송두리와 마지막으로 만났던 그날은, 하루 일진이 별로 좋지 않았다.

"싫어, 인마!"

처음부터 나는 분명 격하게 거부를 했었다. 그런데 진수 놈은 보통 고집이 센 게 아니었다. 나한테 맛있는 거 사주겠다고 회유도 해보고 대학교 동기들에게 내가 서울대생 여자애를 짝사랑한다는 걸 말해버리겠다고 협박도 해보았지만, 나는 코웃음만 칠 뿐 끝까지 거부했다.

"대체 내가 왜 너랑 영화를 보러 가야 되냐고!"

남자랑 단둘이! 도대체 왜!

영화광인 진수는 영화광치고는 혼자 영화관에서 영화를 보질 못했다. 지 말로는 누나만 3명이라서 영화 보고 싶을 땐 늘 누나들 중 1명이랑 보곤 했던 게 버릇이 된 거라지만, 내가 보기엔 그 냥 단순히 '티켓 한 장이요.' 라고 말하는 게 쪽팔리는 것뿐인 것 같았다. 그래서 내가 요즘은 무인티켓판매기도 많다고 그렇게 말을 해줘도 소용이 없었다.

혼자 들어가면 사람들이 쳐다본다나 뭐라나. 으휴, 이 소심한 자식.

"너무 보고 싶은 영화라서 그래. 잘생긴 네가 한 번만 같이 가 줘!"

오늘은 영화관에 같이 갈 사람으로 날 선택한 진수가 결국은 내 양 겨드랑이 밑으로 두 팔을 넣고 나를 끌고 가기 시작했다. 참고로 이 녀석은 고등학교 때까지 씨름을 한 친구라 보통 장사가 아니었다.

"야, 이거 안 놔? 너 팔꿈치로 인중 맞아볼래? 색다른 경험시 켜줘?"

송두리 같은 여자 친구 없는 것도 서러운데, 남자랑 단둘이 영화를 볼 걸 생각하니 짜증이 마구 솟구쳤다.

"싫다고!"

"가자, 쫌!"

힘에 밀려 진수에게 거의 끌려가듯이 영화관으로 향하는 내 표정은 완벽하게 울상이었다.

"야, 너 그러니까 못생겨 보인다?"

바로 옆에서 내 얼굴을 살핀 진수가 피식 웃으며 말했다. 그래서 나는 그대로 얼굴을 돌려 녀석의 지극히 평범한 면상을 지그시 응시해줬다.

"내가 이렇게 구기고 있어도 너보단 잘생겼으니까 닥쳐라."

"어우, 재수 없어. 재수 없이 맞는 말만 해."

결국 영화관에 도착을 해버렸다. 신이 난 진수가 룰루랄라 표를 끊으러 간 사이 나는 커플들만 득실거리는 영화관 안을 무심한 눈길로 둘러보았다.

'이런 델 송두리랑 와야 되는데…….'

대학교에 입학해서 두 달 가까이 송두리를 보지 못했더니 가끔씩, 아니 솔직히 자주, 아니 솔직히 시도 때도 없이 불쑥불쑥 생각이 났다. 완벽하게 차인 입장이라 그녀를 떠올릴 때마다 가슴 한 구석이 찌릿찌릿하고 아파오는데도 생각나는 걸 막을 수는 없었다.

그런데 그때 내 시야로 선남선녀 커플이 들어왔다. 내게 옆모습만 보이고 있는 그 커플을 계속 보다가 나는 또다시 가슴 통증을 느끼고 말았다. 그 커플의 여자 친구 쪽이 내가 익히 잘 알고 있는 인물이었기 때문이다.

"야…… 송두리!"

순간적으로 욱한 마음에 그녀를 불러버렸다. 송두리의 얼굴이 천천히 돌려지며 나를 보았다. 그녀의 말간 얼굴과 그녀 곁의 남자를 본 나는 심장이 툭 떨어지는 듯한 느낌이 들었다.

'그 사이 남자 친구가 생기셨어……?'

"어? 안녕, 사준아."

나를 발견한 송두리가 내게 손을 흔들며 다가왔다. 다가오는 그녀에게서 시선을 거둔 나는 그녀의 동행자의 얼굴을 다시 한 번 확인했다.

선이 굵직굵직해서 남자답게 잘생긴 얼굴인 그는 키까지 제법 컸다. 공중에서 나와 눈이 마주치자 그는 두 눈으로 나를 훑어 내렸다. 그래서 나도 똑같이 그를 훑어주었다.

그사이 내 곁으로 온 송두리가 나를 톡 하고 건드렸다.

"오랜만이네. 영화 보러 왔어?"

"남자 친구냐?"

그녀의 질문엔 대답도 않고 나는 빠르게 물었다. 심각한 내 얼굴을 본 송두리는 황당하단 표정을 지었다.

"남자 친구 아니거든? 그냥 같은 과 친구야."

같은 과라면 저 녀석도 서울대란 이야기가 되는군. 대한민국에서 제일 머리 좋은 애들만 다닌다는 대학교 학생에 키도 크고 얼굴까지 잘생겼다라……. 좀 짜증나네.

괜히 심술이 나서 나는 그녀에게 볼멘소리를 냈다.

"넌 애인도 아닌 남자랑 단둘이 영화 보러 오고 싶냐? 저 녀석이 어두운 영화관에서 무슨 짓을 할지 모르는데……!"

"그런 애 아니야."

내 말을 딱 자르며 정색을 한 송두리가 이내 불쾌하단 표정을 지었다. 그녀의 얼굴을 본 순간 나는 우습게도 내 자신이 초라하게 느껴졌다.

열등감일 수도 있었다. 그러나 그 마음을 인정하고 싶지 않아서 송두리에게 남자답게 말했다.

"영화 끝나고 시간 있어? 잠깐 보자."

"나 민호랑 미술관 가야 하는데."

송두리가 일행이 있는 쪽으로 고개를 돌리며 곤란한 듯한 얼굴로 말했다. 그때 민호란 놈이 목소리를 보내왔다.

"두리야, 뭐 해? 영화 시작하겠다."

"응, 지금 갈게."

그쪽으로 대답을 던진 송두리는 내게 손을 들어 보인 다음 그대로 그 녀석에게 가버렸다. 그걸 보는데 가슴이 너무 아팠다. 거절당하는 건 늘 당해도 익숙해지지가 않는다. 거절당할수록 상처는 더 깊게 파일 뿐이다.

"표 끊어왔어, 사준아. 들어가자. 어? 너 우냐?"

"……."

"진짜 울어, 너? 왜?"

"……안 울어, 인마."

"나랑 그렇게 영화보기가 싫어? 울 정도로?"

"안 운다고, 인마!"

그날 이후로 나는 10년간 그녀의 얼굴을 볼 수 없었다. 제대를 하고 그녀를 찾아보려고 했지만, 미국 대학에 교환 학생으로 가 있단 소식을 전해 듣고는 재회할 마음마저 접어버렸다.

그러면서 그때 나는 결심했다. 꼭 송두리에게 어울리는 멋진 남자가 되겠노라고.

송두리에게 걸맞은 멋진 남자가 된 나는 3주 만에 드디어 내 회사에 출근을 했다. 3주 만에 온 내 회사는 굉장히 애틋했다. 대리석 바닥도 반가웠고 계단도 엘리베이터마저도 아름답기 그지없었다.

앞으론 출근 안 한다는 헛소리는 절대 하지 말아야지. 이렇게 좋은 곳을.

"사장님, 오셨습니까?"

그런데 유일하게 별로 반갑지도 않은 여 비서가 나를 맞이하러 로비로 나왔다. 그는 빠르게 내 근처로 걸어오더니 주변을 두리번거렸다. 직원이 별로 없음을 확인한 그가 내 귀에 대고 조그만 목소리로 속삭였다.

"사실은 저번 주에 제가 송두리 씨 디자인을 살짝 봐뒀습니다."

그의 말에 나는 심드렁하게 대꾸했다.

"아, 그래?"

"힌트 드릴까요?"

자신이 뭔가 대단한 일을 했다는 듯이 나를 보고 씨익 웃는 여 비서의 얼굴에 나는 코웃음을 날려주었다.

이게 날 뭘로 보고.

"됐다, 인마."

"오오!"

그런데 내 대답에 여 비서는 거의 환호성을 질렀다. 의아하게도 그는 두 주먹까지 불끈 쥐며 기뻐했다.

"뭐야?"

눈썹을 찡그리며 여 비서를 돌아보았더니 그가 나를 음흉스러운 눈빛으로 쳐다보고 있었다.

"축하드립니다, 사장님. 제 마지막 테스트를 무사히 통과하셨습니다."

이게 완전 날 갖고 노네.

"너 진짜 이제 주말만이 아니라 평일에도 놀게 해줄까?"

버럭 소리를 질렀더니 여 비서는 도망치듯 앞으로 달려 나갔다. 저 앞으로 달려간 그가 나를 돌아보며 큰 목소리로 보고했다.

"회의실에 디자인들 다 모아뒀습니다. 전 그럼 가서 구 부장님 모시고 갈 테니 회의실에 먼저 가계십시오."

언젠가 저 녀석을 미련 없이 해고하는 즐거운 상상을 하면서 나는 회의실을 향해 발걸음을 옮겼다.

회의실로 들어서니 내 휴대폰과 10개의 화려한 디자인들이 나를 기다리고 있었다. 나는 그것들을 하나하나 꼼꼼히 살펴보았다. 그 사이 구 아저씨와 여 비서가 회의실로 들어왔고 우리의 심사가 시작되었다.

심사가 진행되는 동안 직원들도 회의실로 하나둘씩 모여들었다. 처음부터 공지한 공개심사였기 때문에 전혀 문제가 되지 않았다. 나는 그들을 신경 쓰지 않고 오직 심사에만 집중했다.

내 눈에 들어온 디자인은 딱 2개였다. 하나는 청색인데 맑은 느낌이라 사파이어블루 빛에 가까운 구두로, 투명한 비닐 소재로 발등을 처리한 게 인상적인 스트랩힐이었다. 그리고 또 하나는 가죽 스트랩으로 발등을 감싸주는 샌들힐로 여자들이 좋아하는 살몬

핑크색을 띠고 있었다.

구 아저씨도 나와 같은 생각인지 그 두 디자인에 관심을 가지는 모습이 엿보였다. 잠시 고민하던 내가 사파이어블루 구두를 집어 들자 아저씨는 살몬핑크 구두를 집어 들었다. 그러자 회의실에 모여 있던 직원들이 웅성거리기 시작했다.

이내 분위기는 다시 조용해졌고 모두 최종심사에 집중을 하는 모습이었다. 그 조용한 공간 안에서 내가 먼저 구 아저씨를 향해 말했다.

"아무래도 전 부장님이 손에 들고 계신 구두가 제일 아름다운 것 같습니다."

그 살몬핑크 구두를 신상품 디자인으로 선정하겠다는 뜻을 보인 나를 향해 이번엔 구 아저씨가 입을 열었다.

"그래요? 저는 사장님이 들고 계신 게 더 마음에 드는데요."

결국 우리는 서로가 마음에 두고 있는 디자인을 반대로 들고 있는 상황이었다. 그래서 내가 먼저 내가 들고 있는 구두 디자인의 문제점을 지적했다.

"봄 신상품입니다. 계절을 생각하셔야죠."

"가죽 스트랩이 계절을 생각한 건가요?"

이번엔 구 아저씨가 자신이 들고 있는 디자인에 대해 지적을 했고 나는 바로 맞받아쳤다.

"가죽을 얇게 하거나 다른 스트랩으로 바꾸는 것도 가능하죠."

"그럴 바엔 아예 투명 스트랩이 낫지요."

잠시 우리의 의견이 팽팽하게 맞서는 듯 보였으나 결국은 아저씨가 한발 물러서기로 했다.

"그런데 확실히 컬러 부분에선 사장님 손에 있는 디자인이 조금 밀리네요."

내 손을 들어주는 구 아저씨를 향해 나는 살짝 목례를 해 보였다. 그러면서 내심 뿌듯해했다.

'역시 내 안목이란.'

공개심사를 마치자 살몬핑크 구두 디자인의 주인공이 앞으로 걸어 나왔다. 그리고 그 순간 나는 깨달았다. 이 심사에 송두리의 회사생활이 걸려 있었다는 것을. 그런데 너무 심사에만 집중을 했던 것이다.

"정 팀장……!"

살몬핑크 구두 디자인을 제출한 윤아가 걸어 나와서 구 아저씨와 나를 향해 싱긋 웃어 보였다.

"아, 역시 정 팀장 디자인이었구먼. 축하하네."

구 아저씨가 그녀에게 축하의 인사를 건네면서 내 옆구리를 팔꿈치로 툭 쳤기에 나는 정신을 차리고 그녀에게 축하인사를 건넸다. 그러면서 눈으로는 송두리의 모습을 찾고 있었다. 그러다 곧 뒤쪽에 서 있던 송두리와 눈이 마주쳤다.

그런데 그 순간 송두리는 매우 기쁜 듯한 얼굴로 웃었다. 그 미소에 나는 미안한 기분이 들어 그녀를 지긋이 바라보았다.

그때 윤아가 갑자기 목소리를 냈다.

"솔직히 말하면, 기분이 썩 좋진 않습니다."

갑작스런 그녀의 말에 나를 포함해 그곳에 모여 있던 직원들 모두가 놀란 얼굴을 했다. 윤아의 목소리는 금방 다시 이어졌다.

"전 구두 디자인 6년차인데 이제 막 구두 디자인을 시작한 송두리 씨와 비슷한 실력이라니, 자존심이 상하네요."

그녀의 말에 나는 잠시 어지러운 머릿속을 정리해야 했다.

'송두리 씨와 비슷한 실력? 그렇다면……?'

그녀는 차분하지만 당당한 어조로 말을 이었고 우리는 모두 그녀의 말에 집중을 했다.

"그런데 그런 송두리한테 앞으로도 계속 낙하산이니 뭐니 그런 얘기가 따라붙는다면 제 자존심이 더 상하겠지요."

윤아는 말을 하면서 직원들을 천천히 둘러보았다. 그녀의 카리스마에 회의실은 더욱 조용해졌다.

"그럼 사파이어블루 구두 디자인이 송두리 씨의 것이었단 말이군?"

침묵을 깬 구 아저씨의 친절한 설명에 나는 모든 상황이 완벽하게 이해가 되었다. 역시 내 예상대로 송두리는 구두 디자인에 꽤 재능이 있는 여자였다. 그런데 내가 아까 사파이어블루 구두 디자인에 손을 들어주지 않은 것이 못내 마음에 걸리긴 했다.

모든 상황이 종료되고 나자 윤아는 당당하게 회의실을 나가버렸고 그걸 본 나는 얼른 그녀를 따라나섰다. 앞서 가는 그녀를 불러 세우자 윤아가 복도 한가운데에서 멈춰 섰다. 그녀는 다가오는 나를 보며 도도하게 팔짱을 꼈다. 새치름한 그녀를 향해 웃으면서 말했다.

"고맙다."

"뭐가?"

이번 구두 디자인 공모로 송두리의 실력이 검증받았다고는 해도 윤아의 마지막 한마디로 인해 송두리는 더욱 크게 인정을 받은 것이나 다름이 없었다. 그러니 당연히 그녀에게 고마웠다.

"쿨해줘서 고맙다고."

"나 눈물 고인 거 안 보여?"

자신의 눈 밑을 가리키는 그녀를 보면서 나는 피식 웃고 말았다. 잠시 침묵을 유지하던 그녀가 이내 말을 시작했다.

"지금 말해봐야 무슨 소용 있겠냐마는 송두리 씨가 맹 사장님 동창인 거, 맹세코 일부러 말한 건 아니야. 직원들끼리 수다 떨다가 한 말실수였어. 어쨌든 나 때문에 송두리 씨가 사장님 동창이란 게 밝혀지고 그 뒤로 여러 소문으로 부풀려진 것이었으니…….. 송두리 씨한테 직접 사과하고 싶지만, 지금은 자존심이 상하니까 나중에 할게."

말을 마친 윤아는 내게 싱긋 웃어 보인 후 다시 앞으로 걸어갔다. 그녀의 뒷모습을 보고 있는데 뒤에서부터 목소리가 들려왔다.

"사장님!"

그 목소리의 주인공은 사파이어블루 구두 디자이너였다. 나는 바로 몸을 빙글 돌려 송두리에게 사과를 했다.

"미안해. 사파이어블루 구두도 되게, 괜찮았어. 좋았는데…… 뭔가 좀 부족, 아니 그게 아니라 색감이 좀, 아니 그게 아니라……."

난 정말 어쩔 수 없는 냉혈한이다.

"그런 얘길 듣고 싶은 게 아닌데요."

"그럼⋯⋯?"

내가 조심스럽게 묻자 그녀는 갑자기 주위를 살피면서 상체를 숙였다. 목소리를 한껏 낮춘 그녀가 내게 물었다.

"팀장님이랑 무슨 얘기 했어?"

그녀의 눈빛이 질투로 인해 이글이글 타오르는 것만 같아서 나는 순간 웃음이 터질 뻔했다.

"송두리 너⋯⋯ 진짜 집착 대단하구나?"

"말했잖아, 나 원래 집착하는 성격이라고."

나는 본래의 성격을 드러낸 그녀가 굉장히 귀엽게 느껴졌다. 아이참, 앞으로 피곤하겠네.

"그래? 그럼 더 말하지 말아야지."

"야, 맹사준."

"여기 회사다."

"맹사준 사장님."

"풀네임 부르지 말라고."

퇴근 시간이 되자마자 나는 디자인팀으로 향했다.

"오늘 시장조사 나갈 건데, 저랑 같이 가실 분 안 계십니까?"

퇴근을 준비하고 있던 직원들의 얼굴이 삽시간에 굳어졌다. 그도 그럴 것이 오늘은 불타는 프라이데이, 금요일이었던 것이다.

그렇지만 구두를 직접 눈으로 보고 손으로 만져서 분석하는 성향이 있는 나는 오늘 꼭 시장조사를 나가고 싶었다.

"아, 그러고 보니 오늘이 금요일이네. 다들 약속 있나 봐요?"

"……."

대답들이 없었다. 예전엔 나한테 흑심을 품은 여직원들이 서로 따라가겠다고 해서 곤란했었는데, 여자 친구 있다고 밝힌 뒤로는 나랑 시장조사 가는 것도 귀찮은 모양이다.

나는 제일 만만한 막내 디자이너에게 물었다.

"그럼 송두리 씬 어때요? 무척 한가해 보이는데."

그러자 송두리의 얼굴에 어색한 미소가 걸렸다.

"아, 네, 저는 시간 괜찮습니다."

"그럴 줄 알았어. 그럼 오늘도 야근이에요, 송두리 씨."

신입 디자이너이자 동창을 대하는 내 차가운 태도에 퇴근을 하려던 윤아와 다른 직원들이 송두리를 안쓰럽다는 듯이 쳐다보았다.

"아, 네."

송두리가 난감한 얼굴을 하는 사이 직원들은 그녀를 격려하며 서둘러 퇴근을 했다. 안 그러면 그들이 잡힐 수도 있기 때문이다.

"수고하셨습니다. 월요일에 봬요."

"네, 조심히 가요. 주말 잘 보내고."

직원들이 다 빠져나간 사무실 안에 그녀와 단둘이 남게 된 나는 송두리의 손을 잡아끌었다. 솔직히 처음부터 내 목표는 송두리 하나뿐이었다.

"가자."

"네."

얌전히 대답하면서 나를 따라오는 송두리를 힐끔 돌아보며 말했다.

"있잖아, 시장조사 끝나면 거기 가자, 거기."

"거기요?"

"좋은 데 있잖아, 좋은 데."

"좋은 데?"

"응. 우리 집."

송두리째 흔들리다

"친구야? 잘생겼다."

영화를 보러 들어가면서 민호는 사준이가 잘생겼다며 몇 번이나 그를 돌아보았다. 그런 민호를 내가 물끄러미 올려다보자 민호가 말을 이었다.

"저 얼굴로 여자깨나 울렸겠다."

"그런 애 아니야."

내가 정색을 했는데도 민호는 계속 비아냥거렸다.

"아니긴 뭐가 아니야? 딱 봐도 저 녀석 시시껄렁한 바람둥이 같은데."

"야, 박민호!"

순간 화를 버럭 내버렸다. 한 번도 그렇게 화를 내는 나를 본 적이 없는 민호는 꽤 당황한 눈치였다.

"넌 애가 왜 그렇게 말을 함부로 해? 사준이 바람둥이 절대 아니고, 성실하고 좋은 애야, 너보다 훨씬."

너무 화가 났다. 그래서 평소처럼 차분하게 이야기하지 못하고 나답지 않게 목소리를 높이고 말았다.

"그리고 잘 알지도 못하는 애한테 '녀석'이라는 말 하지 마. 무지 예의 없어 보여. 그렇게 안 봤는데 실망이야, 너."

그런데 생각해보면 아까 맹사준도 민호한테 '녀석'이란 말을 썼었다. 근데 그땐 정말 아무렇지도 않았다. 그런데 왜, 민호가 사준이를 '녀석'이라고 하니까 막 화가 나는 걸까.

"너랑은 영화 못 보겠다. 혼자 잘 봐라."

결국 나는 혼란스러운 머릿속을 정리하지 못한 채 그대로 자리를 박차고 나와버렸다.

그런데 그날 이후로 10년간 사준이를 못 보게 될 줄은 정말 몰랐다.

내가 내 마음을 너무 늦게 깨닫고 그를 찾았을 때 그는 군대에 있었고, 그가 제대했을 땐 내가 한국에 없었다. 그렇게 엇갈리면서 그와 나는 다시 만날 일이 없을 줄 알았다.

그런데…….

"반가워요."

다시 만났다. 내가 공모전 당선으로 입사하게 된 구두 회사에서.

"우리 동창이었는데 기억나요?"

어떻게 잊을 수 있겠는가.

내가 얼마나 그리워했었는데……. 내가 얼마나 후회했었는데…….

하지만 그는 여전히 멋있었고 주변에 소문도 많았으며, 그를 동경하는 여직원들도 많았다. 그래서 나는 다시 그에게 흔들리는 것이 두려웠다.

그럼에도 우리는 그렇게 다시 만났고, 그렇게 다시 서로에게 흔들렸으며, 그렇게 다시 사랑에 빠졌다. 이런 걸 사람들은 흔히 '운명'이라고 부르더라.

에필로그 2분의 1

내 친구에게 여자 친구를 소개하는 건 처음 있는 일이었다. 그래서 나는 지금 나답지 않게 긴장을 한 상태였다.

[지금 가고 있어. 10분 정도 후 도착 예정.]

송두리에게서 온 문자를 확인한 나는 일단 심호흡을 해보았다. 그래도 진정이 되질 않았다.

레스토랑 안의 화려하고 고급스러운 조명을 그대로 받고 있음에도 여전히 평범한 얼굴인 진수가 그런 나를 수상하다는 눈빛으로 쳐다보았다.

"거짓말이지, 너?"

내 반대편에 앉아서 팔짱을 낀 진수가 그 팔을 그대로 테이블

위에 얹으며 나를 추궁했다.

"지금이라도 솔직히 말하면 용서해줄게. 진짜 아니지?"

"맞다니까."

"진짜 여자 친구가 생겼다고?"

그의 살집 있는 동그란 얼굴에 놀란 기색이 보였다. 그와 알고 지낸 지 11년에 가까운 기간 동안 단 한 번도 내 여자 친구의 존재를 내비친 적이 없었으니 그럴 만도 했다. 진수를 향해 나는 다시 한 번 강조해주었다.

"진짜라고, 인마."

사람 말을 왜 이렇게 못 믿어, 짜식이.

"너같이 괴팍한 놈한테도 애인이 생기긴 생기는구나."

진수가 놀라운 일이라는 듯이 고개를 설레설레 저으며 박수까지 치려고 했다. 그런 그를 강하게 노려보면서 말했다.

"너 같은 놈한테도 애인은 있으니까."

진수에게도 이제 막 사귀기 시작한 애인이 있었다. 아직 얼굴은 못 봤지만 자기 말로는 굉장한 미인이란다. 원래는 진수의 여자 친구 역시 이 자리에 참석하기로 되어 있었는데 갑자기 급한 볼일이 생겨서 한 시간 뒤에 합석하겠다는 연락이 왔다.

"나야 성격이 좋잖아. 그런데 네놈 성격은 그 얼굴만으로 커버할 수 있는 레벨을 넘어섰어. 대체 여자 친구는 어떻게 꼬셨냐? 돈으로 꼬셨냐?"

"사랑으로 꼬셨다, 인마!"

조용했던 프렌치 레스토랑 안에 내 목소리만 크게 울려 퍼진 것 같아 주위를 슬쩍 둘러보았다. 그사이 진수가 불만 어린 목소리로 말했다.

"아, 그럼 빨리 좀 오라고 해. 이 블링블링한 레스토랑에 남자 단둘이 앉아 있는 거 창피해지려고 하니까."

"야, 네가 그런 말 할 입장이냐? 내가 너랑 단둘이 영화관을 간 게 몇 번인데!"

"영화관이랑 레스토랑이랑 같냐?"

"아니, 다르지. 오히려 영화관 쪽이 더 이상하지."

"넌 예술을 너무 몰라."

"넌 예술 아는 놈이 혼자 영화관엘 못 가냐?"

내가 비아냥거리자 진수의 얼굴이 붉으락푸르락 변했다. 그리고 이내 억울하다는 듯이 목소리를 높였다.

"버릇이라고. 사대독자인 데다 일남삼녀 중 막둥이라 지나치게 귀여움 받고 자라서 그렇다고!"

"얼굴은 전혀 귀여움 받고 자란 얼굴이 아닌데 무슨."

"야, 너 인신공격하기 있냐? 내가 너 잘생겼다고 공격 못할 줄 알아?"

나는 마치 해보라는 듯이 얼굴을 쳐들고 여유롭게 물을 마셨다. 한참을 씩씩거리며 내 얼굴을 살피던 진수 녀석이 드디어 말을 시작했다.

"너 은근히 이마 좁고 아랫입술이랑 턱 사이가 되게 짧거든?"

"얼굴이 작아서 그래."

"그리고 너 귓불도 되게 작아. 복 없어 보여."

"지적할 거 드럽게 없나 보네."

가볍게 콧방귀를 뀌며 물컵을 내려놓자 진수는 그런 내가 재수 없다며 꿍얼거렸다. 결국 그는 얼마 못 가 내 외모 지적을 포기한 듯 의자에 등을 기대며 레스토랑 입구를 쳐다보았다.

"근데 네 여자 친구 너무 늦는 거 아니냐?"

나도 그를 따라 고개를 돌리며 손목시계로 시간을 확인했다. 이제 곧 그녀가 도착할 시간이다. 그녀가 오기 전에 나는 진수에게 내 여자 친구가 송두리라는 것을 미리 말해두고 싶었다. 내 여자 친구가 된 송두리를 본 진수 녀석이 너무 놀라지 않게 말이다.

"내가 일부러 약속 시간을 10분 늦게 얘기했어."

내 말이 의아하다는 듯 진수의 눈썹 끝이 치켜 올라갔다.

"왜? 나랑 단둘이 10분 더 있고 싶어서?"

"너 오랜만에 팔꿈치로 인중 맞아볼래? 그런 거 아니고, 너한 테 미리 말해줄 게 있어서."

"뭔데, 갑자기? 이 형님 마음 설레게."

송두리가 내 여자 친구다, 이 말만 하면 되는데 설레고 감격스 러워서 한참 입이 떨어지지 않았다.

"무섭게 왜 뜸을 들여? 너, 설마 유부녀랑 사귀냐?"

고개를 저으며 막 입술을 떼려는데 그 순간 진수의 말이 더 빨랐다.

"그렇게 뜸 들일 거면 내 얘기 먼저 해도 되냐? 나 사실은 너 한테 할 말 있는데."

"뭔데?"

생각지도 못한 진수의 말에 나는 내 할 말도 잊고 녀석의 입만 주시했다. 곧 그 입이 다시 움직였다.

"사실은 내 여자 친구 있잖아……."

말을 하면서 내 어깨너머를 힐끔 본 진수가 갑자기 입을 멈췄다. 그리고 이내 눈을 크게 뜨더니 나직하게 말했다.

"쟤 송두리 아니야?"

이런, 아직 말하긴 전인데 송두리가 도착한 모양이다. 빠르게 고개를 돌리니 민소매 꽃무늬 원피스를 입은 송두리가 입구 근처에 서 있는 게 보였다. 그녀의 맑은 눈과 오목조목한 이목구비, 그리고 핑크빛 볼을 보는 순간 나는 그녀의 옷뿐만이 아니라 얼굴도 꽃처럼 보이기 시작했다.

"여전히 예쁘다, 송두리."

내 반대편에서 감탄을 터뜨리는 진수 때문에 좋던 기분이 확 상했다. 내가 눈에 힘을 주고 그의 얼굴을 노려보자 진수가 코웃음을 쳤다.

"뭐? 왜? 예쁜 걸 예쁘다고 하는데, 뭐? 송두리가 아직도 네 송두리인 줄 아냐?"

"어. 내 송두리 맞는데?"

"뭐래."

진수는 내 말을 가볍게 무시하더니 내 어깨 너머로 다시 시선을 던졌다. 그리고 이내 그가 다시 입을 열었다.

"어? 이쪽으로 온다. 네 회사 직원이라더니 너한테 인사하러 오나 봐."

"……그런 거 아니야."

내가 작게 중얼거리는 사이 어느새 우리에게로 다가온 송두리가 테이블 근처에 멈춰 섰다. 송두리를 향해 자리에서 몸을 벌떡 일으킨 진수가 그녀에게 손을 내밀었다.

"오랜만이다, 송두리?"

진수의 손을 맞잡은 송두리가 질투 나게 그를 향해 예쁜 미소를 지어 보였다.

"어. 반갑다, 진수야."

"이게 얼마 만이야? 너 사준이 회사 디자이너 됐단 얘긴 들었어."

잊어버린 건지 감각이 없는 건지 말을 하면서 진수는 계속 송두리의 손을 잡고 있었다. 그걸 물끄러미 보던 내가 노골적으로 크게 흠흠 하는 헛기침 소리를 내자 송두리가 얼른 진수의 손을 놓았다. 다음 순간 나는 자리에서 일어나 송두리의 옆으로 걸어갔고 진수는 송두리를 향해 물었다.

"근데 여긴 웬일이야? 약속 있어?"

"어? 어. 그러니까, 내가……."

송두리가 거기까지 말했을 때 나는 그녀의 손을 덥석 잡았다. 갑작스런 내 행동에 진수도 송두리도 놀란 눈으로 나를 쳐다보았다. 진수의 놀란 눈을 마주한 나는 송두리의 손을 더욱 꽉 잡으며 말했다.

"인사해. 내 여자 친구, 송두리 씨."

"뭐?"

진수의 입이 쩍 벌어졌다. 그런 그를 향해 나는 승리의 미소를 지어주었다.

나는 고3 때 2학기가 시작되고도 한참이나 짝꿍이 없었다. 그래서 혼자 앉아 두 책상을 쓰는 것에 굉장히 익숙해져 있었다. 금 넘어오지 말라고 새초롬하게 협박하는 짝꿍도 없고, 책상도 남들 2배 크기로 넓게 쓰고, 무엇보다 아침에 등교해서 오늘은 창가 쪽에 앉을까 통로 쪽에 앉을까 선택을 하는 것도 작은 즐거움이었다.

그러던 어느 날, 아침에 등교를 해보니 내 창가 자리에 어떤 덩치 큰 녀석이 엎드려 자고 있었다.

'얜 뭐야? 고3 2학기에 전학 온 거야, 뭐야?'

갑작스런 불청객에 나는 기분이 상했다. 전학생이 있다면 있다고 나한테 말이라도 좀 해주지. 내 즐거움을 빼앗아간 덩치를 지그시 쳐다보고 있으니 짜증이 슬슬 밀려왔다. 그래서 메고 있던 가방을 옆 책상에다 세게 내려쳤다.

퍽- 소리가 꽤 크게 났는데도 녀석은 꿈쩍을 안 했다. 나는 그렇게 두세 번을 더 했다. 그런데도 녀석은 일어나지 않았다.

"뭐야, 이거."

녀석의 의자를 발로 차보기도 하고 두툼한 옆구리를 쿡쿡 찔러보기도 했지만 어떻게 된 놈인지 꿈쩍도 하지 않았다.

짐승이야, 뭐야.

짜증이 나서 한참을 씩씩거리다가 결국은 포기하고 발걸음을 뗐다. 그리고 곧바로 반장에게로 향했다.

"야, 송두리."

내가 살벌한 얼굴을 한 채 자신의 이름을 부르면서 다가가자 그녀의 두 눈이 동그래졌다.

"왜?"

나는 그녀의 책상 앞에 우두커니 서며 팔짱을 척 꼈다. 그런 다음 그녀를 내려다보며 낮은 목소리로 말했다.

"전학생이 온다면 온다고 말을 해줘야지. 마음의 준비라도 하게."

순간 송두리가 무슨 소리냐는 듯 고개를 갸웃했다.

"전학생? 안 왔는데."

"안 왔다고?"

"그래. 그리고 설사 진짜 전학생이 있다고 해도 네가 마음의 준비가 왜 필요해?"

"내 옆자리에 앉을 거 아니야? 짝꿍을 맞이할 마음의 준비가 필요하다고, 난."

"흥. 괴롭힐 마음의 준비가 필요한 거겠지."

비아냥거리는 송두리의 태도에 기분이 상한 내가 눈썹을 구기며 입을 떼는 순간 송두리가 자리에서 일어서더니 내 팔을 살짝 잡았다. 그 바람에 입이 딱 멈추었다.

"암튼 전학생은 진짜 없어. 왜? 옆자리에 모르는 애가 앉아 있어?"

내 자리를 힐끔 돌아보는 송두리의 팔을 이번엔 내가 잡아챘다. 그리고 부드럽게 잡아당겼다.

"따라와 봐."

내게 팔뚝을 잡힌 송두리는 얌전히 나를 따라왔다. 내 자리 창가 쪽 책상에서 엎드려 자고 있는 녀석의 앞으로 송두리를 데려온 나는 그녀의 팔을 계속 잡은 채 물었다.

"이 덩치, 누구야?"

엎드린 녀석의 얼굴을 이리저리 살펴보던 송두리가 이내 알겠다는 듯 고개를 끄덕여 보였다.

"얘 박진수라고 씨름부 애야. 이번에 체육특기생으로 수시 합격해서 수업 들어왔나 보다."

수시? 능력 좋네. 그동안은 운동만 하느라 수업에 별로 안 들어왔나 보군. 나도 수업에 열심히 참여하는 편은 아니어서 지금까지 녀석의 존재를 몰랐던 것뿐이었다.

"친하게 지내."

갑작스런 송두리의 제안에 나는 콧방귀를 뀌었다.

"내가 왜?"

"너 친구 없잖아."

"내버려 둬."

내 인생이야.

순간 신경질이 나서 잡고 있던 송두리의 팔을 거칠게 놔버렸다. 그러자 송두리는 나를 흘겨보고는 자신의 자리로 돌아갔다. 그런 송두리의 뒷모습에서 거두는 사이 엎드려 자고 있던 덩치가 몸을 일으켰다.

"아, 깜짝이야."

고개를 돌리다 깜짝 놀란 내게 덩치 녀석은 밝은 미소로 손을 들어 보였다.

"안녕."

"안녕?"

나는 '안녕' 소리가 나오냐고 반문한 건데, 녀석은 내가 인사를 한 줄 알았는지 '응.'하면서 씨익 웃었다.

"네가 내 짝꿍이었구나. 되게 잘생겼다."

순수하게 나를 칭찬하는 녀석 때문에 나는 조금 기분이 나빠졌다. 그도 그럴 것이 남자 녀석들은 절대 내 외모 칭찬을 안 한단 말이다. 뒤에서 하면 했지.

"……그만 좀 쳐다볼래?"

수업 시간 내내 나를 힐끔힐끔 쳐다보는 박진수 때문에 신경질이 나서 결국 나직하게 말했더니 녀석이 하는 대꾸가 가관이다.

"정말 잘생겨서 그래."

불쾌해. 당장 자리를 바꿔달라 해야겠어.

쉬는 시간이 되자마자 나는 부리나케 송두리의 자리로 걸어갔다. 그리고 도저히 못 참겠다는 뉘앙스를 담아 그녀에게 말했다.

"진짜 나 자리 좀 바꿔줘."

"왜? 그냥 앉아. 진수 착한 애야."

착한 게 문제가 아니다, 지금. 그래서 나는 내 특유의 곱지 않은 성격을 살려서 큰 목소리를 냈다.

"쟤 게이인 것 같아. 나더러 자꾸 잘생겼대."

"네가 잘생기긴 했잖아."

그녀의 말에 나는 한순간 마음이 풀릴 뻔했다. 그러나 다시 마음을 다잡고 단호하게 말했다.

"암튼 바꿔줘, 당장."

"안 돼. 누가 너랑 앉으려고 하겠냐?"

"그럼 맨 뒤에 책상 하나 더 가져와서 따로 앉는다?"

그 순간 송두리가 황당하단 표정을 지었다. 나를 보는 그녀의 핑크빛 입술에서 한숨이 새어 나왔다.

"너 정말 왜 그래?"

"넌 반장이 하는 일이 대체 뭐냐?"

"그냥 앉아라, 제발."

곤란해하는 송두리의 얼굴을 빤히 보다가 마음이 약해져서 그냥 다시 내 자리로 돌아왔다. 자리로 돌아온 나를 멀뚱멀뚱 쳐다보던 진수 녀석이 말했다.

"나 게이 아니야. 여자 좋아해."

"어. 그래 보여."

의자에 앉으며 시크하게 대답하는 나를 향해 진수 녀석은 헛웃음을 터뜨렸다. 그리고 이내 뭔가 이상하다는 듯 고개를 계속 갸웃거렸다.

"알면서 반장한텐 왜 그런 거야? 대체 왜 그렇게 반장을 못살게 구는데?"

나는 대답 없이 못 들은 척 안 보이는 척 그를 무시했다. 그대로 책상에 엎드려 잠을 청하려는데 진수 녀석이 내 귓가에 낮게 속삭이는 소리가 들렸다.

"너 혹시 반장 좋아하냐?"

나는 바로 몸을 벌떡 일으켜 앉았다. 그리고 녀석이 속삭여서 더러워진 귀를 만지며 나직하게 뱉어냈다.

"닥쳐."

"농담이었는데 귀는 왜 빨개져?"

"닥치라고."

내가 그를 살벌하게 노려보는데도 진수 녀석은 미소 띤 얼굴로 눈빛을 음흉스럽게 바꾸었다.

"짜식, 부끄러워하기는."

"아니라고!"

"네 맘 알아, 인마."

자꾸 다 아는 척 얄밉게 구는 진수 때문에 순간 열이 받은 나는 녀석에게 손을 뻗치고 말았다.

퍽– 소리가 나게 녀석의 뒤통수를 세게 때리자 뒤통수를 움켜 쥔 진수가 자리에서 벌떡 일어섰다.

"너…… 후회하게 해주지."

나를 내려다보며 이렇게 선전포고한 녀석이 갑자기 앞으로 성 큼성큼 걸어가기 시작했다. 그래서 나는 내심 당황했다.

쟤, 쟤 어디 가? 설마 송두리한테 말하려고?

"반장!"

화가 난 진수가 송두리를 부르며 그녀의 책상 앞에 우뚝 섰다. 그 순간 나는 너무 놀라 자리에서 벌떡 일어섰다.

저게, 설마, 진짜……?

"나 너한테 할 말 있어."

"야, 박진수!"

다급한 마음에 목소릴 먼저 냈다. 그 순간 진수 녀석이 송두리에게로 상체를 숙이며 뭐라고 속삭이는 게 보였다.

"너 안 닥쳐?"

내가 송두릴 좋아한다느니 어쩐다느니 헛소리만 해봐라, 너. 내가 당장 운동장에 던져버릴 테니까!

그들에게 달려가기 위해 한 발자국을 뗀 순간 송두리가 자리에서 벌떡 일어섰다. 그녀가 나를 돌아보며 소리쳤다.

"야, 맹사준!"

풀네임 진짜 싫은…… 아니, 지금 그게 문제가 아니라, 들었나? 들은 거야? 들은 거지, 지금! 그 등줄기를 타고 식은땀이 흘러내리는 듯했다.

"아니야! 진짜 아니야, 그거."

"아니긴 뭐가 아니야? 맞잖아."

송두리가 나에게 다가오면서 하는 말에 나는 패닉상태가 되었다. 혼란스러운 내 앞으로 저벅저벅 걸어온 그녀가 말했다.

"네가 애들 하루 이틀 괴롭혀?"

"어……?"

"진수가 너 무서워서 같이 못 앉겠대."

그 말을 한 거였어, 박진수……?

"나랑 자리 좀 바꿔달라잖아."

이 자식, 박진수……! 너 좀 멋있다?

그래서 나는 그날부터 수능 전날까지 한 달 정도 송두리와 같이 앉을 수 있었다. 수능이 끝나고 내 옆자리로 돌아온 진수가 내게 처음으로 한 말은 이거였다.

"고맙단 인사는 됐어."

쿨한 그의 태도에 나는 코웃음을 쳤다. 김칫국 먼저 마시는 타입이구나, 얘.

"할 생각도 없었는데?"

"이런 냉혈한 같으니라고."

혀를 끌끌 차버리는 진수에게 나는 결국 피식 웃으며 짧게 뱉어줬다.

"굿잡."

"허- 재미있는 녀석일세."

"얼굴에 가려져서 그렇지, 내가 한 유머 하거든."

진수는 그런 나를 보며 굉장히 씁쓸하게 웃었다. 그러고는 졌다는 듯 고개를 설레설레 저었다.

"하긴, 그 얼굴로 성격까지 좋으면 반칙이긴 하다."

"맞아, 너무 불공평하지. 그렇게 되면 신이 너무 나한테만 몰빵하신 거잖아."

"어우, 재수 없어."

그래서 나는 여유롭게 웃어주었다.

"어. 잘생겼다 다음으로 제일 많이 듣는 말이야, 그거."

"그렇게 좋아하더니 결국 해냈구나, 맹사준!"

진수는 진심으로 감탄한 듯 보였다. 갑작스런 상황에 적잖게 놀랐을 친구를 향해 나는 인자한 미소를 날려주었다.

"너희 둘이 사귀게 됐다니, 진짜 놀랐어, 나."

여전히 혼란스러워서 흥분을 감추지 못하는 진수에게서 무심히 시선을 거둔 나는 송두리의 앞에 놓인 스테이크 접시를 내 앞으로 가져왔다. 그사이 격앙된 목소리의 진수가 송두리에게 물었다.

"두리야, 넌 이 싸가지 없는 놈이 어디가 좋아?"

송두리의 스테이크를 나이프로 작게 썰며 나는 코웃음을 쳤다. 옆에서 송두리도 재미있다는 듯 작게 웃었다. 곧 그녀의 목소리가 달콤하게 퍼져 나갔다.

"나한텐 착해."

"웩—"

음식물 앞에서 예의 없게 행동하는 진수를 한 번 노려봐주고는 스테이크 접시를 송두리의 앞으로 다시 놓아주었다. 그 행동에 진수는 더 놀란 것 같았다.

"네가 지금 남의 고기를 썰어 준 거야? 그것도 먹기 편하라고 작게?"

"보면 모르냐?"

진수는 못 볼 꼴을 봤다며 자신의 눈을 한참 때렸다. 그러거나 말거나 나는 송두리에게 식사를 권했다.

"어서 먹어. 고기 식겠다. 먹여줄까?"

"그러지는 마."

진수의 눈치가 보였던지 송두리는 작게 고개를 저었다. 그런 우리 둘을 향한 진수의 질투가 계속되었지만 나는 식사를 하는 내내 녀석을 무시했다.

식사가 거의 끝나갈 때쯤 레스토랑 입구를 보고 있던 진수가 갑자기 손을 번쩍 들어 올렸다.

"여기야, 자기야!"

그의 행동에 송두리와 나는 동시에 입구를 쳐다보았다. 이내 내 귀로 진수의 들뜬 목소리가 들려왔다.

"저기 내 여자 친구 온다."

"여자 친구?"

그런데 나는 순간 눈이 커지고 말았다. 그녀는 송두리와 내가 익히 잘 알고 있는 사람이었기 때문이다.

아, 그래서 아까 진수가 자기 여자 친구에 대해 나한테 할 말이 있다고 한 거였나?

"너, 그래서 아까……?"

"응. 너희 회사 디자인팀에서 일한다고 하더라고."

바로 고개를 끄덕이는 진수의 얼굴을 보다가 다시 시선을 돌려 다가오는 진수의 여자 친구를 쳐다보았다. 그녀는 진수가 내 친구인 걸 이미 알고 있었다는 듯 담담한 표정이었다.

"아, 안녕하세요."

놀란 송두리가 자리에서 일어섰기에 나도 천천히 몸을 일으켰다. 그리고 무덤덤하게 인사를 건넸다.

"이런 자리에서 만나게 될 줄은 몰랐어, 정 팀장."

진수의 새 여자 친구는 다름 아닌 정윤아였다.

에필로그 2분의 2

진수와 윤아는 몇 개월 전부터 우리 회사 앞에서 우연히 몇 번 마주치다가 2주 전 소개팅으로 또 만났다고 한다. 소개팅에서 서로의 얼굴을 본 순간 인연이라고 생각해서 사귀게 된 거라나 뭐라나. 들었는데 기억이 잘 안 난다. 남의 연애에는 별 관심이 없어서.

"저기, 너랑 내 관계, 진수 씨한텐 비밀이다. 알겠지?"

그런데 난 별 관심도 없는데 괜한 걱정을 사서 한 윤아가 사장실까지 와서 내 입단속을 시켰다. 그래서 나는 무슨 소리를 하냐는 듯 되물어주었다.

"우리 관계 뭐?"

"그렇지. 관계랄 것도 없지, 뭐."

피식 웃어버리는 윤아에게 나는 얼마 전부터 신경이 쓰였던 것에 대해 물었다.

"송두리 씨한테 사과는 했어?"

"그래, 했다. 암튼 자기 여자 친구라고 되게 챙겨요."

그때 노크 소리가 들리고 송두리가 사장실 안으로 들어왔다. 그녀를 본 윤아는 손으로 인사를 건네고 밖으로 나갔다. 윤아가 나가고 나자 송두리는 내게 복사해온 회의 자료를 내밀었다. 내가 그녀의 얼굴이 보고 싶어서 일부러 시킨 일이었다.

그런데 그걸 내미는 그녀의 얼굴이 전처럼 밝지만은 않았다.

"오늘은 어째 기운이 없네?"

그녀의 얼굴을 계속 주시하면서 물었더니 송두리는 힘없이 시선을 내렸다. 그러면서 고개는 단호하게 저었다.

"아뇨. 있는데요."

"없는데?"

"있는데요?"

"없어."

"있어요."

"……혹시 삐쳤어?"

정곡을 콕 찔렸는지 송두리의 눈빛이 흔들렸다. 내가 그녀를 계속 추궁하자 그제야 송두리가 새침한 얼굴로 말했다.

"대체 정 팀장님이랑은 왜 그렇게 사이가 좋은 거야?"

"오래 알기도 했고, 이제 친구의 여자 친구니까."

전에 말했던 것처럼 송두리는 상당히 질투가 많고 집착도 하는 여자였다. 그렇지만 나는 콩깍지가 쓰인 건지 정말 성격상 아무렇지도 않은 건지 지금 입술을 삐죽거리는 송두리가 그저 귀엽게만 느껴졌다. 그래서 나는 얼굴 가득 환한 미소를 지으며 말했다.

"근데 너 질투하는 거 되게 귀엽다. 신기하기도 하고."

"뭐가 신기해? 고등학생 때도 많이 했는데."

"음? 고등학생 때? 언제?"

난 전혀 모르는 사실이었다. 그런 굉장한 사건을 내가 놓쳤을 리가 없는데…… 뭐지? 고개를 갸웃하는 사이 송두리가 내게 힌트를 건넸다.

"그때, 씨름부 여자애."

"……아!"

생각이 났다. 그때 그러고 보니…….

"우리 씨름부에 너 좋아하는 후배가 하나 있는데……."

수능도 끝나고 학교에 나오는 이유가 오직 송두리를 보기 위함이 되어버린 12월의 어느 날, 짝꿍이자 유일한 친구가 된 진수가 내 옆구리를 찔러왔다. 그래서 나는 그를 돌아보지도 않고 대꾸했다.

"그래서 뭐?"

나 좋아하는 애가 어디 한둘이어야 말이지. 나랑 눈만 마주쳤다 하면 홀린 듯 따라다니는데, 뭐.

"걔가 지금 우리 교실 앞에 와 있거든. 그러니까 잘생긴 네가 가서 친근하게 대화 몇 마디만 나눠주면 좋겠는데."

"싫어."

나는 지금 그따위 것보다 중요한 수학 교과서를 베고 잘까 국어 교과서를 베고 잘까 선택의 기로에 놓여 있단 말이다. 수학 교과서는 두꺼워서 좋긴 한데 면적이 좁고, 국어 교과서는 면적이 넓은 반면 상대적으로 얇은 편이었다. 그래서 신중하게 '어느 것을 벨까요, 알아맞혀 보세요, 딩동댕, 척척박사님.'을 낮게 읊조리며 손가락으로 점쳐본 결과 수학 교과서를 베라는 결론이 나왔다. 그래서 그걸 내 앞으로 끌어왔는데, 이를 곁에서 지켜본 진수가 갑자기 껴들었다.

"어? 수학 아니고 국어책인데."

"왜?"

"우리 동네에선 '딩동댕동'이거든."

"아, 진짜? 동네마다 다른가 보네."

녀석이 알려준 시답잖은 정보에도 흔들림 없이 나는 수학 교과서를 끌어안았다. 고집 있게 수학 교과서를 베고 자기로 마음을 정한 나는 바로 머리를 숙였다.

그때 진수 녀석이 내 뒤통수에 대고 하는 말이 들렸다.

"그래, 자라. 난 내 후배한테 너 좋아하는 애 있으니까 포기하고 돌아가라고 말하고 올게."

"뭐?"

바로 허리를 세웠다. 말을 마치고 자리에서 일어서는 진수의 팔을 급하게 잡자 녀석이 나를 내려다보았다.

"아, 물론 이름은 말 안 해. 내가 바보냐? 대신 사진을 보여 줄……."

"보여주기만 해!"

아직 송두리한테 제대로 된 고백을 하지도 못했는데 그런 식으로 소문이 먼저 퍼지는 건 너무 싫었다.

결국 한숨을 푹 내쉰 나는 진수의 동그란 얼굴을 째려보면서 자리에서 일어섰다. 그러자 진수가 싱글벙글 웃으며 나를 안내했다.

"가시죠, 척척박사님."

교실 문을 열고나오니 통통을 넘어서 다소 뚱뚱에 가까운 여자애 한 명이 우리를 기다리고 있었다.

"선배님!"

"……어, 그래. 네가 진수 후배니?"

그 여자애는 내 앞으로 다가와 얼굴을 붉히며 웃었고 나는 영혼 없이 딱딱하게 말했다. 그럼에도 불구하고 그 여자애는 잔뜩 흥분한 상태였다.

"네! 저 선배님 실물로는 처음 봐요."

내가 무슨 연예인이야? 아이돌이냐고?

"저 악수 한 번만 해주시면 안 돼요?"

손은 닦았어? 안 닦은 거 같은데?

내가 그 후배의 손을 잡기를 꺼리는 게 눈에 확 보였던지 뒤에서 진수가 나직하게 나를 불렀다.

"야, 맹사준."

후우, 하고 낮게 한숨을 내쉰 나는 힘겹게 손을 내밀어 그 여자애의 손을 잡았다. 그런데 거기서 끝이 아니었다.

"선배님, 저랑 사진 한 번만 찍어주시면 안 될까요?"

"……그래. 찍자, 찍어."

"선배님, 저 허리에 손 감아주시면 안 돼요?"

"……어깨 잡을게. 여자애 허리는 좀……."

"아하, 부끄러워하시는구나. 네, 알겠어요."

"……그게 아니라……. 됐다. 그렇다고 치자."

그 여자애하고는 그 뒤로도 몇 번 우연히 마주쳤고 그때마다 친근하게 인사를 해줬더니 금세 소문이 나버렸다.

내가 씨름부 여자 후밸 좋아한다는 소문이 말이다.

"어쩔 거야, 너?"

그 괴상한 소문의 원인인 진수 녀석을 향해 눈을 부라렸다. 그런데도 진수는 아주 태연한 얼굴이었다.

"뭐가? 송두리 좋아한다는 소문이 나는 것보단 낫지 않아?"

참나, 내가 저걸 친구라고……!

순간 울컥한 마음이 들었다. 그래서 같이 교문을 향해 걸어가고 있는 진수를 보며 따지는 어투로 물었다.

"대체 언제까지 그걸로 협박할 거야, 인마?"

"그럼 고백해. 고백하면 이제 놀릴 것도 없지, 뭐."

"고백? 그게 어디 쉽냐?"

고백할 마음이야 굴뚝같지만 송두리의 얼굴만 보면 입이 안 떨어지는 걸 어쩌란 말이냐. 좋아한단 말은 죽어도 안 나오고 이상한 말들만 튀어나오니 나도 요즘 미칠 지경이다.

그런데 그 순간 진수가 한 곳을 손가락으로 가리켰다.

"어? 저기 송두리다."

"어디, 어디?"

고개를 황급히 돌려보니 교문 근처에 송두리가 혼자 걸어가고 있는 게 보였다. 그래서 나는 주저할 것 없이 그녀를 향해 달려갔다.

"야, 송두리."

내가 그녀를 부르자 송두리는 말간 얼굴을 돌려 나를 쳐다보았다. 그런데 그녀의 볼이 동그랗게 살이 조금 오른 것 같아서 나는 그만 웃음이 터지고 말았다.

"너 살쪘냐?"

내가 웃으며 하는 말에 송두리는 눈썹을 찡그렸다.

"살쪘다니, 여자애한테 못하는 소리가 없어."

"그럼 살찐 걸 살쪘다고 하지, 부었다고 하냐?"

"어제 라면 먹고 자서 그래."

송두리는 전체적으로 몸집이 작고 마른 편이었다. 그런데 얼굴에는 살이 좀 있는 편이라 그게 또 귀여웠다.

"고3이라고 너무 안심하고 먹어대는 거 아니냐?"

"대학 가면 다 빠진댔어."

"진수 누나들도 다 그런 줄 알고 막 먹다가 지금 방에서 굴러다닌다잖아."

순간 송두리가 나를 팩 하니 노려보았다. 아아. 그런데 도저히 멈출 수가 없다. 너무 귀엽다.

"너도 잘하면 굴러다니겠는데?"

"그만해, 맹사준."

"눈사람인 줄 알고 초딩들이 굴려버리겠는데?"

"야!"

분한 듯 자신의 아랫입술을 깨무는 송두리를 보다 피식 웃음이
터졌다. 그렇게 한참을 웃고 있는 내게 송두리가 물었다.

"근데 너, 통통한 애 좋아하는 거 아니었어?"

"어? 아닌데?"

"……아님 말고."

송두리는 그대로 몸을 돌려 가버렸고 나는 그녀의 뒷모습을 보
며 미소를 짓고 있었다. 그런 내 앞으로 다가온 진수가 나를 한심
스럽다는 듯이 쳐다보았다.

"야, 넌 송두리가 뭐가 뚱뚱하다고 자꾸 놀려?"

"놀리는 거 아니야. 대화하는 거야."

"애냐?"

진수가 나를 황당하다는 듯이 쳐다보았기에 나는 녀석에게 임
팩트 있고 빠르게 가운데 손가락을 보여주었다.

10년 만에 알게 된 놀라운 사실에 나는 웃음이 먼저 났다.

"너 그럼 설마 그때 일부러 살찌운 거였어?"

내 질문에 송두리는 볼을 붉히며 시선을 내렸다. 나는 그녀가
너무 귀여워서 웃음이 멈추질 않았다.

"내가 씨름부 여자앨 좋아한단 소문이 돌아서?"

"……꼭 그런 건 아니고…… 고3이었던 영향도 있고……."

"알고 보니까 너도 나 되게 좋아했구나."

새삼스럽게 그런 생각이 들자 나는 가슴이 찡하고 감격스러웠다. 다시 나를 향해 고개를 든 송두리가 수줍게 고백했다.

"좋아했어. 지금은 사랑하고 있고."

"나도."

그녀의 갈색 눈동자를 바라보면서 나도 진심을 담아 고백했다.

"과거의 너도 지금의 너도 미래의 너도, 과거의 내가 지금의 내가 미래의 내가, 사랑해."

송두리째 흔들리다

사실 생각해보면 그를 처음 만난 건 고3 때가 아니라 고등학교 입학식 때였다.

나는 그날 입학식에 늦어서 헐레벌떡 뛰고 있었다. 그런데 벤치에 누워 있는 한 남학생을 발견하고 그를 깨워야 하나 잠시 고민에 빠졌다. 원래부터 성격이 좀 그랬다. 남의 일 상관하기 좋아하고 보살피는 것도 좋아했다.

그래서 나는 결국 그에게로 다가갔다. 운동장에서 입학식이 시작되었는데도 벤치에 누워 있는 걸 보니 간이 제법 큰 녀석인 것 같았다.

어떤 녀석인지 궁금해서 얼굴을 보고 싶었지만 팔로 얼굴을 가린 채 누워 있어서 확인할 수가 없었다. 대신 교복 재킷에 새겨진 이름만 얼핏 보였다. 살짝 보인 그 이름을 소리 내어 읽어보았다.

"사준······?"

이름 예쁘다. 성은 뭘까?

그런데 그때 사준이란 아이가 몸을 일으켰다. 기다란 몸을 일으키면서 사준이는 아직도 잠결인 듯한 표정으로 내게 말했다.

"어, 그래. 그렇게 불러라. 성이 '사'인 것처럼."

한쪽 눈을 찡그리며 눈도 제대로 못 뜨는 사준이에게 내가 물었다.

"세상에 성이 '사'인 사람이 어디 있어?"

"있어. 내가 지금 잠결이라 기억이 안 나서 그래."

"없는 것 같은데······."

"있다니까."

대답을 하면서 사준이는 고개를 푹 숙였다. 그러자 그의 긴 속눈썹이 기다란 그림자를 만들어냈다. 그것이 신기해서 물끄러미 쳐다보다가 갑자기 생각이 나서 소리쳤다.

"아, 맞다! 있어!"

"그래, 있다니깐."

사준이가 잔뜩 찡그린 얼굴로 하품을 한 다음 잠을 깨려는 듯 두 손으로 마른세수를 했다. 그런 그를 향해 나는 생각난 단어를 말했다.

"사랑해!"

그 순간 마른세수를 멈춘 사준이가 손을 슥 내리며 내 얼굴을 그 까만 눈동자로 쳐다보았다.

"아, 놀라라. 너무 놀라서 잠이 확 깨네. 그게 사람 이름이냐?"

조각같이 반듯한 그의 얼굴이 날 향하자 심장이 빠르게 뛰기 시작했다. 너무 창피했다. 그사이 사준이가 피식 웃음을 터뜨렸다.

"너 바보냐?"

순간 너무 창피하고 부끄러운 마음에 나는 그냥 냅다 운동장으로 달렸다.

내가 왜 그랬지?

난 정말 바본가?

그때의 기억은 너무 부끄러운 기억이라 내 머릿속에 오래오래 깊이 봉인되어 있었다. 생각해보면 그것조차 운명이었을지도 모르는데 말이다.

외전 : 반대가 끌리는 이유

오늘은 아침부터 재수가 없었다. 얼마 전 2년 가까이 좋아하고 있던 남자한테 깔끔하게 차이고 우울한 하루하루를 보내고 있는 나에게 오늘 역시 시작부터 그다지 유쾌하지는 못했다.

"으헉!"

그렇다. 나의 구두 굽이 맨홀 뚜껑 구멍에 제대로 끼고 말았던 것이다. 하이힐을 신는 모든 여자들에게 일어날 수 있는 무한한 가능성을 지닌 사건이 하필 오늘 내게 일어날 건 뭔가.

결국 꼴사납게 스타킹만 신은 발을 맨홀 뚜껑에 디딘 채 내 구두를 뽑으려고 허리를 숙였다. 그런데 치마를 입고 있어서 이마저도 쉽지는 않았다. 구두 뽑으랴 치마 속 안 보이게 조심하랴 여간 힘든 게 아니었다.

이럴 때 어떤 멋있는 남자 한 명이 홀연히 나타나서 이 구두 좀 뽑아주면 얼마나 좋겠는가. 하지만 나는 5분 넘게 홀로 구두와 줄다리기를 하고 있었다. 그런 멋진 남자 따위 드라마에서만 나오는 거다.

"아가씨, 조심해요!"

그런데 그 순간 손수레를 끌고 다가오던 할아버지가 내게 소리쳤다. 바로 한 발자국 뒤로 물러서서 몸이 다치지는 않았는데 그 손수레 바퀴에 내 구두가 껴버렸다. 정말이지 엎친 데 덮친 격이었다.

"내 구두……!"

저게 어떤 구둔데! 얼마나 소중한 구둔데!

나는 손수레 바퀴 아래로 손을 넣어 구두를 잡아당겼다. 잘 뽑히진 않았다.

그때였다.

"비켜 봐요."

나직한 목소리가 들리더니 넓은 어깨를 가진 남자가 불쑥 나타났다. 그 남자는 그 바퀴 아래에서 내 구두를 쑥 뽑더니 그대로 전봇대 쪽으로 던져버렸다.

"이제 가셔도 됩니다, 할아버님."

할아버지를 향해 너무나도 예의 바르게 인사하는 남자를 쳐다보다가 순간 너무 황당해서 목소리를 높였다.

"이봐요, 아저씨!"

그러자 그 어깨 넓은 남자가 나를 돌아보았다. 작은 눈에 오동통한 얼굴이 나를 보더니 고개를 갸웃했다.

"아저씨? 저 부르셨습니까, 누님?"

누님이라니, 액면가로 보면 나보다 대여섯 살은 더 먹은 것 같은 남자가 말을 참 함부로 한다.

"지금 제 구두 던지셨죠?"

"아아, 그쪽 구두였어요? 몰랐어요."

"몰랐다면 다예요? 지금 저 구두가 어떤 구둔지, 얼마나 하는지 알기나 하세요?"

나는 흥분해서 목소리를 높이는데 남자는 자신의 귀를 후비며 굉장히 심드렁하게 대답했다.

"모르는데요. 많이 비싼 건가 봐요."

"이루 말할 수도 없을 정도로 귀한 거예요. 백화점에서 사려고 해도 살 수가 없는 거라고요."

"네, 네. 그러시군요."

뭐야, 저 건성건성 흘려듣는 듯한 대답은.

내가 남자를 노려보자 그는 나를 위아래로 천천히 훑더니 갑자기 걸음을 옮겼다.

"내 말 아직 안 끝났거든요?"

남자는 자신을 향해 앙칼진 목소리를 내는 나를 스쳐 지나갔다. 그래서 팩 하니 고개를 돌려 그를 쳐다보았다.

그런데 그 남자는 전봇대 아래로 허리를 숙이며 내 구두를 집어 들었다.

"구두나 신으시죠."

그 남자가 내 앞으로 구두를 놓으며 말했기에 나는 조금 부끄러워졌다. 화끈거리는 얼굴로 재빨리 구두를 신고 있는데 그 남자의 목소리가 다시 들려왔다.

"그럼 조심히 가세요."

내게 가볍게 목례를 한 남자는 그렇게 가버렸다.

"저 남자 뭐야, 진짜."

우리 회사 앞이 그 남자에게는 출근길인지 그하고는 그 뒤로도 아주 가끔 마주쳤다. 나는 그를 무시했지만 그는 나를 볼 때마다 목례를 보내왔다.

나는 매번 무시하는데 꿋꿋이 인사를 하는 남자의 태도가 이상하게 느껴지기도 했다.

하지만 그 남자는 나 말고도 인사하는 사람들이 많았다. 슈퍼 주인아저씨나 파지 줍는 할아버지, 가판대 아줌마 등등.

나는 가지지 못한 참 넓은 오지랖을 소유한 남자였다.

오랜만에 하는 소개팅이라 살짝 긴장을 한 채 약속 장소에 나갔다. 그런데 그 남자가 앉아 있을 줄은 정말 상상도 못했다.

"그쪽이 박진수 씨?"

덩치가 크고 어깨가 넓은 남자가 자리에서 일어서는 순간 나는 맥이 탁 풀렸다.

"아저씨였어요?"

"아아, 그 못된 신데렐라가 정윤아 씨였군요."

내가 그때 구두 한 짝을 안 신고 막 따졌던 것이 떠올랐는지 남자는 나를 아주 이상하게 기억하고 있었다.

"못된 신데렐라라뇨. 말조심하세요."

"그쪽이 착하진 않잖아요."

물론 내가 착한 편은 아니지만, 그렇다고 그렇게 직접적으로 말할 건 없지 않은가. 내가 못마땅한 표정을 거두지 않고 그를 쳐다보자 그가 나에게 물었다.

"그때 그 명품 구두는 잘 고쳤어요?"

나는 그의 말을 이해할 수 없어서 고개를 갸웃하다가 대답했다.

"그거 명품 아니에요."

"그럼요……?"

"제가 만든 구두예요."

내가 만든 구두니까 엄청 귀한 거고 백화점에선 팔지도 않는 거란 의미였는데 남자는 다르게 이해를 한 모양이었다.

"아, 미안해요. 전 그걸 제 맘대로 명품일 거라 생각했어요."

"된장녀라고 생각하셨겠네요."

"거짓말은 하고 싶지 않으니 부정도 안 할게요."

솔직한 남자네.

"어쨌든, 제 구두는 무사해요."

그제야 남자의 동그란 얼굴에 온화한 미소가 퍼졌다. 잠시 후 그가 소개팅답게 질문을 먼저 던졌다.

"혹시 운동 좋아하세요?"

"아뇨. 땀 내는 거 별로 안 좋아해요."

"그럼 영화는 좋아해요? 전 완전 영화광인데."

"별로 안 좋아해요. 흥미가 아예 없다고 봐야죠."

"그럼 뭐 좋아하세요?"

"쇼핑이요."

어쩜 이렇게 하나면 하나 둘이면 둘, 다 안 맞을 수가 있을까. 성격도 너무 달라 보이고. 남자도 그걸 느꼈는지 어색하게 웃었다.

"그럼, 일어날까요?"

그럴 줄 알았다. 식사가 끝나자마자 남자는 일어나자고 했다. 나도 물론 그의 의견에 동의했다.

식당 밖으로 나와 거리를 걸으면서 그 박진수라는 남자가 나를 향해 말했다.

"우린 정말 성격이랑 취미 등등 하나도 안 맞는 것 같네요."

"네, 그러게요."

전부터 느꼈지만 우린 안 맞아도 너무 안 맞으니까.

그렇지만 솔직히 나는 맞춰갈 수도 있겠다고 생각했다. 하지만 남자는 전혀 아닌 듯이 보였다. 그래서 꽤 자존심이 상했다.

"그럼 조심히 가세요."

저번과 달리 이번엔 내가 먼저 가고 싶었다. 그래서 빠르게 인사를 건네고 몸을 돌렸다.

"정윤아 씨."

그런데 뒤에서 그 남자가 나를 불러 세웠다. 내가 다시 몸을 돌리자 남자는 몇 발자국 걸어서 내 앞으로 왔다. 그러고는 상체를 살짝 기울여 내 얼굴을 빤히 쳐다보았다. 그의 눈을 마주 보는 내게 그가 나직하게 말했다.

"우리 키스 한번 해볼래요?"

"네?"

갑작스런 그의 제안에 깜짝 놀라고 말았다.

'이 남자가 지금 무슨 소릴 하는 거지?'

말도 안 된다고 생각은 하는데 얼굴은 굉장히 화끈거렸다.

"키스까지 안 맞으면 정말 포기하려고요."

그의 뜻밖의 고백에 순간 긴장을 하고 있는데 남자의 얼굴이 가까이 다가왔다. 그리고 그의 입술이 내 입술에 닿았다.

키스는 생각보다 달콤했다.

—마침—

작가 후기

안녕하세요. 지면으론 벌써 세 번째 인사드립니다. 고지영입니다.

제가 학원물을 굉장히 좋아합니다. 만화, 영화, 드라마 등등 장르를 안 가리고 학원물이라면 다 좋아해요. 뭔가 순수하고 서툴고 대책 없고, 그때가 아니면 누릴 수 없는 그런 풋풋함이 좋달까요? 그리고 제가 교복 입고 있을 때 누군가를 좋아해본 적이 없어서 그런지 학원물 로맨스에 대한 막연한 동경심 같은 것도 있고요. 그래서 꼭 한번 학원물을 써보고 싶었습니다.

그리하여, 저의 학원물에 대한 욕망을 충족시키고자 맹사준과 송두리를 탄생시켰습니다. 이 커플로 대리만족 많이 했네요. 첫사랑일 때만 느낄 수 있는 그 순수함과 풋풋함을 많이 표현하고 싶었는데 맹사준의 성격만 너무 부각된 건 아닌지 걱정스럽네요. 흠흠! (이 글이 맹사준 시점으로 진행되는 글이라 맹사준이 많이 부각될 수밖에 없었고 또 맹사준 성격이 보통은 아닌지라…… 풀네임을 너무 많이 써서 사준이가 싫어하겠네요.)

학창시절엔 누구나 친구가 전부이던 때가 있잖아요? 이 소설에서 고3 때의 송두리가 그렇습니다. 친구 때문에 좋아하는 남자애도 포기하는 그런 아이니까요. 반면 맹사준을 통해서는 성격이 착하든 못됐든 첫사랑에 빠지면 다 똑같다는 걸 보여주고 싶었어요. 처음이라 서툴고 어떻게 해야 할지 모르겠고 마음대로 안 돼서 안달 나고, 뭐, 그런 것들이요.

그런 첫사랑들이 10년 후 같은 회사에서 재회하고 다시 사랑에 빠지는 내용을 쓰면서 저는 개인적으로 굉장히 즐거웠습니다. 중간중간에 그렇게 염원하던 학창시절 이야기를 쓰는 것도 정말 재미있었고요. 앞으로도 계속 이런 즐거운 글들 많이 많이 쓰고 싶습니다.

이번 소설을 즐겁게 쓸 수 있게 도와주신 YM북스 관계자분들과 김은지 팀장님, 정말 감사합니다.

제멋대로인 둘째딸 지지해주는 우리 엄마랑 아빠, 철없는 동생 업어 키우고 있는 울 예쁜 언니랑 막둥이도 사랑하고 고맙습니다.

이거 안 볼지도 모르지만 그래도 어쨌든 사랑하는 우리 혜영이랑 승진이, 우리 20주년엔 파티 합시다!

마지막으로 우리 아모르 식구들이랑 작계분들, 여러분 때문에 힘이 납니다. 애정하고 있어요!

아직 부족한 게 많은 작가입니다. 아니, 작가라고 부르는 것도 저는 아직 좀 부끄럽네요. 하지만 글 쓰는 걸 제일 좋아하고 평생 글을 쓰고 싶은 사람입니다. 그런 저와 앞으로도 계속함께 해주시는 분들이 계신다면 아주 기쁠 거예요.

항상 감사합니다.

-고지영 드림.